A TALASSOCRACIA DOS ESTADOS UNIDOS DA AMÉRICA E A PROJEÇÃO CONTINENTAL DO BRASIL
CONTRAPONTOS GEOPOLÍTICOS

Editora Appris Ltda.
1.ª Edição - Copyright© 2025 do autor
Direitos de Edição Reservados à Editora Appris Ltda.

Nenhuma parte desta obra poderá ser utilizada indevidamente, sem estar de acordo com a Lei nº 9.610/98. Se incorreções forem encontradas, serão de exclusiva responsabilidade de seus organizadores. Foi realizado o Depósito Legal na Fundação Biblioteca Nacional, de acordo com as Leis nos 10.994, de 14/12/2004, e 12.192, de 14/01/2010.

Catalogação na Fonte
Elaborado por: Dayanne Leal Souza
Bibliotecária CRB 9/2162

S231t 2025	Santa Bárbara, Marcelo de Jesus A talassocracia dos Estados Unidos da América e a projeção continental do Brasil: contrapontos geopolíticos / Marcelo de Jesus Santa Bárbara. – 1. ed. – Curitiba: Appris, 2025. 211 p. : il. ; 23 cm. – (Coleção Ciências Sociais). Inclui referências. ISBN 978-65-250-7382-8 1. Canal do Panamá. 2. Nicolas Spkyman. 3. Mario Travassos. 4. Doutrina Monroe. 5. Talassocracia. 6. Estados Unidos da América. I. Santa Bárbara, Marcelo de Jesus. II. Título. III. Série. CDD – 330.91

Livro de acordo com a normalização técnica da ABNT

Appris editorial

Editora e Livraria Appris Ltda.
Av. Manoel Ribas, 2265 – Mercês
Curitiba/PR – CEP: 80810-002
Tel. (41) 3156 - 4731
www.editoraappris.com.br

Printed in Brazil
Impresso no Brasil

Marcelo de Jesus Santa Bárbara

A TALASSOCRACIA DOS ESTADOS UNIDOS DA AMÉRICA E A PROJEÇÃO CONTINENTAL DO BRASIL

CONTRAPONTOS GEOPOLÍTICOS

Appris editora

Curitiba, PR
2025

FICHA TÉCNICA

EDITORIAL
Augusto Coelho
Sara C. de Andrade Coelho

COMITÊ EDITORIAL
Ana El Achkar (Universo/RJ)
Andréa Barbosa Gouveia (UFPR)
Antonio Evangelista de Souza Netto (PUC-SP)
Belinda Cunha (UFPB)
Délton Winter de Carvalho (FMP)
Edson da Silva (UFVJM)
Eliete Correia dos Santos (UEPB)
Erineu Foerste (Ufes)
Fabiano Santos (UERJ-IESP)
Francinete Fernandes de Sousa (UEPB)
Francisco Carlos Duarte (PUCPR)
Francisco de Assis (Fiam-Faam-SP-Brasil)
Gláucia Figueiredo (UNIPAMPA/ UDELAR)
Jacques de Lima Ferreira (UNOESC)
Jean Carlos Gonçalves (UFPR)
José Wálter Nunes (UnB)
Junia de Vilhena (PUC-RIO)

Lucas Mesquita (UNILA)
Márcia Gonçalves (Unitau)
Maria Aparecida Barbosa (USP)
Maria Margarida de Andrade (Umack)
Marilda A. Behrens (PUCPR)
Marília Andrade Torales Campos (UFPR)
Marli Caetano
Patrícia L. Torres (PUCPR)
Paula Costa Mosca Macedo (UNIFESP)
Ramon Blanco (UNILA)
Roberta Ecleide Kelly (NEPE)
Roque Ismael da Costa Güllich (UFFS)
Sergio Gomes (UFRJ)
Tiago Gagliano Pinto Alberto (PUCPR)
Toni Reis (UP)
Valdomiro de Oliveira (UFPR)

SUPERVISORA EDITORIAL Renata C. Lopes

PRODUÇÃO EDITORIAL Bruna Holmen

REVISÃO Raquel Fuchs

DIAGRAMAÇÃO Andrezza Libel

CAPA Livia Mendes

REVISÃO DE PROVA Daniela Nazario

COMITÊ CIENTÍFICO DA COLEÇÃO CIÊNCIAS SOCIAIS

DIREÇÃO CIENTÍFICA Fabiano Santos (UERJ-IESP)

CONSULTORES
Alícia Ferreira Gonçalves (UFPB)
Artur Perrusi (UFPB)
Carlos Xavier de Azevedo Netto (UFPB)
Charles Pessanha (UFRJ)
Flávio Munhoz Sofiati (UFG)
Elisandro Pires Frigo (UFPR-Palotina)
Gabriel Augusto Miranda Setti (UnB)
Helcimara de Souza Telles (UFMG)
Iraneide Soares da Silva (UFC-UFPI)
João Feres Junior (Uerj)

Jordão Horta Nunes (UFG)
José Henrique Artigas de Godoy (UFPB)
Josilene Pinheiro Mariz (UFCG)
Leticia Andrade (UEMS)
Luiz Gonzaga Teixeira (USP)
Marcelo Almeida Peloggio (UFC)
Maurício Novaes Souza (IF Sudeste-MG)
Michelle Sato Frigo (UFPR-Palotina)
Revalino Freitas (UFG)
Simone Wolff (UEL)

Aos meus pais, saudades eternas.

À Daniele, parceira de toda uma vida, pelo apoio incondicional. Este trabalho é dedicado em primeiro lugar a você, com todo o meu amor e gratidão.

À Dona Suely (vovó), minha sogra que na verdade é uma segunda mãe!

Ao Thoth, meu amiguinho de quatro patas. Como é bom chegar em casa cansado e ser recebido com aquela festa por ele!

AGRADECIMENTOS

Gostaria de expressar minha sincera gratidão a todas as pessoas que contribuíram, direta ou indiretamente, ao longo dos quatro anos de pesquisa e dedicação ao doutorado no Inest-UFF. Mesmo correndo o risco de não citar todos, é imprescindível destacar aqueles que se sobressaíram em minha trajetória.

Ao Prof. Dr. André Varella, meu orientador, por seu diálogo franco e instigante. Mestre com quem tive o privilégio de discutir exaustivamente os rumos da tese. Sua orientação foi crucial para a concretização deste trabalho.

Ao Prof. Dr. Fernando Roberto, pelo apoio valioso nas etapas iniciais de minha pesquisa desde o mestrado.

Aos Prof. Dr. André Roberto Martin, Williams da Silva Gonçalves, Eurico de Lima Figueiredo e Vagner Camilo Alves, integrantes de minha banca, pelas valiosas contribuições dadas.

Ao meu irmão Marcos Santa Bárbara e à Prof.ª Cristina Normandia. Agradeço também ao Cel. Claudio, ao TC Walfredo, amigo e companheiro de turma, ao TC Mendonça, pela leitura atenta das versões iniciais, e ao Ten. Cabral, por seu incansável apoio em todas as atividades possíveis de ensino nas Agulhas Negras.

Ao Tito Lívio Barcellos, parceiro fundamental na confecção dos mapas que enriquecem este trabalho.

Aos comandantes da Escola de Comando e Estado-Maior do Exército e da Academia Militar das Agulhas Negras. E um particular agradecimento aos coronéis Nelson, Netis, Velasco, Rogério, Vizaco, Martins Alves, Luquez e Janilson que sempre me incentivaram e apoiaram ao longo dessa jornada, especialmente durante meu tempo como tutor de Geografia na Eceme e professor nas Cadeiras de Geopolítica e Relações Internacionais nas Agulhas Negras em Resende-RJ.

Aos professores Tássio Franchi e Paulo Velasco, por escreverem minha carta de recomendação ao doutorado na UFF, bem como a Oscar Medeiros Filho, Leonardo Matos e Sandro Teixeira Moita pelo diálogo sempre instigante.

À Carolina, Emílio, Maria Thereza, Walter e João Louro, colegas da turma de doutorado no PPGEST-UFF pela troca de ideias e apoio mútuo ao longo do percurso.

Por fim, uma saudação especial a Acácio, Carlos, Duarte, Fabio Tadeu, Fátima, Fon, Luciano, Rios, Roberto, Marcus Rosa, Orozco, Vandinha, Geyson, José Carlos e Márcia Feitosa (*in memoriam*), eternos amigos da turma de Geografia de 1994 da UFF e a todos os demais que estiveram ao meu lado.

Alice: "Você poderia me dizer, por favor, qual caminho devo seguir para sair daqui?"
Gato de Cheshire: "Isso depende bastante de onde você quer chegar."
Alice: "Não me importa muito onde..."
Gato de Cheshire: "[...] nesse caso, qualquer caminho serve."

(Lewis Carroll, Alice no País das Maravilhas, 1865)

PREFÁCIO

O livro de Marcelo de Jesus Santa Bárbara cobre uma grande lacuna na literatura nacional na área da Geopolítica e dos Estudos Estratégicos ao discutir os impactos da abertura do Canal do Panamá na política externa dos Estados Unidos da América sobre a América do Sul.

Para o autor, a construção do canal no istmo do Panamá deu condições para articulação dos espaços de circulação que denominou "cisatlântico" e "transpacífico". Este fato, a seu ver, deu origem ao surgimento da talassocracia dos Estados Unidos da América, cuja consequência imediata foi a transformação do mar do Caribe no *Mare Nostrum* americano. Isso permitiu a projeção do poder marítimo sobre Cuba, Haiti, República Dominicana e Porto Rico, estendida para a Ásia e alcançando ilhas do Pacífico, como Havaí, Samoa Americana, Midway, Guam, Marianas do Norte, entre outras.

O autor parte da premissa de que o projeto expansionista daquele nascente império marítimo teve a sua gênese na conexão conceitual de quatro personalidades fulcrais da política dos Estados Unidos: James Monroe (1758-1831), pai da Doutrina Monroe; Frederick Jackson Turner (1861-1932), considerado o pai da Teoria das Fronteiras; Alfred Thayer Mahan (1840-1914), pensador geopolítico e o teórico do Poder Marítimo; e, por último, mas não menos importante, Theodore Roosevelt (1858-1919), 26º presidente dos Estados Unidos de 1901 a 1909.

O ineditismo do livro encontra-se no debate que o autor estabeleceu entre dois expoentes da Geopolítica, Nicholas John Spykman e o Capitão Mário Travassos, apoiando-se em suas obras basilares, respectivamente: *America's Strategy in The World Politics e a Projeção Continental do Brasil*. Além disso, Marcelo de Jesus Santa Bárbara realizou uma robusta varredura de mais de 165 mil documentos dos governos dos Estados Unidos, abrangendo o período de 1817 a 1909. Dados que foram coletados na plataforma digital *The American Presidency Project*, hospedada na Universidade da Califórnia em Santa Bárbara. Conseguiu, desse modo, rastrear as discussões sobre a elaboração do Canal do Panamá nas mensagens dos presidentes James Monroe (1817-1825), John Quincy Adams (1825-1829), Andrew Jackson (1829-1837), Martin Von Buren (1837-1841), James K. Polk (1845-1849), Franklin Pierce (1854-1857), James Buchanan (1857-1861), Ullysses S. Grant (1869-1877), Rutherford B. Heys (1877-1881), William McKinley (1897-1901) e Theodore Roosevelt (1901-1909).

Destaco como ponto alto deste livro a tessitura analítica produzida por Santa Bárbara, em que, ao cotejar as interpretações de Nicholas Spykman e Mário Travassos com as ideias que permearam os debates dos mandatários da Casa Branca, revelou as nuances das ideias que tiveram, com a formação do Canal do Panamá, uma grande repercussão geopolítica na América do Sul. Na sua interpretação, a transformação do Mar do Caribe no Mediterrâneo americano, com a constituição do Canal do Panamá, foi a expressão territorial da Doutrina Monroe em relação à América do Sul, criando um espaço de influência, definido por Nicholas Spykman como o assentamento de um mundo intermediário entre o Norte e o Sul do Hemisfério Ocidental. Em outras palavras, o autor retratou ciclos de ampliação do domínio territorial estadunidense, expandindo além-mar seu poder de influência para a incluir o litoral caribenho, a região setentrional da América do Sul e, finalmente, todo o hemisfério. Entretanto, Spykman alertava que os Estados Unidos deveriam ficar atentos em relação a três estados que poderiam desafiar, se aliados, a hegemonia na região: Argentina, Brasil e Chile.

Para o contrapor essas ideias, o autor apresentou o pensamento de Mário Travassos sobre a América do Sul, que traz o pressuposto de que o Brasil tem como vocação de ser a potência que fará a integração da América do Sul. O ponto nevrálgico nas preocupações *travassianas* incidia sobre o "canto noroeste sul-americano", pois ali estavam as passagens, segundo as suas palavras, para a "penetração yankee", que ocorria através das bacias hidrográficas no Caribe e dos vales longitudinais dos Andes e pelo "caminho livre" oferecido pelas Antilhas, cujo caráter de mar mediterrâneo lhe foi dado pelo Canal do Panamá.

Ao fim e ao cabo, a construção intelectual que este livro nos apresenta é um exercício de aplicação da teoria com a empiria. O autor utilizou mecanismos analíticos que serão importantes para que, doravante, possamos dar conta de uma série de fenômenos geopolíticos contemporâneos na nossa região, mormente destacando o papel do nosso país.

Prof. Dr. André Luiz Varella Neves
Coordenador do Laboratório do Estudo da Grande Estratégia dos EUA – CNPq
Departamento de Estudos Estratégicos e Relações Internacionais
Instituto de Estudos Estratégicos da Defesa e Segurança
Universidade Federal Fluminense

SUMÁRIO

INTRODUÇÃO..15

1
O CANAL DO PANAMÁ: A GÊNESE DA TALASSOCRACIA DOS ESTADOS
UNIDOS 29
1.1 PANAMÁ: A CHAVE PARA O NOVO MUNDO 29
1.2 A DOUTRINA MONROE E O CANAL DO PANAMÁ 39
1.3. O EXPANSIONISMO CONTINENTAL PRÉ-GUERRA CIVIL 45
1.4. A CONSOLIDAÇÃO DA POLÍTICA EXTERNA PÓS-GUERRA CIVIL 60
1.5. "I TOOK THE ISTHMUS": O IMPERALISMO EMERGENTE 66

2
NICHOLAS SPYKMAN: O PIVÔ GEOGRÁFICO DA TALASSOCRACIA....... 79
2.1 DESTINO MANIFESTO E OS FUNDAMENTOS GEOPOLÍTICOS DO
EXPANSIONISMO 79
2.2 MAHAN: CONECTANDO (E DOMINANDO) OS MARES 87
2.3 O PENSAMENTO GEOPOLÍTICO DE NICHOLAS SPYKMAN 97
2.4 SPYKMAN E AS RECONFIGURAÇÕES GEOPOLÍTICAS NA AMÉRICA DO SUL109

3
CAPITÃO MÁRIO TRAVASSOS: RECONFIGURAÇÕES GEOPOLÍTICAS SUL-
AMERICANAS 129
3.1 MARIO TRAVASSOS: POSTULADOS E RAÍZES GEOPOLÍTICAS 130
3.2 CANAL DO PANAMÁ: FORÇA DE ATRAÇÃO DA CIRCULAÇÃO MARÍTIMA .. 142
3.3 COMPARTIMENTOS GEOPOLÍTICOS SUL-AMERICANOS: O DESAFIO
GEOGRÁFICO... 165
3.4 "QUATRO BRASIS": A DESCOMPARTIMENTAÇÃO GEOPOLÍTICA...........175

CONCLUSÃO 183

REFERÊNCIA 203

INTRODUÇÃO

Este livro é baseado no estudo da relação entre a instrumentalização de fatores geográficos e a construção de uma visão estratégica de longo prazo tanto pelos Estados Unidos quanto pelo Brasil. Utilizando a chave interpretativa oferecida por Nicholas John Spykman, jornalista holandês naturalizado norte-americano, e pelo militar brasileiro Mário Travassos, a geopolítica serve como o fio de Ariadne que conecta a Doutrina Monroe ao processo de construção do Canal do Panamá no início do século XX. Além disso, exploro a reflexão de Travassos sobre os impactos desse megaprojeto no canto noroeste sul-americano, uma região composta por Equador, Venezuela e Colômbia, revelando as tensões geopolíticas e estratégicas decorrentes desse encontro na América do Sul.

Entre as décadas de 1930 e 1940, a América do Sul foi o cenário no qual o destino manifesto dos Estados Unidos se chocou com o do Brasil. De um lado, houve a expansão da influência geopolítica dos EUA por todo o hemisfério Ocidental; de outro, o esboço do que deveria ser a projeção continental brasileira, destacando os "antagonismos geográficos" que servem (alguns ainda hoje) de obstáculos à evolução do protagonismo do Brasil no contexto internacional.

Nicholas Spykman, o Canal do Panamá e Mario Travassos são três peças-chave no tabuleiro para se entender os impactos geopolíticos da política externa dos EUA na América do Sul entre a proclamação da Doutrina Monroe em 1823 e a década de 1940.[1]

Desde a construção do Canal de Suez (1859–1869), do Canal do Panamá (1904–1914) e da Ferrovia Transiberiana, que liga Moscou a Vladivostok (1901–1916), houve uma concentração dos principais fluxos econômicos no Hemisfério Norte, relegando o Hemisfério Sul para uma posição secundária do ponto de vista econômico, político e militar.

Na perspectiva hegemônica, o setentrião, onde também estão localizadas as grandes massas de terras temperadas, seria sempre mais importante econômica e militarmente do que a metade sul do planeta, onde está o Brasil (Spykman, 1942).

---

[1] Usei a Doutrina Monroe como referência para entender a face defensiva-expansionista da política externa dos EUA. Segundo Nasser (2023) a Doutrina Monroe, desde que foi concebida por John Adams, Secretário de Estado de James Monroe, sempre esteve presente, explícita ou implicitamente, nos debates sobre as estratégias de ação internacional dos EUA, em particular depois do Corolário Roosevelt de 1904. Para Nasser, chama a atenção o fato de a Doutrina ainda não ter a relevância que merece na literatura americana dedicada à política externa.

À medida que os EUA assumiam a liderança econômica no cenário mundial do início do século XX, a abertura do Canal do Panamá reforçava uma condição geopolítica "periferizada" para o Hemisfério Sul. Embora autores como Martin (2018), Guimarães (2015) e Penha (2011), já tenham desenvolvido importantes trabalhos sobre a busca de uma construção geopolítica genuinamente brasileira voltada para a defesa da paz e da segurança no sistema internacional, senti a necessidade de debater como a periferização poderia ser superada pela ação direcionada e prolongada do Estado brasileiro, propondo uma grande estratégia de inserção do Brasil no sistema internacional.

Nesse contexto, ainda percebi uma lacuna na literatura nacional que não discutia a relação mais direta entre a construção de um papel ativo por parte do Brasil e os impactos geopolíticos da construção do Canal do Panamá na formulação da política externa dos EUA para a América do Sul.

Fiz uma pesquisa inicial no portal de teses e dissertações da Capes, e o levantamento indicou que não havia estudos científicos que integravam o tema do Canal do Panamá no Brasil à grande área de Estudos Estratégicos, que investiga o complexo de defesa nacional e segurança internacional (Figueiredo, 2015).

Os estudos encontrados sobre o Canal do Panamá conversaram sobre temas como as possibilidades de expansão e as dificuldades do terreno panamenho, a relação entre Panamá e EUA e questões sobre doenças tropicais. Com efeito, as principais contribuições encontradas na literatura tratavam do tema "Canal do Panamá" isoladamente ou tangenciavam apenas alguns aspectos econômicos e políticos sobre seus efeitos para a América do Sul.

Além disso, percebia que Mario Travassos (1891–1973) e Nicholas John Spykman (1893–1943), embora tivessem escrito seus principais trabalhos em um período muito semelhante no século XX, sequer estabeleceram um debate sobre esse ou qualquer outro assunto.

O que chama a atenção para a permanência da relevância geopolítica do Canal para os EUA e para o Brasil no cenário internacional é a recente declaração do presidente eleito dos EUA, Donald Trump, ameaçando retomar o controle do Canal do Panamá, criticando as taxas cobradas pelo país e sugerindo que o canal não deve cair em "mãos erradas" (Estadão, 2024). Além disso, a existência do exercício multinacional Panamax indica a constante participação do Brasil na defesa da zona do Canal do Panamá contra ameaças não-estatais que porventura venham a dominar a passagem.

Diante da relevância do assunto, comecei a formar o que Laurence Bardin chama de corpus documental da pesquisa. Minha intenção era encontrar autores estrangeiros que já haviam pesquisado sobre os efeitos geopolíticos do Canal do Panamá no contexto sul-americano, que a literatura nacional parecia quase infrutífera nesse aspecto. Em seguida, realizei leituras exploratórias em textos e livros, tanto nacionais quanto estrangeiros, sobre a construção do canal, além de teorias e questões geopolíticas gerais, com ênfase nas particularidades sul-americanas.

A geopolítica foi entendida no livro a partir de uma perspectiva clássica centrada na influência dos fatores geográficos [2], ao longo do tempo (a longa duração[3]), sobre a política externa dos Estados. Portanto, descrever os impactos geopolíticos do Canal do Panamá demandava o encadeamento de conceitos geográficos, históricos, tecnológicos, estratégicos e do campo das relações internacionais devidamente contextualizados à variável apresentada.

Então, à medida que separava material bibliográfico, entendi que a base do projeto expansionista marítimo dos EUA sugeria uma conexão entre as reflexões e diretrizes políticas de pessoas como James Monroe (1758-1831), Frederick Jackson Turner (1861-1932), Alfred Thayer Mahan (1840-1914) e Theodore Roosevelt (1858-1919). O resultado geopolítico disso possibilitou caracterizar no livro o que denominei de gênese da talassocracia dos Estados Unidos.

Entretanto, ainda teria de encontrar o elemento que me permitisse responder ao problema que propus no livro. Foi durante esse aprofundamento nas fontes bibliográficas que me deparei com uma representação cartográfica atribuída ao professor argentino Hector Saint-Pierre, mas que constava da tese de doutorado de Medeiros Filho (2014). Nesse momento, suspeitei que a discussão passasse por uma análise mais cuidadosa dos efeitos da localização geográfica de áreas da América do Sul banhadas pelo mar do Caribe sobre a política externa dos Estados Unidos, a partir de uma perspectiva de "longa duração".

---

[2] Parto da premissa que a extensão, a localização, a maritimidade, a continentalidade, a disposição das bacias hidrográficas, o controle sobre as linhas de comunicação ou vias de transporte, perímetros de segurança ou de contenção sempre dialogam com a tecnologia enquanto uma expressão de poder. Em tais casos, segundo o geógrafo brasileiro Milton Santos, o espaço e a técnica estão interligados formando um meio técnico-científico composto de objetos que incluem o saber técnico e são o suporte do saber hegemônico (Santos, 1997).

[3] A longa duração é um olhar temporal que permite recortar o tempo histórico a partir das grandes estruturas e processos de mudança lenta como os relacionados à mentalidade estratégica. Essa perspectiva permite, mediada pela condição tecnológica disponível, compreender as influências recíprocas das permanências (as formas geográficas) existentes no espaço sobre a dinâmica da história.

Elaborado no início do século XXI, o mapa sugere que os países da América do Sul poderiam ser investigados a partir de dois recortes regionais, cada um com processos singulares que apresentam interseções no Brasil. O primeiro foi denominado pelo autor de "arco de estabilidade", com referência ao Cone Sul e à vertente atlântica do continente. O segundo era o "arco de instabilidade", que se originou nas fronteiras do Equador, da Colômbia, da Venezuela e da Guiana, propagando-se pelos Andes e pelo Pacífico, adentrando a Pan Amazônia na direção da Bolívia, do Paraguai e das porções setentrionais da Argentina e do Chile. Observe a Figura 1.

Figura 1 – Arcos de instabilidade e estabilidade na América do Sul

Fonte: Medeiros Filho (2014, p. 29)

Desse modo, respaldado por leituras exploratórias, ao invés de considerar esse mapa como um dado isolado, busquei analisá-lo para além do que estava representando a disposição espacial dos arcos, em busca de novos significados geográficos e históricos que me permitiram conectar passado, presente e futuro. Foi assim que relacionei o mapa aos procedimentos de análise de conteúdo de Laurence Bardin. A autora francesa afirma que essa técnica se destina "[...] a classificar e categorizar qualquer tipo de conteúdo, diminuindo suas características a elementos-chave" (Carlomagno; Rocha, 2016, p. 175).

O espaço representado (o mapa) assemelha-se a um texto e pode ser lido pelo pesquisador. Assim o fiz, buscando responder quais seriam os impactos geopolíticos decorrentes da abertura do Canal do Panamá na política externa dos EUA para a América do Sul.

Analisando o mapa da Figura 1 e relacionando-o à posição geográfica dos Estados sul-americanos dentro dos arcos mencionados, pensei nos interesses geopolíticos norte-americanos no Hemisfério Ocidental, um conceito relacionado a Doutrina Monroe e que ainda hoje serve como referência para a segurança e a defesa dos países sul-americanos. A geografia e a história, agora, traziam um novo ponto de partida para os estudos estratégicos que gostaria de explorar no livro. A durabilidade da Doutrina Monroe no tempo, assim como seu comportamento no espaço, já fornecia um desafio instigante que necessariamente seria revisitado por mim nesta obra.

O mapa indicava a sobreposição dessas duas dimensões, possibilitando algumas conexões entre o presente e o passado da América do Sul. Justamente a extremidade noroeste do continente, área banhada pelo Caribe, apresenta o maior número de *hotspots* geopolíticos da América do Sul, sendo considerada pelo autor instável e mais propensa a cenários de conflitos no futuro (e no presente) do que o Cone Sul.

Trata-se de uma região sul-americana onde o uso da força militar entre os Estados é mais provável e frequente, pois persistem questões latentes, como os efeitos da Guerra às drogas na Colômbia e as disputas fronteiriças, como a que foi recentemente reativada entre a Venezuela e Guiana Inglesa na região do rio Essequibo[4], podem atrair o interesse das superpotências gerando conflitos militares em uma região há muito tempo livre do espectro da guerra interestatal.

Ao conectar o presente e o passado, encontrei o primeiro elemento-chave para o contraponto que aprofundei neste livro. O arco de instabilidade de hoje poderia estar relacionado a uma categoria elaborada na década de 1930 por um estudioso brasileiro da geopolítica sul-americana.

---

[4] O problema remonta o ano de 1841 quando *Robert Schomburgk*, topógrafo britânico, mapeou e incluiu nos limites Ocidentais da Guiana Inglesa o Ponto Barima, cuja posição é estratégica para controlar a foz da Bacia do Rio Orinoco, uma das principais artérias comerciais do norte da América do Sul. A fronteira entre Venezuela e Guiana Inglesa ainda permanece em disputa nos nossos dias.

Tratava-se do "canto noroeste sul-americano", o que me levou à obra *Projeção Continental do Brasil*. Nela, o então capitão do Exército Mario Travassos afirmava que a expansão da influência dos EUA no Caribe já dava os seus sinais na América do Sul e que o Canal do Panamá (na época sob o controle norte-americano) representava "o papel de centro de todas as atuações desta política" (Travassos, 1938 p. 96).

Travassos escreveu nos anos 1930 que a "penetração yanquee" (termo que usava na obra) já aproveitava as condições das bacias hidrográficas dos países sul-americanos banhados pelo Caribe e dos vales longitudinais dos Andes, e o "caminho livre" oferecido pelas Antilhas, cujo caráter de mar mediterrâneo lhe foi conferido pelo Canal do Panamá.

Retomei o mapa e a descrição do que era o arco de estabilidade trouxe um novo significado. A estabilidade descrita (e conquistada) foi o resultado das negociações entre a Argentina e o Chile para resolver disputas fronteiriças, da assinatura de tratados ou acordos comerciais e o aumento da confiança e interdependência econômica entre o Brasil, a Argentina, o Paraguai e o Uruguai, coroada pela assinatura do Tratado de Assunção em 1991, que deu origem ao Mercado Comum do Sul (Mercosul).

No cerne geográfico dessa estabilidade política estava um processo de distensão geopolítica, com o aumento da institucionalização e confiança entre Argentina e Brasil[5] que foi construído progressivamente e o uso da força entre tais Estados passou a ser menos provável, embora não descartado.

Justamente o núcleo geográfico desse processo de estabilização sul-americana foi uma ponte para outro elemento-chave. Em 1942, um jornalista holandês naturalizado norte-americano acreditava que Argentina, Brasil e Chile se localizavam longe o suficiente para desenvolver um "senso de independência relativo aos Estados Unidos, que as unidades políticas menores do Mediterrâneo Americano nunca possuirão" (Spykman, 1942, p. 62). Ele alertou: "os estados da ABC representam uma região no hemisfério onde nossa hegemonia, se desafiada, só pode ser afirmada ao custo da guerra" (Spykman, 1942, p. 62).

Spykman acreditava que a área necessária à defesa dos EUA, gradualmente, se expandia na mente dos estrategistas e no território: "originalmente era o domínio do território nacional; após a construção do Canal

---

[5] A criação da Agência Brasileiro-Argentina de Contabilidade e Controle de Materiais Nucleares (ABACC) e a assinatura do Tratado de Assunção em 1991 são exemplos de institucionalização e aumento da confiança.

do Panamá, foi ampliado para incluir o litoral caribenho e, finalmente, todo o hemisfério" (Spykman, 1942, p. 6).

Em outras palavras, a porção noroeste da América do Sul e os Estados do ABC eram elementos-chave para ambos os autores e forneciam "pistas" iniciais para uma pesquisa sobre os impactos geopolíticos do Canal do Panamá sobre a política externa dos EUA.

Essa foi a justificativa para tentar preencher o *gap* existente na literatura nacional especializada sobre os efeitos da construção do canal do Panamá para a política externa do EUA na América do Sul, a partir de abordagem geopolítica integradora dos pensamentos de Travassos e Spykman.

Dito isso, usei uma técnica de natureza descritiva para escrever este livro. Eu assim classifico-a baseado na obra de Gilson Luiz Volpato (2015). Segundo o autor citado, o método lógico para a redação científica possibilita três tipos de abordagens em um trabalho científico: a descritiva, a associação sem interferência entre as variáveis e a associação com interferência entre as variáveis. Esses tipos são a base dos estudos dos fenômenos e, por serem lógicos, interferem diretamente na comunicação científica.

Volpato, Freitas e Jordão (2006) explicam que o estabelecimento dos objetivos está diretamente ligado ao tipo de pesquisa escolhida por um investigador. A essência dos objetivos em uma pesquisa de natureza descritiva é dar as características de algo (uma variável), explicando o que é a variável no contexto espaço-temporal definido. É um modo de se obter uma compreensão profunda do fenômeno estudado, alcançando a essência da variável escolhida no contexto estudado.

Sendo do tipo descritivo, a pesquisa que desenvolvi para escrever este livro teve um objetivo geral que expressou a caracterização de uma variável teórica, isto é, "impactos geopolíticos do canal do Panamá", demonstrando sua relação com a expansão hemisférica da Doutrina Monroe e as reconfigurações geopolíticas na América do Sul.

Eu me pautei na reconstrução de um processo de longa duração que reconstituí a partir do diálogo com as fontes. O objetivo geral e os específicos que serviram de base para os capítulos do livro foram traçados desde uma "pré-análise" de tal maneira que equivaliam a tirar um retrato do que se queria descrever na obra, no sentido de caracterizar o mais detalhadamente o objeto da descrição. Por exemplo, segundo Volpato (2015), quando uma determinada população ou objeto não está disponível de forma viável ao pesquisador, descreve-se uma amostra representativa dele, usando elementos essenciais dessa descrição para caracterizar a referida amostra.

É necessário que a intenção de quem escreve seja, de fato, descritiva "por exemplo, podemos descrever sinais clínicos de um quadro de dor de cabeça, a prevalência de uma doença, a distribuição de certa enfermidade na América Latina, uma molécula etc." (Volpato, 2015, p. 7).

De acordo com Volpato (2015), mesmo sem necessariamente possuir uma hipótese a ser testada, um trabalho descritivo é importante para a produção científica, pois a descrição é geralmente o primeiro e essencial passo para caminhar em direção a compreensão de um fenômeno em uma perspectiva mais ampla. Por exemplo, o químico suíço Friedrich Miescher foi quem identificou pela primeira vez o que chamou de "nucleína" dentro do núcleo dos glóbulos brancos. Depois, o achado recebeu o nome "ácido nucléico " e, atualmente, de "ácido desoxirribonucleico" ou "DNA".

O plano de Miescher não era isolar e caracterizar a nucleína (que ninguém naquela época percebeu que existia), mas sim a proteína componente dos leucócitos (glóbulos brancos). Mais de cinquenta anos depois, James Watson e Francis Crick descreveram a molécula do DNA, mostrando que ela existe na forma de uma dupla hélice tridimensional e depois receberam o Prêmio Nobel.

Watson e Crick concluíram o trabalho apresentando a essência da descrição da molécula, a partir dos borrões da imagem do raio X e especulações sobre conhecimentos da química (Volpato, 2015). Logo, a descrição de um fenômeno pode trazer à tona um novo olhar sobre o objeto pesquisado.

Por isso, uma obra descritiva não é a-histórica, demandando aqui uma técnica que possibilite de fato descrever um fenômeno em sua essência espacial e profundidade temporal. Afinal, como é ser capaz de fazer um retrato o mais fiel possível de um cenário em constante mutação?

Nesse contexto, o enfoque proposto por Bardin é o de transformar o texto inicial de forma progressiva, vendo significados para além das aparências. A prática descrita permite ao pesquisador ordenar criteriosamente mensagens ali contidas, usando unidades de registro, observando o contexto e criando categorias que são definidas durante a revisão bibliográfica e que mapeiam e ordenam logicamente um texto, permitindo a posterior inferência sobre um produto novo, já transformado pelo olhar do pesquisador, que já não é mais o texto inicial e sim o resultado da descrição.

Nesse caso, o texto resultante já é uma realidade transformada pelo olhar do pesquisador com dados que estão associados à teoria, uma representação condensada, uma nova "constelação de atributos" que se destaca como o resultado da obra.

A análise de conteúdo abrange um "conjunto de instrumentos metodológicos [...] que se presta a analisar diferentes fontes de conteúdo (verbais ou não-verbais)" (Fossá; Silva, 2015, p. 3). A escolha por Bardin foi devido ao fato dela fornecer ao pesquisador um modelo de interpretação de comunicações, símbolos, imagens, mapas, espaços, fotografias etc., com critérios padronizados e fases bem-definidas, o que é vital quando se objetiva descrever um objeto de estudo.

Ressalta-se que a intenção final da análise de conteúdo não é a descrição *per se* mas "a inferência de conhecimentos relativos às condições de produção (ou, eventualmente, de recepção de mensagens), inferência esta que recorre a indicadores (quantitativos ou não) " (Bardin, 2016, p. 42).

Bardin (2016) define, inicialmente, a análise de conteúdo como um conjunto de técnicas de análise das comunicações visando obter, por procedimentos, sistemáticos e objetivos de descrição do conteúdo das mensagens, indicadores (quantitativos ou não) que permitam a inferência de conhecimentos relativos às condições de produção/recepção (variáveis inferidas) destas mensagens.

A técnica consiste em classificar os diferentes elementos nas diversas gavetas segundo critérios susceptíveis de fazer surgir um sentido capaz de introduzir uma certa ordem na "confusão inicial". É evidente que tudo depende, no momento da escolha dos critérios de classificação, daquilo que se procura ou que se espera encontrar (Bardin, 2016).

A análise de conteúdo permite, então, introduzir uma ordem sequencial na pesquisa a partir de uma aparente desordem inicial dos textos. Embora utilize dados, gráficos e frequências pela identificação do aparecimento de palavras, frases e contextos, nas fontes, a pesquisa é do tipo qualitativa, pois dependerá fundamentalmente da interpretação dos dados obtidos, sejam eles mapas ou números.

Desse modo, a técnica de Bardin permitiu inferir ou interpretar tanto a partir do aparecimento das palavras ou frases nas fontes pesquisadas, como também entender o porquê da ausência delas em determinados momentos. Segundo a autora, a "análise de conteúdo tenta compreender os jogadores ou o ambiente do jogo num momento determinado, com o contributo das partes observáveis" (Bardin, 2016, p. 43).

Assim, a pesquisa nas fontes, sejam elas documentos ou mapas não é somente um levantamento exaustivo e descritivo de informações. A técnica "se destina a classificar e categorizar qualquer tipo de conteúdo, reduzindo suas características a elementos-chave" que são as categorias (Carlomagno; Rocha, 2016, p. 175). Isso significa que esse método permite ao pesquisador analisar a bibliografia utilizada, como artigos, discursos e documentos oficiais e, progressivamente, registrar conceitos ou palavras-chave que o interessam, transformando em dados o texto inicial.

Desse modo, enquanto tratamento da informação contida nos documentos acumulados, a análise documental tem por objetivo dar forma conveniente e representar de outro modo essa informação, por intermédio de procedimentos de transformação. O proposito a atingir é o armazenamento de dados e a facilitação do acesso ao observador, de tal forma que este obtenha o máximo de informação (Bardin, 2016).

A primeira fase da análise de conteúdo é a pré-análise, que está associada à formação do corpus da pesquisa, na qual o material é separado para que a pesquisa bibliográfica possa ter seu lugar. Nesse momento, fiz a leitura exploratória do material bibliográfico e dos documentos (fontes primárias e secundárias) que considerei pertinentes. Tratou-se do momento em que foram separados o conjunto de documentos que foram investigados, propondo-se a pergunta de pesquisa e os objetivos.

A segunda etapa consistiu na exploração aprofundada do material selecionado. O processo consistiu em identificar e marcar as passagens contidas nos textos relacionadas ao Canal do Panamá. Eu chamei isso de unidades de registro. Bardin (2016) afirma que, em seguida, se atribui códigos às ideias registradas ou cores e elas são agrupadas em um campo semântico. O processo de codificação possibilitou o agrupamento das palavras, frases e contextos registrados em conjuntos, o que correspondeu a elaboração de unidades de significação e, posteriormente, categorias.

A codificação pode ser entendida como a "transformação [...] dos dados brutos do texto, transformação esta que, por recorte, agregação e enumeração permite atingir uma representação do conteúdo ou da sua expressão" (Bardin, 2016, p. 134). Em resumo, as referências bibliográficas são exploradas (artigos, discursos, documentos oficiais) e nos textos são marcadas Unidades de Registro (UR), basicamente, palavras, trechos ou parágrafos, os quais serão agrupados em Unidades de Significação (US) que representam o significado embutido nas unidades de registo, ou seja, forma-se um conjunto.

No método de Bardin, as unidades de significação serão, por sua vez, agrupadas por semelhança em outro conjunto menor, o que dará origem às categorias iniciais, que depois serão agrupadas como categorias intermediárias e, por derradeiro, em categorias finais, de modo que as unidades do texto se relacionem dos vínculos mais específicos a relações mais amplas (Fossá; Silva, 2015). Novamente, trata-se de um processo de redução de dados até que se possa chegar à essência da variável que é caracterizada no processo de investigação.

Por fim, a terceira fase é o tratamento dos resultados e a interpretação. Consiste em analisar, interpretar e inferir o resultado da relação entre os dados coletados (Fossá; Silva, 2015). Analisar e interpretar de modo a se obter uma compreensão profunda do texto a partir do cruzamento entre as categorias iniciais, intermediárias e finais de cada caso. As categorias nesta etapa são sobrepostas e, a partir disso, o pesquisador faz uma análise comparativa dos resultados, o que significa obter um maior nível de abstração, já que facilita identificar as semelhanças, as diferenças sobre o que é abordado na literatura e permite por fim, a elaboração da conclusão.

Isto posto, busquei adaptar a técnica de Bardin durante a pesquisa documental feita para a produção da tese que deu origem ao livro. Consultei a base de dados do *The American Presidency Project (APP)* da Universidade de Santa Bárbara, na Califórnia (EUA) para analisar o conteúdo de mensagens presidenciais ligadas à necessidade de se construir um canal interoceânico através da América Central desde a proclamação da Doutrina Monroe em 1823. Cabe uma breve explicação sobre o APP: trata-se de uma fonte aberta aos pesquisadores do mundo inteiro que foi lançado em 1999, quando o então estudante de pós-graduação Gerhard Peters se juntou a John Woolley para desenvolver recursos para estudantes de Ciência Política sobre o tema a "Presidência Americana". Ele é on-line e hospeda documentos públicos presidenciais desde 1776 até os dias atuais.

Conforme citei, alguns dos princípios de codificação apresentados por Bardin me guiaram na consulta aos documentos existentes no APP e na revisão bibliográfica como um todo. As ideias de exaustividade e precisão foram fundamentais, pois enfatizei a reprodução fiel das fontes na língua inglesa de documentos originais publicados, traduzindo-os livremente. Pesquisei as cartas ao Congresso e ao Senado dos Presidentes, documentos elaborados pelos Secretários de Estado, *policy makers*, militares ou civis, transcritas no APP. Como são textos sem paginação, adotei como forma de fazer referência a eles nas notas de rodapé usando o autor, o ano e a expressão "s/p", disponibilizando nas referências bibliográficas os *links* dos documentos na íntegra.

Eu estava diante de mais de cento e sessenta e cinco mil mensagens que estão disponíveis ao pesquisador no "The American Presidency Project". Para operacionalizar a pesquisa, busquei as mensagens de acordo com a variável "impactos geopolíticos do Canal do Panamá", que deveria ser caracterizada no objetivo geral da pesquisa. Para tanto, registrei alusões ao canal interoceânico encontrando dados em mensagens disponíveis dos presidentes James Monroe (1817-1825), John Quincy Adams (1825-1829), Andrew Jackson (1829-1837), Martin Von Buren (1837-1841), James K. Polk (1845-1849), Franklin Pierce (1854-1857), James Buchanan (1857-1861), Ullysses S. Grant (1869-1877), Rutherford B. Heys (1877-1881), William McKinley (1897-1901), Theodore Roosevelt (1901-1909).

A unidade de registro principal, usando a terminologia de Bardin, foi "Canal". Tratou-se da expressão que primeiro procurava localizar nos textos das mensagens presidenciais. Portanto, mapeava o conteúdo a partir do aparecimento dessa palavra-chave. A partir dela eu pesquisava mais a fundo as mensagens presidenciais e marcava os parágrafos, páginas ou mapas ou figuras onde a expressão aparecia.

Ao fazê-lo, eu conseguia "olhar ao redor" e perceber em quais contextos a unidade "canal" aparecia nas fontes, quais os atores envolvidos, quais os temas relacionados, quais os países que também eram mencionados, em qual período etc. Esses foram os aspectos teóricos-metodológicos que julguei importante explicar.

O livro foi dividido em três capítulos, além da Introdução e das Considerações finais. Cada capítulo teve por base um objetivo específico.

No Capítulo 1, explorei a gênese da talassocracia dos Estados Unidos da América por meio do processo que levou à construção do Canal do Panamá entre 1904 e 1914. Ao analisar o papel do Canal como uma chave geopolítica para o Novo Mundo, percebo como essa rota marítima não apenas facilitou o comércio, mas também solidificou a expansão da influência norte-americana no cenário internacional. A Doutrina Monroe, proclamada em 1823, estabelece os Estados Unidos como protetores dos interesses hemisféricos, definindo o Hemisfério Ocidental como uma esfera de influência exclusiva. A construção do Canal do Panamá fortaleceu essa perspectiva de longo prazo fundada em pilares intelectuais e operativos, permitindo o controle do acesso marítimo e o aumento da presença militar e econômica americana no hemisfério ocidental.

Esse contexto cria uma base crucial para o pensamento de Nicholas Spykman, que discuto no Capítulo 2. Ele revisita a Doutrina Monroe durante a década de 1940 em prol de um sistema de segurança hemisférica, visando proteger os EUA da ameaça de cerco por parte das potências da Eurásia. Porém, Spykman confere um caráter espacial seletivo à Doutrina, valorizando especialmente os países sul-americanos banhados pelo Caribe, o que reflete suas intenções estratégicas de controle regional.

No Capítulo 3, foco nas preocupações de Mário Travassos em relação à expansão hemisférica da influência estadunidense, especialmente no canto noroeste da América do Sul. Enquanto Spykman celebra a ideia de expansão do poder dos EUA, Travassos apresenta um olhar crítico, temendo as consequências geopolíticas dessa condição para a soberania dos países sul-americanos em geral e os interesses brasileiros em particular. Contudo, apesar de suas diferentes abordagens, percebo que ambos compartilham a defesa de uma espécie de destino manifesto. Para Spykman, esse destino é orientado pela necessidade de garantir a segurança hemisférica e a influência mundial dos Estados Unidos, legitimando a expansão como um imperativo geopolítico. Por outro lado, Travassos, embora cético em relação a essa expansão, reconhece que o Brasil também busca afirmar sua presença e relevância no cenário continental, rivalizando com a Argentina para se estabelecer como a potência sul-americana. Essa intersecção de visões, mesmo quando em conflito, revela a complexidade das dinâmicas de poder na América do Sul, onde tanto a grande estratégia estadunidense quanto a busca brasileira por autonomia e projeção continental estão profundamente entrelaçadas.

O CANAL DO PANAMÁ: A GÊNESE DA TALASSOCRACIA DOS ESTADOS UNIDOS

O canal do Panamá é um corredor de trânsito interoceânico, estrategicamente, construído pelos Estados Unidos da América (EUA) para propiciar o controle do intercâmbio entre o Oriente e o Ocidente por meio do istmo.

Desde o século XVI, Espanha, Grã-Bretanha e França objetivaram, sem sucesso, construir uma passagem para conectar o Atlântico ao Pacífico, mas com a proclamação da "Doutrina Monroe", em 1823, os EUA, progressivamente, suplantaram cada uma dessas potências marítimas e construíram essa passagem interoceânica estratégica.

Os espanhóis foram os primeiros europeus a tentarem chegar à Ásia por meio do istmo centro-americano, no entanto, foram os franceses que iniciaram a obra no canal, em 1881, tendo à frente do empreendimento Ferdinand De Lesseps, construtor do Canal de Suez. Por fim, o engenheiro do exército dos EUA, George W. Goethals, foi o responsável pela conclusão do projeto no Panamá.

A obra teve início em 4 de maio de 1904, durante a presidência de Theodore Roosevelt e foi entregue em 15 de agosto de 1914, já sob a gestão de Thomas Woodrow Wilson na Casa Branca.

O Canal do Panamá impactou geopoliticamente o hemisfério Ocidental como um todo, marcando a gênese da Talassocracia dos EUA, no início do século XX.

1.1 PANAMÁ: A CHAVE PARA O NOVO MUNDO

Istmo é uma palavra de origem grega que significa "pescoço" e define, geograficamente, uma estreita faixa terrestre entre dois mares. O trabalho de rasgamento de um braço de terra desse tipo — construção de um canal — pode fazer com que grande economia de tempo seja conseguida pelos navios (Guerra, 1993).

Os espanhóis procuraram, desde o início, uma ligação entre o Ocidente e o Oriente a partir do istmo do centro-americano. Entre 1502 e 1504, Cristóvão Colombo, a serviço de Isabel de Castela, empreendeu sua quarta viagem de exploração nas Américas, dessa vez, nas Caraíbas Ocidentais, buscando uma passagem através do istmo que o conduzisse à China (Parker, 2007).

O navegador genovês contornou a costa de Cuba e chegou até o litoral de Honduras. A partir desse ponto, navegou com uma pequena esquadra constituída de quatro Caravelas pelo Caribe, atravessando a Costa dos Mosquitos e a Baía da Caledônia em Darién[6] (Figura 2). Colombo concluiu que, em todo o istmo centro-americano, não havia nenhuma comunicação natural entre as águas do Atlântico e do Pacífico (Mahan, 1917).

Em 1510, depois de se instalarem em *Navidad*, os espanhóis fundaram a cidade de *Santa Maria De La Antigua Del Darien*, tornando-se o primeiro assentamento permanente europeu a existir próxima ao istmo do Panamá. Ela foi estabelecida junto a foz do rio Tarena, na bacia do Caribe, hoje, território da Colômbia.

Figura 2 – Mapa da quarta viagem de Colombo pelo Caribe

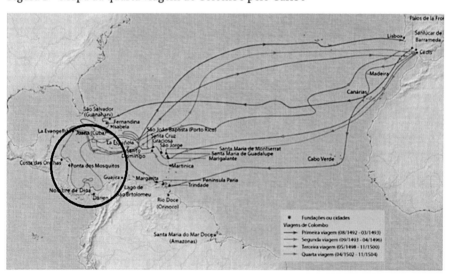

Fonte: Lyon (1992, p. 5)

---

[6] Região junto à fronteira da Colômbia que possui uma extensão de aproximadamente 12 km.

Vasco Núñes de Balboa, em 25 de setembro de 1513, ainda tentando encontrar uma passagem por terra do Ocidente para o Oriente, seguiu relatos dos *Guaymies*[7]. Os nativos informaram a Balboa que as cabeceiras dos rios existentes no istmo do Panamá facilmente se comunicavam entre si. Diante disso, ele partiu da Costa dos Mosquitos e usou a proximidade entre as cabeceiras dos rios Chagres e Grande para cumprir seu objetivo (Figura 3).

Balboa cruzou a densa floresta tropical úmida de Darien e as faixas montanhosas da cordilheira Central, obstáculos que se alinham próximos ao mar. De acordo com Mahan (1917), a expedição de Balboa foi considerada a primeira composta por europeus a chegar à costa do Pacífico, tendo como ponto de partida a costa atlântica do Panamá.

Balboa denominou o local de *Mar Del Sur*, tendo como ponto de referência o início da jornada através do Caribe. Menos de dez anos mais tarde, em 15 de agosto de 1519, os espanhóis também fundariam a cidade de *Nuestra Senhora de la Assunción del Panama*, atualmente, Cidade do Panamá (Mahan, 1917).

Os espanhóis, no início do século XVI, sob ordens de Carlos V, fizeram novas expedições. Eles mapearam o rio Chagres, em direção à cidade do Panamá. O objetivo da expedição era aprofundar o conhecimento sobre o meio geográfico, onde deveria ser aberta a via de comunicação marítima que pudesse ligar o Atlântico às possessões na bacia da Ásia-Pacífico.

Figura 3 – Diagrama dos rios Chagres e Grande

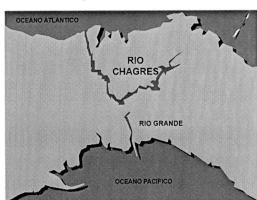

Fonte: Bonilla (2021, p. 85)

---

[7] Nativos ou habitantes originais da região onde hoje é o Panamá.

Em 1534, o rei Carlos V, ciente dos relatos da época, teria ordenado os primeiros estudos para a construção de um canal por meio de uma secção no istmo centro-americano, entendendo a rota da Nicarágua como a melhor localidade (Figura 4), por causa do grande lago San Juan (Parker, 2007).

Figura 4 – Mapa da rota da Nicarágua

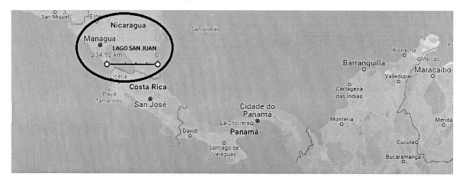

Fonte: adaptada pelo autor a partir do *Google Earth*

Os novos núcleos urbanos e o domínio das bacias hidrográficas eram essenciais para o controle de territórios no Novo Mundo. De acordo com Mahan (1917), foi também nessa época que as expedições espanholas, rumando para o norte do Panamá, chegaram até as margens do rio San Juan, um afluente do Lago Nicarágua:

> Em janeiro de 1522, um certo Gil Gonzalez partiu do Panamá para o norte no lado do Pacífico, com alguns homens, e em março descobriu o Lago Nicarágua, que tem o nome do cacique Nicarágua ou Nicarao, cuja cidade ficava em suas margens. Cinco anos depois, outro aventureiro desfez sua embarcação na costa, transportou-a assim para o lago e fez o circuito deste último; **descobrindo sua saída, o San Juan,** apenas um quarto de século depois que Colombo visitou a foz do rio. (Mahan, 1917, p. 64, grifo próprio, tradução própria).[8]

---

[8] "In January, 1522, one Gil Gonzalez started from Panama northward on the Pacific side, with a few frail barks, and in March discovered Lake Nicaragua, which has its name from the cacique, Nicaragua, or Nicarao, whose town stood upon its shores. Five years later, another adventurer took his'vessel to pieces on the coast, transported it thus to the lake, and made the circuit of the latter; discovering its outlet, the San Juan, just a quarter of a century after Columbus had visited the mouth of the river."

O lago Nicarágua[9], devido às suas condições hidrográficas mais favoráveis do que o Panamá, tornou-se o local preferido pelos espanhóis para a construção de um canal interoceânico. Todavia, foi o *Camino Real*, feito por terra, que se transformou em uma das mais importantes rotas comerciais do império espanhol na América colonial (Figura 5). De acordo com Parker, os fluxos de mercadorias e metais preciosos pela *Royal Road* transformaram o Istmo do Panamá "na chave do sistema de comércio e defesa espanhol no Novo Mundo" (Parker, 2007, p. 22).

O ouro dos Incas, pérolas, lingotes de prata, oriundos da Bolívia e as cargas em geral, as quais vinham do Pacífico, eram chamadas pelos espanhóis de *"flotas de India"*. Eram desembarcados e organizados em comboios formados por carros de boi, que seguiam por terra firme até a costa do Caribe, onde eram embarcados novamente e transportadas para a Europa.

Figura 5 – Mapa do Camino Real

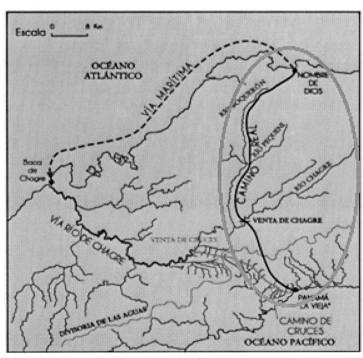

Fonte: Vallés (2013, p. 3)

---
[9] O lago Nicarágua está ao nível do mar.

A opulência econômica da rota real atraía a ação de piratas que constantemente atacavam os navios do rei de Espanha e isso influenciava na perspectiva espanhola sobre a importância do istmo panamenho diante da segurança das possessões no Novo Mundo. De acordo com Parker (2007), o istmo já se convertia em um espaço de conexão fundamental para os interesses do Velho Mundo.

> A Cidade do Panamá rapidamente se tornou **um dos três centros mais ricos das Américas, superado apenas por Lima e Cidade do México** no outro extremo da trilha, *Nombre de Dios* tornou-se um importante porto e local de uma feira anual de opulência deslumbrante, onde mercadorias europeias eram compradas para transbordo por toda a América espanhola. (Parker, 2007, p. 22, grifo próprio, tradução própria).[10]

A conquista espanhola sobre os Incas e a expropriação de suas riquezas no Peru geraram uma dúvida na Coroa: seria realmente fundamental construir um canal no istmo do Panamá? Os Reis de Espanha oscilavam entre gerar maior liberdade de movimento entre o Atlântico e o Pacífico ou controlar mais eficazmente o acesso e a circulação entre os dois oceanos por terra, a fim de proteger seu império de ataques corsários a partir do Caribe (Parker, 2007).

As prioridades geoestratégicas da Espanha mudariam progressivamente. O Rei Filipe II, optando inicialmente pela tese da segurança, acreditava que transformara o istmo do Panamá em uma "parede de terra inquebrável". Para ele, essa seria a medida de segurança eficaz entre o ouro e a prata do Peru e os inimigos marítimos da Espanha no Atlântico, notadamente os bucaneiros[11] (Parker, 2007).

A preocupação espanhola era fruto do comportamento belicoso de seus rivais europeus. Para o rei Filipe, a Inglaterra possuía, de longa data, interesses econômicos e militares no Caribe e ele estava certo. De acordo com Mahan (1917), o reinado de Elisabeth foi responsável por grande incremento da expansão britânica no Caribe.

---

[10] "Panama City quickly became one of the three richest centers in the Americas, outshone only by Lima and Mexico City. At the Other end of the trail, Nombre de Dios grew into an important port, and the site of na annual trade fair of dazzling opulence, where European goods were bought for transshipment throughout Spanish America."

[11] Segundo Parker (2007), Felipe II também era movido por "fanatismo religioso" vendo, entre outros malefícios, como antinatural e uma "intromissão" na criação de Deus.

> [...] a gloriosa explosão de empreendimento marítimo e colonial que marcou o reinado de Elizabeth, **e o alvorecer de uma nova era quando o país reconheceu a esfera de sua verdadeira grandeza, foi confrontado pelo pleno poder da Espanha**, ainda aparentemente inabalável, em posse das mais importantes posições do Caribe, e reivindicando o direito de excluir todos os outros daquele quarto do mundo. (Mahan, 1917, p. 463, grifo próprio, tradução própria).[12]

Na concepção de Mahan (1917), o aumento da presença britânica nas Índias Ocidentais era uma realidade que, de fato, deveria ser levada em consideração. Portanto, Mahan classificava essa região como vital para o controle hemisférico em um momento de aumento do conflito de interesses no Caribe entre potências coloniais. Mas os EUA, até a metade do século XIX, ainda eram coadjuvantes quando o assunto era a obtenção de colônias e de riquezas no exterior (Rua, 2001). Na verdade, o progressivo declínio da Espanha, transformava a Grã-Bretanha na nova potência marítimo-colonial dominante na região do Caribe, mas também lançava luz sobre o futuro expansionista dos EUA no hemisfério[13].

Em paralelo ao sucesso colonial do empreendimento inglês no Caribe, também houve uma tentativa frustrada de colonização por parte dos escoceses na densamente florestada região do istmo panamenho. Eles objetivavam construir a rota de Darién, implementando a Companhia da Escócia de forma semelhante ao que os Holandeses fizeram no nordeste do Brasil e na África. O intento ocorreu em uma inóspita região de selvas em Darién, onde foi estabelecida a colônia intitulada de Nova Caledônia (Figura 6).

---

[12] "The glorious burst of Maritime and colonial enterprise which marked the reign of Elizabeth, and the dawn of a new era when the country recognized the sphere of its true greatness, was confronted by the full power of Spain, as yet outwardly unshaken, in actual tenure of the most important positions in the Caribbean and the Spanish Main, and claiming the right to exclude all others from that quarter of the world."

[13] Em 1850, as populações da Grã-Bretanha e dos EUA eram equivalentes. Em 1900, a população norte-americana já equivalia ao dobro da dos ingleses. A economia dos EUA ultrapassou a britânica em 1870 e alcançou o dobro de seu tamanho em 1914 (Allison, 2020).

Figura 6 – Mapa da rota da Darién

Fonte: adaptada pelo autor a partir do *Google Earth*

William Paterson, um dos fundadores do Banco da Inglaterra, atual Banco Central do Reino Unido, liderou o grupo de cerca de mil e duzentos colonos e marinheiros que fundaram a Nova Caledônia em Darién. Segundo Paterson, os escoceses seriam o povo escolhido por Deus para dominar o Istmo a fim controlar os "portões para o Pacífico e as chaves para o Universo" (Parker, 2007). Todavia,

> Como muitos dos esquemas subsequentes do Panamá, ele estava condenado desde o início. Assim que os 1.200 escoceses desembarcaram no Novo Mundo, batizando seu ancoradouro de Caledonia Bay, protestos ferozes de mercadores ingleses e espanhóis levaram a um embargo à colônia. Para um assentamento estabelecido como entreposto comercial, foi um golpe fatal. (Parker, 2007, p. 22, tradução própria).[14]

Assim como os espanhóis, os escoceses liderados por Paterson também foram atraídos pelas vantagens comerciais e militares que a posição geográfica do Istmo do Panamá proporcionava a quem a controlasse. A perspectiva era construir bons portos e fortificações em ambas as costas, com o objetivo de garantir a circulação de bens e de mercadorias do Oriente para a Europa.

---

[14] "Like so many of the subsequent Panama schemes, it was doomed from the start. As soon as the 1,200 Scotsmen landed in the New World, naming their anchorage Caledonia Bay, fierce protests from English merchants and the Spanish led to an embargo on the colony. For a settlement established as a trading station, it was a fatal blow."

Em 1699, a força do meio geográfico[15], usando-se um termo cunhado por Friedrich Ratzel no século XIX, impôs um preço alto aos colonizadores escoceses. A insalubridade do istmo panamenho fez com que os colonos abandonassem Darien, rumando para Nova Iorque e, dali, retornaram para Europa. Os colonos foram abatidos pela malária, pela febre ama-rela (*Panama fever*) e pela fome, um acontecimento que ficou conhecido como *Darien Disaster*. Algo muito semelhante também aconteceria com os construtores franceses no istmo do Panamá, dois séculos mais tarde (Parker, 2007).

Dezoito anos depois do desastre escocês, em 1717, a Coroa espanhola reforçou a administração colonial sobre o istmo, uma região que voltava a ser considerada chave para seus negócios no Novo Mundo. Nesse momento, estabeleceu o vice-reinado de Nova Granada, cuja capital era Santa Fé de Bogotá[16]. Então, o Panamá foi anexado à Nova Granada, iniciando um século e meio de luta por parte dos habitantes da província situada no istmo para recuperar sua autonomia (Parker, 2007).

Durante o resto do século XVIII, o Panamá permaneceu anexado a um império em processo de extinção, sofrendo as consequências eco-nômicas do declínio espanhol. Contudo, o enfraquecimento econômico espanhol no istmo não foi acompanhado por uma diminuição da impor-tância geopolítica ou militar. Aos poucos, a região se tornava uma arena chave para o sistema internacional, na qual as potências emergentes de então, em particular os EUA, ficariam diretamente interessados no valor estratégico do Istmo (Parker, 2007).

Não por acaso, Simon Bolívar, no início do século XIX, considerou a disputa entre as potências marítimas europeias uma ameaça à inte-gridade territorial das novas repúblicas que surgiam com o processo de

---

[15] Friedrich Ratzel utilizava o termo o que lhe custou o rótulo de determinista, principalmente, por críticos franceses como Lucien Febvre. Segundo seus críticos, Ratzel enfatizava, negligenciando a capacidade humana, que as condições do relevo, do clima etc. determinavam o destino de empreendimentos humanos. O fato é que a "experiência ambiental" negativa dos escoceses em Darién teve muitos paralelos com o fracasso do engenheiro francês Ferdinand de Lesseps que, em 1881, chefiaria, junto com Bonaparte Wise e Bunau-Varilla, o malogrado empreendimento de construir um canal interoceânico através do istmo do Panamá.

[16] O vice-reino de Nova Granada, também conhecido como vice-reino de Santa Fé de Bogotá, foi uma divisão administrativa do Império Espanhol na América do Sul durante a era colonial. Ele foi estabelecido em 1717 e existiu até 1810, quando as províncias que o compunham começaram a se revoltar contra o domínio espanhol, culminando na independência da Colômbia e de outros países sul-americanos. Incluía uma vasta área que corresponde em grande parte aos territórios que hoje compreendem a Colômbia, o Panamá, o Equador e partes do norte do Peru e do noroeste da Venezuela.

independência. Foi nesse momento que ele descreveu o Panamá como um elemento geopoliticamente central no Caribe, tal qual fora Corinto para os gregos no mar Egeu na antiguidade:[17]

> **Que lindo seria se o istmo do Panamá fosse para nós o que Corinto foi para os gregos!** Esperançosamente, um dia teremos a sorte de instalar ali um augusto congresso dos representantes das repúblicas, reinos e impérios, para tentar **discutir os elevados interesses da paz e da guerra com as nações das outras três partes do mundo.** (Bolívar, 2014, p. 34, grifo próprio, tradução própria).[18].

A "geografia da paz e da guerra"[19] contida no discurso de Bolívar não é, aqui, considerada como uma postura subserviente frente às nações europeias mais poderosas. Com efeito, comparação de Bolívar entre o Panamá e Corinto revelava a importância que a posse do istmo possuía em suas reflexões, tanto para as causas da liberdade e da integração das recém-criadas repúblicas americanas, como para a definição dos novos caminhos da guerra no cenário que estava porvir.

Bolívar almejava estabelecer no Caribe o mesmo que os Coríntios fizeram na Grécia Antiga: o controle do estreito, uma passagem que conectava o mar Jônico ao mar Egeu. Isso geraria o domínio sobre o comércio e as rotas marítimas entre o leste e o oeste. Da mesma forma, a frase de Bolívar permite supor que a união dos povos livres da América meridional poderia se voltar para o controle do Panamá, um istmo, cuja eventual abertura de uma passagem do Atlântico para o Pacífico poderia impactar geopoliticamente todo o hemisfério. Em 1821, os panamenhos declararam independência da Espanha e se juntaram à República da Grã-Colômbia (Quadro 1). A partir de então, a percepção geral a respeito da relevância geopolítica do istmo, no contexto hemisférico, ficaria cada vez mais evidente.

---

[17] O istmo de Corinto liga a península do Peloponeso à porção continental da Grécia, próximo da cidade de Corinto.

[18] "¡Qué bello sería que el Istmo de Panamá fuese para nosotros lo que el de Corinto para los griegos! Ojalá que algún día tengamos la fortuna de instalar allí un augusto congreso de los representantes de las repúblicas, reinos e imperios, a tratar de discutir sobre los altos intereses de la paz y de la guerra con las naciones de las otras tres partes del mundo. Esta especie de corporación podrá tener lugar en alguna época dichosa de nuestra regeneración."

[19] A expressão foi usada sob inspiração do livro *Geography of peace* de 1944, publicação *post mortem* de Spykman, em que ele usa a base cartográfica como um elemento central para a análise da temática da paz e da guerra no mundo da década de 1940.

A partir de 1823, a Doutrina Monroe faria com que os EUA tomassem a dianteira, no que diz respeito à construção de um canal interoceânico. A dianteira seria não só em relação ao projeto de integração de Bolívar, como também frente aos interesses coloniais das potências rivais do Velho Mundo.

O presidente Monroe lançaria a visão de longo prazo de Washington sobre qual deveria ser a política externa para as jovens repúblicas do sul do continente americano. O canal do Panamá se configuraria em uma peça-chave no tabuleiro geopolítico do hemisfério.

1.2 A DOUTRINA MONROE E O CANAL DO PANAMÁ

James Monroe foi o 5º presidente dos EUA, o último dos *Founding Fathers*[20] *a exercer o cargo presidencial. Pertencente ao partido democrata-republicano*[21]*, declarava que* os EUA não deveriam se envolver em questões políticas na Europa e, tampouco, o continente americano poderia ser alvo de investidas coloniais das monarquias do Velho Mundo. Em 2 de dezembro de 1823, Monroe afirmou que a manutenção da paz e da segurança dos EUA estaria, de uma vez por todas, vinculada, geograficamente, ao hemisfério:

> [...] **qualquer tentativa de estender seu sistema a qualquer parte deste hemisfério seria considerada como perigosa para nossa paz e segurança.** Com as colônias ou dependências existentes de qualquer potência europeia não interferimos nem interferiremos, mas sim com os Governos que declararam a sua independência e a mantiveram, e cuja independência reconhecemos, com grande consideração e por princípios justos, **que não podemos ver qualquer interposição com o propósito de os oprimir, ou de controlar de qualquer outra forma o seu destino, por qualquer potência europeia** sob qualquer outra luz que não seja como a manifestação de uma **disposição hostil em relação aos Estados Unidos.** (Monroe, 1823, s/p, grifo próprio, tradução própria).[22]

---

[20] *Pais Fundadores* foram os Líderes políticos que assinaram a Declaração de Independência, ou participaram da Revolução Americana ou da redação da Constituição.

[21] O partido democrata-republicano dominou a cena política nos EUA entre 1800 e 1825, quando se fragmentou no que é hoje o partido democrata e no que foi o extinto Partido Whig.

[22] "[...] any attempt on their part to extend their system to any portion of this hemisphere as dangerous to our peace and safety. With the existing colonies or dependencies of any European power we have not interfered and shall not interfere, but with the Governments who have declared their independence and maintained it, and whose independence we have, on great consideration and on just principles, acknowledged, we could not view any interposition for the purpose of oppressing them, or controlling in any other manner their destiny, by any European power in any other light than as the manifestation of an unfriendly disposition toward the United States."

A Doutrina Monroe não foi pactuada com os países do hemisfério. Não houve um tratado que gerava obrigações entre as partes. A doutrina foi uma declaração unilateral que se transformou em um princípio de política externa duradouro. O pretexto era proteger o continente americano de novas conquistas territoriais por parte das potências europeias. Segundo Schoultz (2000), a Doutrina criou bases permanentes para a expansão da esfera de influência norte-americana em todo o hemisfério Ocidental.

> Os EUA eram formados, naquela época, por **16 estados**, e seus cinco milhões de cidadãos **avançavam vigorosamente sobre a terra reivindicada por outros.** Para o sul e sudoeste, eles partilhavam a fronteira com a colônia da **Espanha**, a qual moveu-se mais para o oeste, após a Espanha ter transferido a parte central do continente para a **França,** e Napoleão rapidamente tê-la revendido aos EUA, em 1803. A **Aquisição da Lousiana** foi apenas a primeira de diversas importantes transações de terras realizadas pelos EUA no século XIX. Em meados do século, a nação se estendia sobre o continente, formada, agora, por **31 estados** e com mais de 23 milhões de cidadãos. (Schoutz, 2000, p. 18, grifo próprio).

A Doutrina Monroe foi inspirada por *Sir* George Canning, Secretário de Relações Exteriores britânico, como uma resposta anglo-americana ao Congresso de Viena de 1815[23]. O político britânico propôs aos EUA uma parceria estratégica para que as potências da Santa Aliança[24] não projetassem influência no Novo Mundo. Contudo, a desconfiança em face a Guerra de 1812[25] afastou qualquer possibilidade de união entre EUA e Grã-Bretanha (Kissinger, 2001).

De acordo com Spykman, o escopo original da Doutrina foi ampliado ao longo dos anos. Isso ocorreu não somente diante de tentativas de conquistas territoriais por parte de potências imperialistas europeias. Principalmente, estava em jogo a consolidação das novas fronteiras, recentemente incorporadas pela expansão econômica do seu território no litoral do Pacífico, onde ingleses e russos penetravam:

---

[23] Foi uma conferência diplomática realizada na cidade de Viena, Áustria, após a derrota final de Napoleão Bonaparte em Waterloo. O objetivo principal do Congresso de Viena era reorganizar a Europa após as transformações políticas e territoriais que haviam ocorrido durante o período napoleônico.

[24] A Santa Aliança foi formada pelas famílias reais do Império Russo, da Áustria e da Prússia e durante o Congresso de Viena de 1815 buscaram redesenhar o mapa político da Europa pós-napoleônica (Kissinger, 2001).

[25] A Guerra de 1812 ou Guerra Anglo-Americana opôs os EUA à Inglaterra. Nela, os ingleses marcharam sobre a capital e incendiaram a Casa Branca, destruindo-a completamente.

> **Os princípios originais contidos na mensagem do presidente Monroe,** proibições à aquisição de território e à introdução de sistemas externos e não intervenção, **foram ampliados e clarificados ao longo dos anos.** A proibição à aquisição de território agora significa oposição **não apenas à conquista,** mas, também, à **entrega voluntária de território e à transferência de uma potência não americana para outra,** uma extensão que é de importância prática imediata à luz da conquista dos Países Baixos e da França, que têm colônias nas Índias Ocidentais e na América do Sul. **A objeção à introdução de sistemas externos ainda é firme como sempre, mas a solução do problema é muito mais complicada.** (Spykman, 1942, p. 85, grifo próprio, tradução própria).[26]

As disputas por hegemonia entre Espanha, França e Inglaterra no Velho Mundo forneceram a margem de manobra para que os norte-americanos pudessem ampliar o escopo original da Doutrina Monroe à medida que expandiam o território original para Oeste. Os políticos de Washington usaram a lógica do equilíbrio de poder[27] no Novo Mundo (Schoultz, 2000).

Segundo Schoultz (2000), o cálculo norte-americano foi desde o início expansionista, o que foi entendido como paz e segurança pela Doutrina Monroe. Aquisição da Flórida, em 1819, que pertencia a uma Espanha endividada em razão das dificuldades impostas pelas Guerra Napoleônicas até 1815, foi vista pelos homens de Washington como uma questão de segurança territorial, ao mesmo tempo defensiva e ofensiva:

> "A Flórida Oriental em si não é nada", argumentava o Secretário de Estado Monroe em 1815, **"mas como um posto, nas mãos da Grã-Bretanha, ela é da maior importância. Dominando todo o Golfo do México, incluindo o Mississipi e seus afluentes, e os ribeirões para o *Mobile*,** uma vasta parte das terras mais férteis e produtivas da União,

---

[26] "The original principles contained in the message of President Monroe, no acquisition of territory, no introduction of alien systems, and no intervention, have been expanded and clarified throughout the years. No acquisition of territory now means opposition not only to conquest but also to voluntary surrender of territory and to transfer from one non-American power to another, an extension which is of immediate practical importance in the light of the conquest of Holland and France, who have colonies in the West Indies and South America. Objection to the introduction of alien systems is still as firm as ever, but the solution of the problem is much more complicated"

[27] Em Morgenthau (2003), equilíbrio de poder é uma configuração, um estado de coisas real onde a estabilidade do sistema internacional está associada à formação de alianças, a distribuição do poder entre as nações.

das quais a navegação e o comércio dependem tão essencialmente, estaria sujeita a problemas. (Schoutz, 2000, p. 18, grifo próprio).

Percebem-se dois desdobramentos da explicação de Schoultz sobre a posse da Flórida: a) o estabelecimento de uma primeira linha de controle defensivo do território norte-americano; e b) a Flórida vista como um promontório de onde seria viável projetar poder militar na direção do Caribe e da América do Sul, caso necessário.

Considerando a lógica que associava a Doutrina à segurança territorial, o domínio da Foz do Mississipi e da baía de *Mobile*, na qual já existia um porto de águas profundas construído pelos franceses no Alabama, foi garantido com a compra da Lousiana, em 1803, da França. Assim, a grande porção de terras situadas no Sul dos EUA, poderia ser defendido mais adequadamente contra eventuais ameaças que se instalassem no Golfo do México.

Em paralelo à reiteração da Doutrina Monroe e o seu estabelecimento como um princípio de política externa longevo, a construção do Canal passou a ser um tema defendido por diversos presidentes. Foi John Quincy Adams, democrata-republicano, sexto presidente dos EUA, quem fez a primeira alusão ao Panamá em uma mensagem ao Congresso. Isso aconteceu durante sua mensagem especial do dia 5 de março de 1825. Naquele dia, ele submeteu ao Congresso Nacional o propósito de se nomear uma missão diplomática norte-americana para representar o país no Congresso do Panamá convocado por Simón Bolívar, em que as nações americanas se reuniriam, em 1826,[28] para deliberar sobre o futuro da América. O presidente Adams já sinalizava aos homens de Estado da época, o quanto o istmo do Panamá seria uma região estratégica para os EUA.

É nesse contexto que se registou um novo olhar hemisférico de política externa dos EUA sobre a configuração geopolítica do continente, inserindo o canal em várias discussões e debates públicos no Congresso. Adams também mencionou pela primeira vez em sua mensagem especial o conceito de "hemisfério americano", isolando o continente americano do Velho Mundo. Com sua mensagem, ele deu

---

[28] O fato é que os delegados nomeados por J.Q Adams não compareceram ao congresso do Panamá de 1826. Richard C. Anderson, que era ministro dos EUA para a Colômbia, adoeceu durante viagem pelo Rio Magdalena na Colômbia, falecendo em Cartagena; e John Sergeant permaneceu em Washington uma vez que obteve a informação que o congresso do istmo havia se interrompido para se reunir, posteriormente, em Tacubaya próxima a Cidade do México (Schoultz, 2000).

ênfase à missão dos EUA de expandir os princípios liberais e republicanos para o Sul do hemisfério, visto como parte dessa nova região livre das amarras do Velho Mundo:

> [...] esses princípios são, de fato, indispensáveis à **efetiva emancipação do hemisfério americano da servidão dos monopólios e exclusões colonizadoras**, fato que se concretiza rapidamente no progresso dos negócios humanos e que a resistência ainda opôs em certas partes da Europa ao reconhecimento das **repúblicas da América do Sul** como Estados independentes contribuirão, acredita-se, de forma mais eficaz para a realização. (Adams, 1825 s/p, grifo próprio, tradução própria).[29]

A alusão ao conceito de "Hemisfério Americano" por Adams sugeria uma ressignificação da importância geopolítica "das repúblicas do Sul" por parte dos EUA. A proposta de realização de um Congresso no istmo do Panamá também foi destacada na mensagem de Adams:

> Entre as medidas que lhes foram sugeridas pelas novas relações recíprocas, resultantes das recentes mudanças em sua condição, está a de **reunir no Istmo do Panamá um congresso,** no qual cada um deles deve estar representado, para deliberar sobre objetos importantes para o bem-estar de todos. **As Repúblicas da Colômbia, do México e da América Central** já designaram plenipotenciários para tal reunião, e convidaram os EUA a serem também representados por seus ministros. O convite foi aceito, e os ministros da parte dos EUA serão encarregados de assistir a essas deliberações, e de nelas participar, na medida do possível, com essa neutralidade da qual não é nossa intenção nem desejo dos outros Estados americanos que nos afastemos. (Adams, 1825, s/p, tradução própria, grifo próprio).[30]

---

[29] "These principles are, indeed, indispensable to the effectual emancipation of the American hemisphere from the thralldom of colonizing monopolies and exclusions, an event rapidly realizing in the progress of human affairs, and which the resistance still opposed in certain parts of Europe to the acknowledgment of the Southern American Republics as independent States will, it is believed, contribute more effectually to accomplish."

[30] "Among the measures which have been suggested to them by the new relations with one another, resulting from the recent changes in their condition, is that of assembling at the Isthmus of Panama a congress, at which each of them should be represented, to deliberate upon objects important to the welfare of all. The Republics of Colombia, of Mexico, and of Central America have already deputed plenipotentiaries to such a meeting, and they have invited the United States to be also represented there by their ministers. The invitation has been accepted, and ministers on the part of the United States will be commissioned to attend at those deliberations, and to take part in them so far as may be compatible with that neutrality from which it is neither our intention nor the desire of the other American States that we should depart."

O presidente Adams afirmava, naquela ocasião, que a adoção de princípios liberais de comércio seria o ponto mais importante a ser discutido no Congresso do Panamá, para o futuro dos povos americanos. Segundo Adams (1825), os jovens países sul-americanos, na maioria dos casos, possuíam regulamentos e regras protecionistas desfavoráveis aos EUA, mas cediam à postulação diante de "protestos amigáveis". Conforme Adams (1825), havia chegado o momento, com o Congresso, dos princípios de uma relação comercial liberal serem exibidos a todos os países do Hemisfério, e "instados com persuasão desinteressada e amigável sobre eles quando todos se reunirem com o propósito declarado de consultar juntos sobre o estabelecimento de tais princípios visando o seu bem-estar futuro" (Adams, 1825, s/p).

Em 1826, o Congresso americano considerou pela primeira vez um plano para financiar um canal interoceânico, mas seria por meio da Nicarágua. O fato se deu logo depois da criação da República Federal da América Central[31]. De acordo com os planos, o canal seguiria o rio San Juan do Mar do Caribe até o Lago Nicarágua. A partir desse trecho, uma série de eclusas e túneis levariam os navios ao Oceano Pacífico. Contudo, o projeto não foi aprovado em 1826 porque a República Federal da América Central caminhava para uma guerra civil.

Em 1831, o presidente Andrew Jackson, do Partido democrata, sétimo a governar na Casa Branca, escreveu em seu discurso sobre o Estado da União que os planos centro-americanos para o canal seriam retomados pelo governo dos EUA. Segundo Jackson, as notícias, que chegavam da América Central, eram que as diferenças, que prevaleciam nos assuntos internos, tinham sido resolvidas pacificamente (Parker, 2007).

Naquela ocasião, Jackson lembrou ao Congresso que se o canal da Nicarágua pudesse ser concluído, seria vital para comércio entre os dois países através dos oceanos Atlântico e Pacífico. Jackson afirmava o seguinte:

> Da América Central recebi garantias do tipo mais amigável e um gratificante pedido de nossos bons ofícios para remover uma suposta indisposição em relação a esse governo em um Estado vizinho. Esta aplicação foi imediata e cumprida com sucesso. Deram-nos também a agradável informação de que as diferenças que prevaleciam nos seus assuntos internos

---

[31] A República Federal Centro Americana existiu entre os anos de 1824 e 1841 sendo composta pelas atuais Repúblicas da Guatemala, Honduras, El Salvador, Nicarágua e Costa Rica.

tinham sido resolvidas pacificamente. Nosso tratado com esta República continua a ser fielmente observado e promete um grande e benéfico comércio entre os dois países - um comércio da maior importância se **o magnífico projeto de um canal de navios através dos domínios daquele Estado, do Atlântico ao Oceano Pacífico, agora em séria contemplação, será executado.** (Jackson, 1831, s/p, grifo próprio, tradução própria).[32]

A perspectiva de um canal através do istmo demandava inovações. Nos governos que sucederam a Jackson, os EUA deram os primeiros passos na transição do uso da vela para o uso do vapor como força motriz das embarcações militares. Segundo Sprout e Sprout (1946), em 1837, Von Buren lançou o navio chamado *Fulton,* que foi o primeiro do tipo a ser comissionado na Marinha norte-americana. Além disso, "Sob a Lei de 1839 recorde-se, o Departamento da Marinha construiu dois grandes fragatas de madeira, com motores auxiliares para acionar rodas de pás colocado a meia nau" (Sprout; Sprout, 1946, p. 124).

Em 1838, a Nicarágua separou-se da República Centro Americana e foi seguida por Honduras e Costa Rica. Depois disso, houve um hiato nas mensagens ao Congresso sobre um canal na América Central. Não houve menções ou dados significativos sobre o interesse americano por um canal durante os governos de Martin Von Buren (1837–1841), William Henry Harriron (1841) e John Tyler (1841–1845). Mas o assunto "construção de um canal" voltou a ser retomado durante o governo James Knox Polk.

1.3. O EXPANSIONISMO CONTINENTAL PRÉ-GUERRA CIVIL

Integrante do partido democrata, Polk foi o 10º presidente dos EUA e o responsável pelo aumento territorial de mais de um milhão de quilômetros quadrados, incorporando territórios que, agora, compõem os estados do Arizona, Utah, Nevada, Califórnia, Oregon, Idaho, Washington, grande parte do Novo México e porções de Wyoming, Montana e Colorado (Schoultz, 2000).

---

[32] "From Central America I have received assurances of the most friendly kind and a gratifying application for our good offices to remove a supposed indisposition toward that Government in a neighboring State. This application was immediately and successfully complied with. They gave us also the pleasing intelligence that differences which had prevailed in their internal affairs had been peaceably adjusted. Our treaty with this Republic continues to be faithfully observed and promises a great and beneficial commerce between the two countries - a commerce of the greatest importance if the magnificent project of a ship canal through the dominions of that State from the Atlantic to the Pacific Ocean, now in serious contemplation, shall be executed."

Em dois de dezembro de 1845, Polk dava mostras que reforçavam a continuidade dos princípios da Doutrina Monroe. Ele fez alusão ao princípio de não interferência e mesmo de negação do acesso às potências europeias a qualquer nova colônia na América do Norte. De acordo com Polk, em sua Primeira Mensagem Anual, a Doutrina Monroe permanecia a melhor fórmula para manter a segurança e defender os interesses estadunidenses no continente americano, reforçando-o como um conjunto territorial livre da influência do Velho Mundo

> **Os continentes americanos, pela condição livre e independente que assumiram e mantêm, não devem doravante ser considerados sujeitos à colonização por nenhuma potência europeia.** Este princípio se aplicará com força muito maior se qualquer potência europeia tentar estabelecer qualquer nova colônia na América do Norte. Nas atuais circunstâncias do mundo, o presente é considerado uma ocasião apropriada para **reiterar e reafirmar o princípio confessado pelo Sr. Monroe e declarar minha cordial concordância com sua sabedoria e política.** A reafirmação deste princípio, especialmente em referência à América do Norte, é hoje apenas a promulgação de uma política à qual nenhuma potência europeia deveria ter a disposição de resistir. (Polk, 1845, s/p, grifo próprio, tradução própria).[33]

Polk (1845), de fato, queria impedir que a Grã-Bretanha pudesse expandir suas reivindicações territoriais na América Central e no Caribe, mas estava em desvantagem em termos de poder militar[34]. Assim, ele respondeu positivamente à iniciativa de Nova Granada por um tratado comercial, o que envolvia a construção de um canal ou ferrovia no istmo do Panamá. Destarte, em 12 de dezembro de 1846, foi celebrado o Tratado de Paz, Amizade, Navegação e Comércio. O acordo foi concluído em Bogotá por Benjamin Bidlack, encarregado de negócios dos EUA para Nova Granada e Manuel Maria Mallarino, secretário de Estado e Relações Exteriores de Nova Granada.

---

[33] "The American continents, by the free and independent condition which they have assumed and maintain, are henceforth not to be considered as subjects for colonization by any European powers. This principle will apply with greatly increased force should any European power attempt to establish any new colony in North America. In the existing circumstances of the world the present is deemed a proper occasion to reiterate and reaffirm the principle avowed by Mr. Monroe and to state my cordial concurrence in its wisdom and sound policy. The reassertion of this principle, especially in reference to North America, is at this day but the promulgation of a policy which no European power should cherish the disposition to resist [...]."

[34] A Marinha dos EUA, se comparados à Grã-Bretanha e à França, possuíam 7 navios, montando um total de 39 canhões. A Grã-Bretanha, por outro lado, tinha 141 navios de guerra com um total de 698 canhões, e a França tinha 68 navios com 430 canhões (Sprout; Sprout, 1946).

Em troca do livre direito de passagem, os norte-americanos prometeram garantir a neutralidade do istmo e a soberania de Nova Granada. O movimento abriu caminho para um futuro canal no Panamá. Segundo Polk, a importância do istmo do Panamá aumentou com a expansão para o oeste da fronteira americana, fazendo do empreendimento algo tão importante para os americanos no hemisfério como Suez era para os franceses e ingleses no Velho Mundo:

> Para nós devido à sua posição geográfica e ao nosso interesse político como Estado americano de magnitude primária, esse **istmo é de importância peculiar, assim como o istmo de Suez é, por razões correspondentes, para as potências marítimas da Europa.** Mas, acima de tudo, a importância para os EUA de **assegurar o livre trânsito através do istmo americano** tornou-o de suma importância para nós desde a colonização dos Territórios do **Oregon** e de **Washington** e a **adesão da Califórnia à União.** (Polk, 1845, s/p, grifo próprio, tradução própria).[35]

Em 1847, o presidente Polk transmitiu ao Senado o Tratado Mallarino-Bidlack para ratificação. Em seu artigo 35[36], era estabelecido o direito de livre trânsito por qualquer meio de transporte existente ou que viesse a ser construído no futuro através do istmo do Panamá, gerando alternativa menos dispendiosa em tempo e recursos.

---

[35] "To us, on account of its geographical position and of our political interest as an American State of primary magnitude, that isthmus is of peculiar importance, just as the Isthmus of Suez is, for corresponding reasons, to the maritime powers of Europe. But above all, the importance to the United States of securing free transit across the American isthmus has rendered it of paramount interest to us since the settlement of the Territories of Oregon and Washington and the accession of California to the Union."

[36] "Os Estados Unidos da América e a República de Nova Granada, desejando tornar tão duradoura quanto possível a relação que será estabelecida entre as duas partes em virtude deste tratado, declararam solenemente e concordam com os seguintes pontos: 1º. Para melhor compreensão dos artigos anteriores, está e tem sido estipulado entre as altas partes contratantes que os cidadãos, navios e mercadorias dos Estados Unidos gozarão nos portos de Nova Granada, incluindo os da parte do território granadino geralmente denominado istmo do Panamá, desde sua extremidade meridional até a fronteira da Costa Rica, todas as isenções, privilégios e imunidades relativas ao comércio e à navegação, que são agora ou poderão vir a ser desfrutados pelos cidadãos granadinos; seus navios e mercadorias; e que esta igualdade de favores se estenderá aos passageiros, correspondência e mercadorias dos Estados Unidos, em seu trânsito através do referido território, de um mar a outro. O governo de Nova Granada garante ao governo dos Estados Unidos que o direito de passagem ou trânsito através do istmo do Panamá em quaisquer meios de comunicação que existam agora, ou que possam ser construídos no futuro, será aberto e gratuito para o governo e cidadãos dos Estados Unidos, e para o transporte de quaisquer artigos de produção, manufaturados ou mercadorias de comércio legal, pertencentes aos cidadãos dos Estados Unidos; que nenhum outro pedágio ou taxa será cobrado dos cidadãos dos Estados Unidos, ou de suas referidas mercadorias que passam por qualquer estrada ou canal que possa ser feito pelo governo de Nova Granada, ou pela autoridade do mesmo, do que é, em circunstâncias semelhantes, cobrado dos cidadãos granadinos; que qualquer produto, manufatura ou mercadoria legal pertencente a cidadãos dos Estados Unidos passe assim em convenção consular que declare mais especialmente as atribuições e imunidades dos cônsules e vice-consules das partes respectivas". Disponível em: https://tile.loc.gov/storage-services/service/gdc/gdccrowd/mss/mal/000/0005800/0005800.txt. Acesso em: 17 dez. 2023.

> Perceber-se-á pelo artigo trigésimo quinto deste tratado que Nova Granada se propõe a **garantir ao Governo e aos cidadãos dos EUA o direito de passagem por qualquer canal ou ferrovia que possa ser construído para unir os dois mares**, com a condição de que os EUA façam uma garantia semelhante a Nova Granada da neutralidade desta parte de seu território e sua soberania sobre ele. (Polk, 1845, s/p, grifo próprio, tradução própria).[37]

A percepção de Polk quanto às vantagens de uma rota interoceânica por meio do istmo ficavam mais evidentes quando ele afirmava que, fosse por ferrovia ou por um canal, as vantagens comerciais seriam potencializadas pela redução das distâncias entre as costas leste e oeste e a região da Ásia-Pacífico:

> **A rota pelo istmo do Panamá é a mais curta entre os dois oceanos e, pelas informações aqui comunicadas, parece ser a mais viável para uma ferrovia ou canal.** As vastas vantagens para nosso comércio que resultariam de tal comunicação, **não apenas com a costa oeste da América, mas com a Ásia e as ilhas do Pacífico, são óbvias demais para exigir qualquer detalhe.** Tal passagem nos livraria de uma longa e perigosa navegação de mais de **9.000 milhas ao redor do Cabo Horn** e tornaria nossa comunicação com nossas posses na costa noroeste da América comparativamente fácil e rápida. (Polk, 1847, s/p, grifo próprio, tradução própria).[38]

Conforme o artigo 35 do tratado Mallarino-Bidlack, a soberania de Nova Granada seria compartilhada com os EUA. Isso se daria sobre um eventual canal, ferrovia ou qualquer ligação terrestre que fosse construída no istmo do Panamá. A rota do istmo do Panamá era, de fato, a mais curta entre as aventadas até aquela ocasião (Figura 7).

---

[37] "It will be perceived by the thirty-fifth article of this treaty that New Granada proposes to guarantee to the Government and citizens of the United States the right of passage across the Isthmus of Panama over the natural roads and over any canal or railroad which may be constructed to unite the two seas, on condition that the United States shall make a similar guaranty to New Granada of the neutrality of this portion of her territory and her sovereignty over the same."

[38] "The route by the Isthmus of Panama is the shortest between the two oceans, and from the information herewith communicated it would seem to be the most practicable for a railroad or canal. The vast advantages to our commerce which would result from such a communication, not only with the west coast of America, but with Asia and the islands of the Pacific, are too obvious to require any detail. Such a passage would relieve us from a long and dangerous navigation of more than 9,000 miles around Cape Horn and render our communication with our possessions on the northwest coast of America comparatively easy and speedy."

Figura 7 – Mapa da rota do Panamá

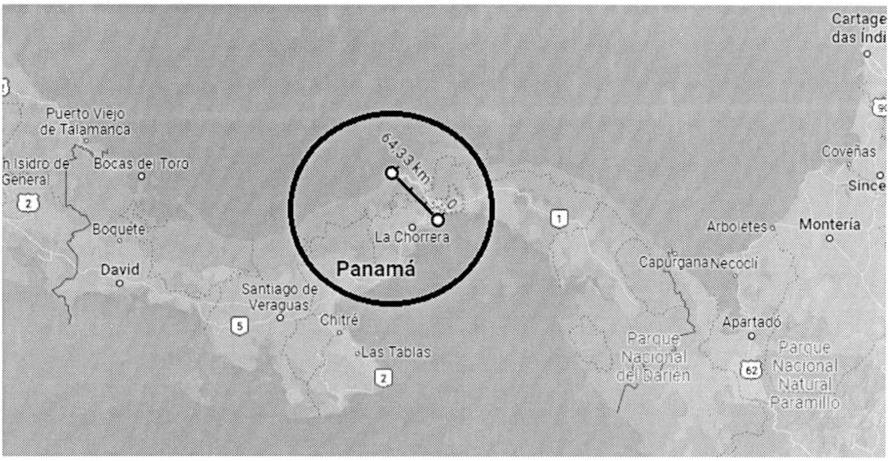

Fonte: adaptada pelo autor a partir do *Google Earth*

O Tratado Mallarino-Bidlack gerava um direito de soberania coextensivo entre EUA e Nova Granada. Além disso, o conteúdo da mensagem de Polk era de forte espírito liberal, o que privilegiava os EUA em detrimento de Nova Granada, dando-lhes autonomia, em tempos de paz ou de guerra, quando o assunto era a passagem entre o Atlântico e o Pacífico:

> Não há dúvida de que qualquer um desses governos aceitaria a oferta, porque não parece haver nenhum outro meio eficaz de assegurar a todas as nações as vantagens desta importante passagem, mas a **garantia das grandes potências comerciais de que o Istmo será um território neutro**. Os interesses do mundo em jogo são tão importantes que não se pode permitir que a segurança desta passagem entre os dois oceanos dependa das guerras e revoluções que possam surgir entre diferentes nações. (Polk, 1847, s/p, grifo próprio, tradução própria).[39]

Para ilustrar como se deu a evolução territorial dos países no istmo do Panamá e do noroeste da América do Sul, segue um quadro explicativo da evolução político-territorial dos países da porção noroeste da América do Sul e do istmo do Panamá.

---

[39] That either of these Governments would embrace the offer can not be doubted, because there does not appear to be any other effectual means of securing to all nations the advantages of this important passage but the guaranty of great commercial powers that the Isthmus shall be neutral territory. The interests of the world at stake are so important that the security of this passage between the two oceans can not be suffered to depend upon the wars and revolutions which may arise among different nations."

Quadro 1 – Unidades político-territoriais

Vice-Reino de Nova Granada (1717–1819)	Controle do Império espanhol (colônia), correspondia aos atuais territórios do Equador, Colômbia e Panamá.
República da Grã-Colômbia (1819–1830)	Primeira fase da forma Republicana, prosseguimento da guerra contra a Espanha. Formada por Nova Granada e Venezuela. Em 1819, foi criada a República da Colômbia e promulgada a primeira constituição, quando Simón Bolívar foi declarado presidente. Em 1821, a região foi renomeada para Grã-Colômbia sendo formada pelos atuais estados do Equador, Colômbia, Panamá e Venezuela.
República de Nova Granada (1831–1858)	Em 1829, a Venezuela se separou; em 1830, o Equador também se separa. **Colômbia e Panamá formam a República de Nova Granada**, passando à Confederação Granadina em 1857, e Estados Unidos da Colômbia em 1863, e desde 1886, República da Colômbia.
República da Colômbia (1886–)	Formada pela Colômbia e a Província do Panamá, que se tornou independente em 1903, sob influência dos EUA.
República do Panamá	Criada em 1903, a partir do movimento de separação frente à Colômbia.

Fonte: adaptado pelo autor a partir do Ministério das Relações Exteriores (MRE) do Brasil

Durante a vigência do Tratado Mallarino-Bidlack, o cálculo geopolítico em relação à construção de um canal no Caribe continuava a povoar os discursos presidenciais nos EUA. O presidente Polk, na 3.ª mensagem anual ao Congresso, afirmou que era fundamental aos EUA manter o acesso ao Golfo do México aberto, pois é lá que está o istmo de Tehuantepec:

> O comissário dos EUA foi autorizado a concordar com o estabelecimento do Rio Grande como o limite de sua entrada no Golfo até sua interseção com o limite sul do Novo México, na latitude norte de cerca de 32 graus, e obter uma cessão para os EUA das Províncias do Novo México e da Califórnia e **o privilégio do direito de passagem através do Istmo de Tehuantepec.** A fronteira do Rio Grande e a cessão aos EUA do Novo México e da Alta Califórnia constituíam um ultimato que nosso comissário não devia ceder em nenhuma circunstância. (Polk, 1847, s/p, grifo próprio, tradução própria).[40]

---

[40] "The commissioner of the United States was authorized to agree to the establishment of the Rio Grande as the boundary from its entrance into the Gulf to its intersection with the southern boundary of New Mexico, in north latitude about 32 degree, and to obtain a cession to the United States of the Provinces of New Mexico and the Californias and the privilege of the right of way across the Isthmus of Tehuantepec. The boundary of the Rio Grande and the cession to the United States of New Mexico and Upper California constituted an ultimatum which our commissioner was under no circumstances to yield."

Zachary Taylor Hare foi o sucessor de Polk como chefe do Executivo. Ele pertencia ao partido Whig, servindo como presidente americano de 1849 até sua morte, em 1850. Ele permaneceu por apenas 16 meses à frente da Casa Branca e suas ações mais importantes no âmbito da política externa envolveram negociações com a Grã-Bretanha no contexto do Tratado Clayton Buwler sobre os planos anglo-americanos de construir um canal por meio da Nicarágua.

Em 1849, o governo nicaraguense assinou um contrato com o empresário norte-americano Cornelius Vanderbilt[41], dando à sua Companhia de Trânsito de Acessórios o direito exclusivo de construir uma hidrovia dentro de 12 anos. Isto e muitas tentativas de construção de um Canal da Nicarágua foram feitas, mas nenhuma se concretizou até o momento (Parker, 2007).

Na Quarta Mensagem Anual ao Congresso de 1849, Taylor afirmou que outras possíveis rotas também poderiam ser construídas através do Istmo centro-americano. Segundo o presidente Taylor, ao final da Guerra com o México, o negociador do Tratado de Guadalupe-Hidalgo foi instruído a oferecer uma soma muito grande de dinheiro pelo direito de trânsito pelo Istmo de *Tehuantepec*[42]. A região em questão possui a menor distância entre o Golfo do México e o Pacífico em território mexicano, com cerca de duzentos quilômetros.

O presidente Taylor, naquela ocasião, também informou ao Congresso a existência do contrato privado que havia sido celebrado entre Vanderbilt e o governo da Nicarágua para a construção de uma ferrovia que ligasse o istmo de leste a oeste. Segundo o presidente Taylor (1849), a conexão Atlântico-Pacífico continuava na agenda do governo, ao ponto de ele mesmo dirigir negociação com a Nicarágua:

> Um contrato foi celebrado entre o **Estado da Nicarágua** e uma empresa composta por **cidadãos americanos** com o propósito de construir um canal de navios através do território desse Estado **para conectar os oceanos Atlântico e Pacífico.** Dirigi a negociação de um tratado com a Nicarágua comprometendo-me a ambos os Governos a proteger aqueles que se engajarem e aperfeiçoarem o trabalho. Todas as

---

[41] Foi um empresário e magnata americano que dominou o setor de navegação e construção de ferrovias durante o século XIX.

[42] Mensagem Anual ao Congresso dos EUA em 4 de dezembro de 1849.

outras nações são convidadas pelo Estado da Nicarágua a entrar com ela nas mesmas estipulações do tratado. (Taylor, 1849, s/p, grifo próprio, tradução própria).[43]

Em 22 de abril de 1850, Taylor fez novas tratativas para o estabelecimento de rotas para um canal em três localidades: Tehuantepec (Figura 8), Nicarágua e Panamá. O presidente dos EUA entendia que qualquer comunicação interoceânica a ser estabelecida no Caribe deveria ser mantida por meio de rotas de livre-comércio entre as nações.

Figura 8 – Mapa da rota de *Tehuantepec*

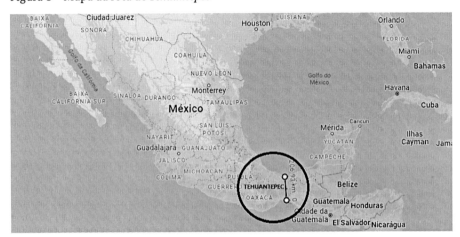

Fonte: adaptada pelo autor a partir do *Google Earth*

Assim, o olhar, para a integração dos territórios americanos no Pacífico à economia internacional, também estava na agenda de Taylor,

> [...] uma aliança comercial com todos os grandes Estados marítimos[44] para a proteção de um canal de navios contemplado através do território da **Nicarágua** para conectar os oceanos Atlântico e Pacífico e, ao mesmo tempo, garantir a mesma proteção às ferrovias ou canais contemplados pelas

---

[43] "A contract having been concluded with the State of Nicaragua by a company composed of American citizens for the purpose of constructing a ship canal through the territory of that State to connect the Atlantic and Pacific oceans, I have directed the negotiation of a treaty with Nicaragua pledging both Governments to protect those who shall engage in and perfect the work. All other nations are invited by the State of Nicaragua to enter into the same treaty stipulations with her."

[44] O termo aparece em várias mensagens no século XIX se referindo à Grã-Bretanha, a Espanha, a França e aos EUA.

> rotas Tehuantepec e Panamá, bem como a todas as outras comunicações interoceânicas que possam ser adotadas para encurtar o trânsito de ou para nossas rotas Tehuantepec e **Panamá**, bem como para todas as outras comunicações interoceânicas que possam ser adotadas para encurtar o trânsito de ou para os nossos territórios no Pacífico. (Taylor, 1850, s/p, grifo próprio, tradução própria).[45]

Além disso, conforme exposto anteriormente, o Tratado Mallarino-Bidlack já contemplava projetos de construção de um canal e ou de ferrovias sem dar preferência a qualquer uma das rotas especuladas, até aquela data, desde o México até Nova Granada. Segundo Zachary Taylor (1850), era necessário gerar condições favoráveis e segurança para empreendimentos no setor de transporte, onde quer que fosse necessário, isto é:

> Dar proteção aos capitalistas que se comprometessem a **construir qualquer canal ou ferrovia através do istmo, começando na parte sul do México e terminando no território de Nova Granada.** Não dá preferência a nenhuma rota em detrimento de outra, mas propõe a mesma medida de proteção para todos que a engenhosidade e a empresa podem construir. Se este tratado for ratificado, garantirá no futuro a libertação de toda a América Central de qualquer tipo de agressão estrangeira. (Taylor, 1850, s/p, grifo próprio, tradução própria).[46]

Em 1850, foi celebrado o Tratado Clayton-Buwler entre os EUA e a Grã-Bretanha. Nesse sentido, sob o discurso da neutralidade de um futuro canal interoceânico na região do Caribe, em onze de junho do mesmo ano, o Secretário de Estado J. M Clayton e *Sir* Henry Litton Buwler, membro do conselho de sua majestade a Rainha da Inglaterra, acordaram que nenhum dos dois países ocuparia ou fortificaria a costa da Ilha dos Mosquitos na Nicarágua ou qualquer outra área da América Central.

---

[45] "This treaty has been negotiated in accordance with the general views expressed in my message to Congress in December last. Its object is to establish a commercial alliance with all great maritime states for the protection of a contemplated ship canal through the territory of Nicaragua to connect the Atlantic and Pacific oceans, and at the same time to insure the same protection to the contemplated railways or canals by the Tehuantepec and Panama routes, as well as to every other interoceanic communication which may be adopted to shorten the transit to or from our territories on the Pacific."

[46] "It yields protection to the capitalists who may undertake to construct any canal or railway across the Isthmus, commencing in the southern part of Mexico and terminating in the territory of New Granada. It gives no preference to any one route over another, but proposes the same measure of protection for all which ingenuity and enterprise can construct. Should this treaty be ratified, it will secure in future the liberation of all Central America from any kind of foreign aggression."

Todavia, mesmo que o acordo de neutralidade não fosse cumprido pela Inglaterra, os EUA ainda não possuíam a capacidade de impor militarmente sua vontade aos britânicos, caso fossem desafiados em combate por eles. Assim, segundo Spykman (1942, p. 76), essa situação "perturbava seriamente os homens de Estado dos EUA", sendo um desafio permanente à doutrina Monroe a ameaça de um controle externo sobre o futuro canal.

Ao mesmo tempo em que se discutia com os britânicos a construção de um canal, o sucesso da "corrida do ouro" na Califórnia aumentava os interesses econômicos de grupos privados estadunidenses. Sendo assim, iniciaram as tratativas para a construção de uma ferrovia trans ístmica através do Panamá. O projeto foi financiado pelo empresário norte-americano Henry Aspinwall e a ferrovia foi construída usando o mesmo traçado da Rota Real espanhola, correndo em paralelo aos vales dos rios Grande (vertente do Pacífico) e Chagres (vertente do Atlântico), criando o primeiro corredor transoceânico na América Central por terra (Figura 9).

Figura 9 – Mapa da ferrovia do Panamá

Fonte: Bonilla (2021, p. 88)

Com a eleição para a Casa Branca em 1854, Franklin Pierce, do partido democrata, tornou-se o 14º presidente dos Estados Unidos. Ele ocupou o cargo durante um período de crescente tensão entre o norte industrial e o sul escravagista[47].

O presidente Pierce permitiu grandes investimentos em ferrovias no istmo centro americano. O seu olhar estava direcionado para a aquisição pelos empresários dos EUA de vastos territórios na costa do Pacífico no final da Guerra Mexicana. Com efeito, apoiados pela Marinha dos EUA, William Aspinwall[48] e seus sócios "estabeleceram serviços de barcos a vapor da Cidade do Panamá para São Francisco e de Nova York para Chagres" (Parker, 2007, p. 36). De uma maneira geral, eles também já estavam protegidos pelo Tratado Mallarino-Bidlack.

Logo, a expansão para o oeste e a descoberta de ouro na Califórnia possuem relação com a integração dos modais ferroviário e aquaviário (barcos a vapor) que passaram a conectar, usando o Panamá, as duas costas norte-americanas. De acordo com Parker, isso antecipava a circulação que seria gerada depois da construção do Canal.

> Embora incompleta a ferrovia já estava rendendo muito dinheiro. Em 1854, com trinta e uma milhas em operação, 32 mil pessoas foram transportadas, e a receita bruta da empresa ultrapassou um milhão de dólares. Isso ocorreu apesar da queda da corrente de garimpeiros de ouro; a essa altura, **o Istmo era uma das principais rotas de passageiros do mundo, e ainda a melhor maneira de ir da costa leste à costa oeste dos Estados Unidos Estados, quem quer que você fosse.** (Parker, 2007, p. 42, grifo próprio, tradução própria).[49]

A ampliação da escala geográfica de circulação econômica (fluxo de mercadorias e pessoas) através do Panamá foi uma espécie de "derramamento externo", uma continuidade internacional da expansão da fronteira econômica dos EUA para o oeste americano. Geopoliticamente,

---

[47] A escalada das tensões levaria à Guerra de Secessão (1861-1865), também chamada de Guerra Civil Americana.

[48] William Henry Aspinwall foi um empresário sócio da grande empresa mercantil Aspinwall & Howland Co. Ele nasceu em Nova Iorque e foi um dos fundadores da ferrovia do Panamá.

[49] "Although incomplete, the railway was by now making serious money. In 1854, with thirty-one miles in operation, 32,000 were transported, and the outfit's gross income exceeded million dollars. This was in spite of a falling off of the stream of gold prospectors; by now the Isthmus was one of the major passenger routes of the world, and still the best way to get from the East to the West Coast of the UnitedStates, whoever you were."

as mudanças produzidas nos transportes, especialmente aquelas origina-
das do uso da ferrovia para cortar o istmo, aumentavam a necessidade de
uma maior atenção por parte do governo dos EUA. Segundo Pierce (1856),

> O estreito istmo que liga os continentes da América do
> Norte e do Sul, pelas facilidades que proporciona para o
> fácil trânsito entre os oceanos Atlântico e Pacífico, **tornou
> os países da América Central um objeto de consideração
> especial para todas as nações marítimas,** o que foi grande-
> mente aumentado em tempos modernos pela operação de
> mudanças nas relações comerciais, especialmente aquelas
> produzidas pelo uso generalizado do vapor como força
> motriz por terra e mar. **Para nós, devido à sua posição
> geográfica e ao nosso interesse político como Estado
> americano de grande magnitude, esse istmo tem uma
> importância peculiar, tal como o istmo de Suez o é, por
> razões correspondentes, para as potências marítimas
> da Europa.** Mas, acima de tudo, a importância para os
> Estados Unidos de garantir o livre trânsito através do istmo
> americano tornou-o de interesse primordial para nós desde
> a colonização dos Territórios de Oregon e Washington e a
> adesão da Califórnia à União. (Pierce, 1856, s/p, grifo próprio,
> tradução própria).[50]

Por causa disso, os EUA se projetavam como uma nação marítima
em disputa com outras nações de mesmo tipo por espaço de influência na
América Central. De acordo com Pierce (1856), em mensagem especial, a
construção de um canal no istmo era da mais alta importância e interesse.
O espaço em disputa por britânicos e americanos ficava cada vez mais claro.
Na visão de Pierce, a segurança futura das comunicações interoceânicas
dos EUA seria ameaçada em duas frentes: Nicarágua e Nova Granada,

> [...] enquanto o trânsito interoceânico pelo caminho da
> **Nicarágua** está cortado, ocorreram distúrbios no **Panamá**
> para obstruir, pelo menos temporariamente, o de **Nova
> Granada,** envolvendo o sacrifício das vidas e propriedades

---

[50] "The narrow isthmus which connects the continents of North and South America, by the facilities it affords
for easy transit between the Atlantic and Pacific oceans, rendered the countries of Central America an object
of special consideration to all maritime nations, which has been greatly augmented in modern times by the
operation of changes in commercial relations, especially those produced by the general use of steam as a
motive power by land and sea. To us, on account of its geographical position and of our political interest as
an American State of primary magnitude, that isthmus is of peculiar importance, just as the Isthmus of Suez
is, for corresponding reasons, to the maritime powers of Europe. But above all, the importance to the United
States of securing free transit across the American isthmus has rendered it of paramount interest to us since
the settlement of the Territories of Oregon and Washington and the accession of California to the Union."

dos cidadãos dos EUA. Um comissário especial foi enviado ao Panamá para investigar os fatos desta ocorrência com vistas particularmente à reparação das partes lesadas. **Mas medidas de outra classe serão exigidas para a segurança futura da comunicação interoceânica por esta como pelas outras rotas do istmo**. (Pierce, 1856, s/p, grifo próprio, tradução própria).[51]

Diante da progressiva ampliação da influência norte-americana sobre a Nicarágua e o Panamá, os ingleses fecharam o porto nicaraguense de San Juan Del Norte (Greytow), na costa do Caribe, local geograficamente estratégico para os interesses das potências no istmo (Figura 10).

Figura 10 – Mapa do território da Nicarágua

Fonte: Schoultz (2000, p. 84)

---

[51] "While the interoceanic transit by the way of Nicaragua is cut off, disturbances at Panama have occurred to obstruct, temporarily at least, that by the way of New Granada, involving the sacrifice of the lives and property of citizens of the United States. A special commissioner has been dispatched to Panama to investigate the facts of this occurrence with a view particularly to the redress of parties aggrieved. But measures of another class will be demanded for the future security of interoceanic communication by this as by the other routes of the Isthmus."

Pierce em mensagem especial alertava ao Congresso sobre o incidente na Nicarágua, considerando que San Juan Del Norte era o principal terminal cogitado pelos EUA, para construir uma ferrovia ou um futuro canal pelo istmo:

> [...] **uma expedição militar, sob a autoridade do Governo britânico, tinha desembarcado em San Juan del Norte, no Estado da Nicarágua,** e tomado posse forçada desse porto, o terminal necessário de qualquer canal ou ferrovia através do istmo dentro dos territórios da Nicarágua. (Pierce, 1856, s/p, grifo próprio, tradução própria).[52]

A partir desses acontecimentos, pode-se afirmar que não havia mais o espírito de cooperação entre EUA e Inglaterra. O conflito de interesses se estabeleceu entre as duas potências marítimas, no que dizia respeito às comunicações interoceânicas através do Istmo. Na leitura do presidente Pierce, a independência da Nicarágua e sua soberania dentro dos limites de seu próprio território havia sido violada pelos ingleses, sobre o pretexto de proteger os índios Mosquitos:

> [...] cujo nome próprio havia se perdido para a história, que não constituía um Estado capaz de soberania territorial, nem de fato, nem de direito, e todos os interesses políticos em quem e **no território que ocupavam a Grã-Bretanha** já haviam renunciado por sucessivos tratados com a Espanha quando a Espanha era soberana do país e, posteriormente, com a América espanhola independente. (Pierce, 1856, s/p, grifo próprio, tradução própria).[53]

A preocupação geopolítica da política externa do governo Pierce era em relação ao expansionismo da Grã-Bretanha. Dizia respeito à necessidade de assegurar que não haveria qualquer tipo de interrupção nos fluxos econômicos em um país tornado bioceânico. Desse modo, as duas localidades mais importantes para Pierce eram a Nicarágua e Nova Granada. De acordo com Pierce (1856), em mensagem especial, a debilidade política da República da Nicarágua fez com que uma das facções do governo convidasse

---

[52] "[...] a military expedition, under the authority of the British Government, had landed at San Juan del Norte, in the State of Nicaragua, and taken forcible possession of that port, the necessary terminus of any canal or railway across the Isthmus within the territories of Nicaragua."

[53] "[...] whose proper name had even become lost to history, who did not constitute a state capable of territorial sovereignty either in fact or of right, and all political interest in whom and in the territory they occupied Great Britain had previously renounced by successive treaties with Spain when Spain was sovereign to the country and subsequently with independent Spanish America."

> [...] a assistência e a cooperação de um **pequeno corpo de cidadãos norte-americanos do Estado da Califórnia, cuja presença, ao que parece, pôs fim imediato à guerra civil e restaurou a aparente ordem em todo o território da Nicarágua,** com uma nova administração, tendo à sua frente um indivíduo distinto, por nascimento um cidadão da República, D. Patricio Rivas, como seu Presidente provisório. (Pierce, 1856, s/p, grifo próprio, tradução própria).[54]

Segundo Schoultz (2000), o convite para os americanos foi feito pelo partido liberal da Nicarágua. Na verdade, o grupo de cidadãos americanos era liderado por um mercenário chamado William Walker que, apoiado por comerciantes do Sul confederado, buscavam intervir na Nicarágua a fim de favorecer a causa da Secessão.

Na prática, os mercenários norte-americanos usaram a força em solo nicaraguense para "restaurar a ordem" e colocar Patrício Rivas no poder, a ação que foi classificada como positiva pelo presidente Pierce diante da "debilidade política" dos Nicaraguenses. Contudo, a simpatia da Casa Branca pela causa cessou quando as operações da companhia interoceânica foram novamente interrompidas devido ao conflito interno. A Companhia de Trânsito da Nicarágua era controlada por cidadãos dos EUA, que alegaram ao governo Pierce ter sido lesados pelos atos de Rivas.

O segundo ponto de manobra na política externa eram as "instabilidades" na República de Nova Granada. Naquela época, o país era então formado pela Colômbia e pela província do Panamá. Pierce demostrava que, caso fosse necessário, adotaria contra os granadinos uma postura intervencionista semelhante ao que fizera na Nicarágua. O tempo de Pierce acabou, mas a visão de longo prazo estadunidense sobre a relação entre o istmo e a segurança territorial estadunidense se consolidava a cada ano.

A corrida presidencial do ano de 1857 teve como vitorioso James Buchanan do partido democrata, tornando-se, deste modo, o 15º presidente dos EUA. Ele a princípio procurou não se envolver no tema da escravidão, deixando a margem de decisão para cada Estado da União agir de acordo a Constituição. Além disso, desviou o foco da instabilidade política, por conta da questão da escravidão que dividia o país, para o ambiente externo visando o fortalecimento da posição dos EUA diante das nações do Caribe e da América do Sul.

---

[54] "[...] the assistance and cooperation of a small body of citizens of the United States from the State of California, whose presence, as it appears, put an end at once to civil war and restored apparent order throughout the territory of Nicaragua, with a new administration, having at its head a distinguished individual, by birth a citizen of the Republic, D. Patricio Rivas, as its provisional President."

Em seu discurso inaugural, solicitou ao congresso recursos para a construção de uma via de acesso militar transcontinental. Buchanan, na Mensagem Inaugural de 4 de março de 1857, afirmou

> [...] como é possível fornecer essa proteção à Califórnia e nossas possessões no Pacífico, exceto por meio **de uma estrada militar através dos territórios dos EUA,** por meio da qual **homens e munições de guerra** podem ser rapidamente transportados dos Estados **do Atlântico** para enfrentar e repelir o invasor? **No caso de uma guerra com um poder naval muito mais forte que o nosso, não teríamos outro acesso disponível à costa do Pacífico, porque tal poder fecharia instantaneamente a rota através do istmo da América Central**. (Buchanan, 1857, s/p, grifo próprio, tradução própria).[55]

A preocupação militar de Buchanan era pertinente, sob a ótica geopolítica. O comércio britânico com a América Latina era cerca de quatro vezes maior que o dos EUA à época. Os comerciantes ingleses haviam se aproveitado da decisão espanhola de situar suas povoações nas terras altas do istmo, deixando a linha costeira caribenha para população autóctone. Nesse caso, os ingleses já haviam se instalado em Belize por volta de dois séculos, antes do processo de independência na América Latina começar no início do século XIX (Mccullough, 1977).

1.4. A CONSOLIDAÇÃO DA POLÍTICA EXTERNA PÓS-GUERRA CIVIL

O republicano Abraham Lincoln ganhou a eleição presidencial de 1860, tornando-se o 16º presidente dos EUA. Seis semanas após a vitória de Lincoln, a Carolina do Sul deixou a União. Depois disso, mais seis estados sulistas se juntaram à Carolina do Sul. A saída dos estados sulistas aumentou o problema geopolítico da União. Em função disso, a liberdade de movimento dos EUA pelo Panamá (e a América Central) era, novamente, ameaçada por uma potência do Velho Mundo.

> Entre 1861 e 1865, os cidadãos dos Estados Unidos lutaram entre si em uma guerra civil, **e a rota do Panamá foi usada diversas vezes para movimentação de tropas, materiais e metais preciosos de costa a costa.** Na preparação para a

---

[55] "[...] how is it possible to afford this protection to California and our Pacific possessions except by means of a military road through the Territories of the United States, over which men and munitions of war may be speedily transported from the Atlantic States to meet and to repel the invader? In the event of a war with a naval power much stronger than our own we should then have no other available access to the Pacific Coast, because such a power would instantly close the route across the isthmus of Central America."

> guerra, e durante o próprio conflito armado, os rivais europeus da América foram rápidos em tomar vantagem. **O imperador francês, Napoleão III, há muito estava obcecado com a América Central, sonhando com o controle de um canal e com uma proteção contra a expansão alarmante dos Estados Unidos.** (Parker, 2007, p. 46, grifo próprio, tradução própria).[56]

O istmo, novamente, representava a peça-chave no tabuleiro geopolítico do Caribe. A situação agora era mais complexa devido ao movimento expansionista de Luís Napoleão[57] no contexto regional. De acordo com Parker (2007), esse foi o momento no qual ocorreu uma importante mudança de rumo político na Doutrina Monroe, agora, em prol do expansionismo hemisférico como condição para a segurança estadunidense:

> Os Estados Unidos emergiram da Guerra Civil determinados a reverter a crescente intervenção europeia no seu quintal apontando sua liderança expansionista em direção ao exterior. **As vagas aspirações da Doutrina Monroe tornaram-se agora um dogma nacional**, e, de ser uma estratégia defensiva, **tornou-se uma licença para a intervenção norte-americana em todo o hemisfério.** (Parker, 2007, p. 46, grifo próprio, tradução própria).[58]

A Guerra Civil Americana ocorreu entre 1861 e 1865, com uma perda de mais de 600 000 vidas. Após o seu final e o assassinato de Abraham Lincoln, Andrew Johnson, democrata, assumiu a Casa Branca, tornando-se o 17º presidente. Um ano depois, o secretário de Estado William H. Seward administrou a compra do Alasca da Rússia.

Seward também demostrou interesse pela Baía de Samaná, um porto natural na República Dominicana, capaz de proteger o lado oriental de um futuro canal no istmo, zelando pelos interesses militares e comerciais do EUA no Caribe.

---

[56] "Between 1861 and 1865, the United States was, of course, fighting its own civil war, and the Panama route was used several times for moving troops, materials, and bullion from coast to coast. In the buildup to the war, and during the armed conflict itself, America's European rivals were quick to take advantage. The French emperor, Napoléon III, had long been obsessed with Central America, dreaming of control of a canal, and of a buffer against the alarming expansion of the United States."

[57] Luís Napoleão ou Napoleão III foi o 1º presidente da 2ª República francesa. Ele enviou milhares de soldados franceses ao México para derrubar o regime de Benito Juérez na esperança de tornar a nação uma colônia francesa, reforçando o conceito de América Latina em detrimento à crescente influência anglo-saxônica sobre a região do Caribe.

[58] "The United States leadership emerged from the Civil War determined to reverse creeping European intervention in their backyard and to point the United States in an outward-looking and expansionist direction. The vague aspirations of the Monroe Doctrine now became national dogma, and from being a defensive strategy it became a license for U.S. intervention throughout the hemisphere."

Outro assunto importante para Johnson foi a relação EUA-México. O exército francês, conforme mencionado, já havia ocupado partes importantes do território mexicano, instalando um governante fantoche, o arquiduque Maximiliano da Áustria, como imperador. O governo mexicano, liderado por Benito Juárez, resistiu às forças de Napoleão III, mas teve pouco efeito decisivo, sendo derrotado pelas forças de ocupação (Schoultz, 2000).

Em 1869, Ulisses A. Grant, do partido Republicano, tornou-se o 18º presidente a assumir a Casa Branca, representando um papel central na consolidação da nova direção geográfica da política externa estadunidense. No mesmo ano, o engenheiro francês Ferdinand de Lesseps concluía os trabalhos no Canal de Suez, no Egito. O canal permitiu uma linha direta de transporte e comércio entre a Europa e a Ásia, o mundo mudava rapidamente e os EUA também visualizavam com a construção do canal do Panamá seu lugar de destaque no cenário internacional.

Internamente, Grant promovia a reconstrução de um país dividido pela Guerra. Sua política externa, desde o início, tal qual seu antecessor, concentrou atenção na região do Caribe, em especial Cuba e Santo Domingo, atual República Dominicana. Tanto Grant quanto o Secretário de Estado Fish defendiam a construção de um canal interoceânico na América Central.

Grant, em 1869, estabeleceu a Comissão do Canal Interoceânico (IOCC) e enviou uma expedição para investigar possíveis rotas para um canal, ordenando ao Almirante Daniel Ammen que organizasse uma série de expedições na Nicarágua e no Panamá. De acordo com MacCullough (1977), Grant estava munido do ideal projetar e controlar o acesso e a circulação através do futuro canal:

> Ele, apesar sua reputação subsequente como um presidente de pouca visão ou iniciativa, foi mais profundamente interessado em **um canal ístmico** do que qualquer um de seus predecessores. Ele foi de fato o primeiro presidente a tratar seriamente do assunto. Se era para ser um corredor de água, ele o queria **no lugar apropriado** - conforme determinado por engenheiros civis e autoridades navais - e ele a queria **sob controle americano.** (Mccullough, 1977, p. 19, grifo próprio, tradução própria).[59]

---

[59] "[...] despite his subsequent reputation as a President of little vision or initiative, was more keenly interested in an isthmian canal than any of his predecessors had been. He was indeed the first President to address himself seriously to the subject. If there was to be a water corridor, he wanted it in the proper place — as determined by civil engineers and naval authorities — and he wanted it under American control."

Apesar de aumentar o interesse pela construção do canal, os EUA de Grant possuíam três grandes debilidades em relação à Europa: a) infraestrutura de transporte e comunicações era mais limitada; b) a perpetuação de políticas econômicas abertamente liberais; e c) objetivos de política externa ainda tímidos. Essas discrepâncias em relação ao Velho Mundo pareciam aumentar com o passar do tempo, o que chamou a atenção de diversos americanos para a necessidade de serem feitas adequações na política externa, especialmente no aspecto geopolítico. Nesse caso, a adequação seria deixar de lado o tradicional isolacionismo internacional, pois seria necessário diminuir o *gap* que separava americanos de europeus em termos de poder e influência no cenário internacional (Lucas, 2023).

O fim da política isolacionista caminhava a passos largos com o objetivo de construção do canal. De acordo com Grant, chegava o momento de novamente olhar para trás para poder mudar. A declaração conhecida como Doutrina Monroe e os objetivos e propósitos do congresso do Panamá, ambos supostamente inspirados por Adams, influenciaram eventos públicos, desde então, como um princípio de governo para este continente e suas ilhas adjacentes. O Congresso do Panamá mostrou por que homens sérios e patrióticos se esforçaram para cristalizar um sistema americano para esse continente, mas falharam. Logo, era preciso ter ciência que o Istmo do Panamá se transformou com a ferrovia no ponto comum onde se encontrava o comércio costa a costa. A grande questão era fazer com que a procura pelos portos de Liverpool e a cidade de Londres fosse substituída pela demanda por Nova Iorque (Grant, 1870, s/p).

Grant considerava que novos mercados para os EUA surgiram com o processo de independência nas Américas. Elas começaram por volta de 1810 e se estenderam por todas as colônias hispano-americanas, terminando no estabelecimento de Estados independentes do México, Guatemala, San Salvador, Honduras, Nicarágua, Costa Rica, Venezuela, Colômbia, Equador, Peru, Chile, Bolívia, República Argentina, Uruguai e Paraguai. Estes acontecimentos alargaram, necessariamente, a esfera de ação dos EUA e, essencialmente, modificaram as relações com a Europa e a nossa atitude em relação ao resto desse continente (Grant, 1870).

Em janeiro de 1875, Grant ordenou que uma equipe de investigação dos EUA examinasse o Panamá – então parte da República da Colômbia – em busca de uma rota que fosse viável para se construir um canal. Os engenheiros concluíram que ficaria muito caro e propuseram para Grant um canal na Nicarágua com 12 eclusas em cada extremidade e 16 quilômetros de aquedutos para fornecer água até o cume (Mccullough, 1977).

O governo Grant já havia terminado em 1877 e a demora dos EUA custou alto geopoliticamente. Em 1879, uma equipe francesa concluiu sua própria investigação no Panamá, e o governo francês aprovou o plano do engenheiro Ferdinand de Lesseps para um canal ao nível do mar, o que se deu na esteira do sucesso da construção do canal de Suez no Oriente Médio. O custo foi estimado em 1,2 bilhão de francos (US$ 240 milhões) à época (Parker, 2007).

Em 1881, a Companhia Universal do Canal Interoceânico do Panamá obteve concessão do governo colombiano por dez milhões de dólares para construir um canal no Panamá. Logo em seguida, Luciem Wyse foi enviado à província colombiana do Panamá para identificar uma rota apropriada (Schoultz, 2000).

Foi nesse contexto que o sucessor de Grant, o presidente Hayes, republicano, o 19º a chefiar a Casa Branca, exigiu no Congresso a imediata construção de um canal no Caribe sob controle americano. De acordo com Spykman (1942), a visão de Hayes sobre a construção do canal era baseada em análise geopolítica, pois considerava a região como parte do litoral norte americano e um importante fator de segurança e defesa:

> [...] um canal interoceânico através do istmo americano mudaria essencialmente as relações geográficas entre a costa do Atlântico e do Pacífico dos EUA e entre o país e o resto do mundo. **O canal tornar-se-ia, praticamente, parte do litoral dos EUA, e nossos interesses comerciais seriam, portanto, maiores do que os de todos os outros países.** Mas o canal era uma preocupação primordial para o povo dos EUA não apenas por sua importância econômica, mas também porque seu controle **afetaria nossos meios de defesa, nossa unidade, paz e segurança.** (Spykman, 1942, p. 77, grifo próprio, tradução própria).[60]

De fato, a mensagem do presidente Hayes foi taxativa em relação à existência de um canal sob controle norte-americano:

---

[60] "[...] the canal would virtually become a part of the coastline of the United States, and our commercial interests would, therefore, be greater than that of all other countries. But the canal was of paramount concern to the people of the United States, not only because of its economic importance, but also because its control would affect our means of defense, our unity, peace, and safety."

> [...] **a política deste país é um canal sob controle americano. Os EUA não podem consentir com a entrega deste controle a qualquer potência europeia ou a qualquer combinação de potências europeias.** Se os tratados existentes entre os EUA e outras nações ou se os direitos de soberania ou propriedade de outras nações ficarem no caminho desta política - uma contingência que não é apreendida - medidas adequadas devem ser tomadas por negociações justas e liberais para promover e estabelecer a política americana sobre este assunto de forma consistente com os direitos das nações a serem afetadas por ela. (Hayes, 1880, s/p, grifo próprio, tradução própria).[61]

Hayes manteve o princípio da paz e da segurança em relação a como trataria as nações que ficassem no caminho dos interesses dos EUA. Para ele, um canal interoceânico através do istmo americano mudava, essencialmente, as relações geográficas entre as costas do Atlântico e do Pacífico dos EUA e entre os EUA e o resto do mundo.

> **O canal seria virtualmente parte da linha costeira dos EUA e** nosso interesse meramente comercial iria doravante ser maior do que o de todos os outros países, enquanto suas relações com **nosso poder e prosperidade como nação, com nossos meios de defesa, nossa unidade, paz e segurança**, são questões de preocupação primordial para o povo dos EUA. Nenhuma outra grande potência, em circunstâncias semelhantes, deixaria de afirmar um controle legítimo sobre uma obra que afeta tão estreita e vitalmente seu interesse e bem--estar. (Hayes, 1880, s/p, grifo próprio, tradução própria).[62]

De forma semelhante à Grant, Hayes defendeu que a construção de um canal deveria estar sobre a "supervisão" e a "autoridade" dos EUA,

> Sem insistir mais nos fundamentos da minha opinião, repito, em conclusão, **que é direito e dever dos EUA afirmar e manter tal supervisão e autoridade sobre qualquer canal**

---

[61] "[...] the policy of this country is a canal under American control. The United States can not consent to the surrender of this control to any European power or to any combination of European powers. If existing treaties between the United States and other nations or if the rights of sovereignty or property of other nations stand in the way of this policy--a contingency which is not apprehended--suitable steps should be taken by just and liberal negotiations to promote and establish the American policy on this subject consistently with the rights of the nations to be affected by it."

[62] "[...] virtually a part of the coast line of the United States. Our merely commercial interest in it is greater than that of all other countries, while its relations to our power and prosperity as a nation, to our means of defense, our unity, peace, and safety, are matters of paramount concern to the people of the United States. No other great power would under similar circumstances fail to assert a rightful control over a work so closely and vitally affecting its interest and welfare."

> **interoceânico através do istmo que conecte a América do Norte e do Sul e que proteja nossos interesses nacionais.** Isto, estou certo, será considerado não só compatível, mas promotor da mais ampla e permanente vantagem para o comércio e a civilização. (Hayes, 1880, s/p, grifo próprio, tradução própria).[63]

O entendimento do presidente Hayes é compatível a ideia de exclusividade territorial representada pela Doutrina Monroe. Naquele contexto, a visão era que os EUA tinham por obrigação controlar qualquer canal interoceânico através do istmo, conectando o interesse geopolítico da América do Norte mundialmente ao mesmo tempo que fazia do Caribe um *mare nostrum*.

Em 1881, a sucessão na Casa Branca trouxe ao poder o presidente republicano James A. Garfield. As atividades de política externa de Garfield limitavam-se a preencher cargos diplomáticos vagos e dar sequência aos projetos de Hayes (Lucas, 2023). Mas Blaine, o Secretário de Estado da curta administração Garfield também considerou que os EUA deveriam ocupar o seu espaço de direito no hemisfério. O novo fato identificado era que as relações comerciais na região ao sul do Panamá estavam, por exemplo, representadas em Valparaíso primeiro pela Inglaterra e em seguida pela França e Alemanha. Os EUA também se sentiam ameaçados por isso.

Assim, a construção de uma marinha capaz de "dar dentes" à Doutrina Monroe se transformava em um imperativo diante do conhecimento que países sul-americanos como o Chile haviam adquiridos navios de guerra capazes de destruir inteiramente a Marinha dos EUA (Sprout; Sprout, 1946).

Segundo Schoultz (2000, p. 116), o governo dos EUA estava à época "imensamente decepcionado com a influência que eles exercem nesta parte do mundo". Porém isso mudaria de maneira radical.

1.5. "I TOOK THE ISTHMUS": O IMPERALISMO EMERGENTE

Em setembro de 1881, a chegada do republicano Chester Arthur a Washington, 21º presidente, marcou novo reforço na busca dos EUA pela abertura de um canal cortando a América Central no sentido Leste-Oeste.

---

[63] "Without urging further the grounds of my opinion, I repeat, in conclusion, that it is the right and the duty of the United States to assert and maintain such supervision and authority over any interoceanic canal across the isthmus that connects North and South America as will protect our national interests. This, I am quite sure, will be found not only compatible with but promotive of the widest and most permanent advantage to commerce and civilization."

Isso se deu diante dos rumores que as potências europeias planejavam um controle conjunto do empreendimento lançado pelos franceses (Sprout; Sprout, 1946).

O presidente Arthur deu os rumos para a formação de uma marinha de guerra moderna. Conhecido como o "Pai da Marinha do Aço", viabilizou a construção de cruzadores movidos a vapor e canhoneiras revestidas de aço (Parker, 2007).

Em 1884, durante sua gestão presidencial, o *Naval War College* foi estabelecido em *Newport, Rhode Island*, bem como o Escritório de Inteligência Naval. O secretário de Estado, de Arthur, foi James G. Blaine, um remanescente do mandato anterior. Ele também havia pressionado o governo por um envolvimento mais direto na América Latina, defendendo a construção de um canal através do istmo do Panamá.

Em 1885, o democrata Grover Cleveland sucedeu a Arthur e se tornou o 22º presidente dos EUA. Naquele período, já era um fato que cruzadores não seriam suficientes para o estabelecimento do comando do mar enquanto "navios capitais" capazes de impedir bloqueios ao longo das costas e, posteriormente, agirem ofensivamente projetando poder para além-mar[64]. Sendo assim, essa constatação também redelimitou geograficamente os interesses nacionais, no que se configurará no grande espaço integrado de conexão Cisatlântico e Transpacífico[65].

O caribe e o Pacífico precisavam ser conectados, mas havia obstáculos geopolíticos para o império emergente. A ilha de Samoa ainda era uma posição importante para o futuro espaço integrado. Os EUA tinham direitos de estabelecer uma base naval pelo tratado de Berlim, de 1889, que instaurou um "condomínio" entre Alemanha, EUA e Grã-Bretanha sobre o arquipélago. O conflito de interesses com os germânicos se instaurou quando o presidente Cleveland reagiu fortemente diante da tentativa da Alemanha em instalar um monarca fantoche no arquipélago. O presidente norte-americano enviou três navios de guerra para águas samoanas, uma ação belicosa que acabou produzindo o referido protetorado tripartite sobre as ilhas, assinado pela Alemanha, Grã-Bretanha e EUA (Mccullough, 1977).

Diante desses fatos, a contribuição do historiador naval Alfred Thayer Mahan faz todo sentido. Em 1890, ele escreveu a obra *The influence of sea power upon history, 1660-1783*. Dentre os seus argumentos, os EUA deveriam

---

[64] Projetava-se uma Marinha de Guerra com alcance de cruzeiro de 15 mil milhas, aproximadamente 24 mil quilômetros.

[65] O assunto será abordado no Capítulo 2.

tentar compensar seu atraso histórico em relação às grandes potências euroasiáticas, em particular a Rússia, a Inglaterra, a França e a Alemanha, controlando estreitos marítimos e rotas de um eventual canal istmico.

Kennedy (1988) analisa, com um enfoque mahaniano, como as transformações econômicas e os conflitos militares ao longo da história moldaram o surgimento e o declínio das grandes potências. E o poder marítimo era o fiador do destino manifesto dos EUA. O controle de colônias significava, também, ter a posse chave de posições militares favoráveis, exercendo um efeito vital sobre o curso do comércio e, portanto, sobre o aumento da riqueza, da prosperidade e, no limite, da própria sobrevivência de um Império emergente em sua luta mundial por novos mercados (Sprout; Sprout, 1946).

A visão de Mahan permitirá a adoção de uma concepção integrada da expansão marítima sob as óticas militar e econômica. Com efeito, a influência que uma posição bioceânica entre dois mares passou a exercer sobre a política externa dos EUA, deve ser tratada como um fator político vital. A expansão dos EUA para o Pacífico levantou a questão da "comunicação rápida e segura entre nossos dois grandes litorais" (Mahan, 1917, p. 82).

Em 1897, o republicano William McKinley ganhou as eleições. McKinley foi o 25º presidente, um ator engajado na transformação do perfil internacional dos EUA, abandonando de vez a postura isolacionista na direção ao intervencionismo. A relação EUA-China e sua decisão de declarar guerra à Espanha foram os temas que ajudaram os EUA a entrar, no século XX, como um novo e poderoso *player* no cenário mundial.

Em 11 de abril de 1898, ele enviou mensagem ao Senado solicitando declaração de guerra à Espanha, o que teve como estopim a destruição do *USS* Maine que estava ancorado no Porto de Havana em Cuba. Em Mensagem ao Congresso de Declaração de Guerra à Espanha, McKinley (1898) afirmou que

> [...] a destruição desse nobre navio **encheu o coração nacional de horror inexprimível**. Duzentos e cinquenta e oito bravos marinheiros e fuzileiros navais e dois oficiais de nossa Marinha, descansando na segurança imaginada de um porto amigo, foram arremessados para a morte, tristeza e carência trazidas para suas casas e tristeza para a nação. (Mckinley, 1898, s/p, grifo próprio, tradução própria).[66]

---

[66] "[...] the destruction of that noble vessel has filled the national heart with inexpressible horror. Two hundred and fifty-eight brave sailors and marines and two officers of our Navy, reposing in the fancied security of a friendly harbor, have been hurled to death, grief and want brought to their homes and sorrow to the nation."

Foi nesse contexto que Nelson (2001) examinou a atuação de Theodore Roosevelt como Secretário Assistente da Marinha, durante a Guerra Hispano-Americana, destacando seu papel militar e político para que os EUA saíssem vitoriosos ao fim da guerra Hispano-Americana.

Ao fim do conflito armado foram dominados os territórios coloniais espanhóis de Porto Rico até as Filipinas e Guam. O jogo de poder havia mudado em favor dos EUA no Caribe e no Pacífico. O império espanhol perdeu sua força territorial e o nascente império americano passava a controlar uma imensa área entre a Ásia e a América, antes dominada pelos espanhóis.

Em março de 1899, o Congresso autorizaria a retomada dos estudos para rotas mais viáveis para um canal interoceânico, agora sem a interferência britânica (Hunt, 1965). Em 1901, a Grã-Bretanha foi alijada de empreendimento pelos EUA quando do Tratado de Hay-Pauncefort[67] que revogou o Tratado Clayton-Buwler, consolidando de vez o projeto geopolítico dos EUA de transformar o Caribe em seu *mare nostrum*.

Em primeiro lugar, a definição do Caribe como o mediterrâneo americano afetou geograficamente a enfraquecida Colômbia. Desde 1899, a "Guerra dos Mil Dias" havia ceifado a vida de milhares de colombianos, com o exército liberal ameaçando Bogotá. Em um contexto de enfraquecimento do estado colombiano, ocorria o fortalecimento dos movimentos insurgentes pela independência do Panama, liderados pelo Dr. Manuel Amador Guerrero (Parker, 2007).

Os EUA intervieram dezenas de vezes, ao longo do século XIX, na República de Nova Granada e depois na República da Colômbia, para garantir a lei e a ordem. Enquanto interessava, os rebeldes panamenhos sempre eram derrotados pelos governos colombianos com a ajuda dos fuzileiros navais dos EUA, que desembarcavam, periodicamente, para restaurar a normalidade e manter a ferrovia construída pelos EUA operando (Schoultz, 2000).

Contudo, a relação de amizade EUA-Colômbia mudou quando a Companhia Francesa do Canal faliu em 1889, antes de terminar a obra iniciada em 1881, no Panamá. Isso se deu porque a Colômbia recusou-se a outorgar aos EUA um novo tratado de concessão de uma zona de canal. A solução para este impasse foi resolvida a força. Segundo Spykman (1942),

---

[67] O nome aplicado à convenção negociada em 1901 por John Hay por parte dos EUA, e Lord Pauncefote por parte da Grã-Bretanha.

o apoio a independência do Panamá significaria a criação de país aliado que, diferente da Colômbia, concederia sem ressalvas a área de passagem no istmo desejada ao governo de Washington.

Com o assassinato do presidente McKinley em 14 de setembro de 1901, o republicano Theodore Roosevelt Jr., seu vice-presidente, assumiu o cargo. Roosevelt declarou, imediatamente, a necessidade de construir um canal na América Central. Ele definiu o Panamá como um assunto estratégico e apoiou, financeiramente, a insurgência local no processo de separação territorial frente à Colômbia.

Em junho de 1902, em mensagem ao Senado e à Câmara de Deputados, Roosevelt enfatizou as pendências nas negociações com a Colômbia e assinou o *Spooner Bill*, onde definiu que um canal ístmico devia ser construído imediatamente no Panamá (Hunt, 1965). Roosevelt argumentou aos congressistas que um canal vem sendo tratado como parte de uma política contínua ao longo dos anos, sem levar em conta as mudanças de Administração, configurando-se em uma política de Estado. Segundo Roosevelt (1902), em sua Segunda Mensagem Anual, o Canal do Panamá

> **Será vantajoso para nós industrialmente e vai melhorar a nossa posição militar.** Será vantajoso para os países da América tropical. Espera-se sinceramente que todos esses países façam o que alguns deles já fizeram com sucesso e convidem para suas costas o comércio e melhorem suas condições materiais, reconhecendo que a estabilidade e a ordem são os pré-requisitos para um desenvolvimento bem-sucedido. **Nenhuma nação independente na América precisa ter o menor medo de agressão dos EUA.** Cabe a cada um **manter a ordem dentro de suas próprias fronteiras** e cumprir suas **justas obrigações para com os estrangeiros.** Quando isso é feito, eles podem ter certeza de que, sejam eles fortes ou fracos, **eles não têm nada a temer da interferência externa.** (Roosevelt, 1902, s/p, grifo próprio, tradução própria).[68]

---

[68] "It will be of advantage to us industrially and also as improving our military position. It will be of advantage to the countries of tropical America. It is earnestly to be hoped that all of these countries will do as some of them have already done with signal success, and will invite to their shores commerce and improve their material conditions by recognizing that stability and order are the prerequisites of successful development. No independent nation in America need have the slightest fear of aggression from the United States. It behoves each one to maintain order within its own borders and to discharge it's just obligations to foreigners. When this is done, they can rest assured that, be they strong or weak, they have nothing to dread from outside interference. More and more the increasing interdependence and complexity of international political and economic relations render it incumbent on all civilized and orderly powers to insist on the proper policing of the world."

Em 1903, Roosevelt fez alusão à Doutrina Monroe como uma "característica cardinal" da política externa norte-americana. De acordo com Roosevelt (1902), o Hemisfério Ocidental era um espaço onde a posição dos EUA precisava ser reiterada:

> Hoje desejo falar-vos, não apenas sobre a **Doutrina Monroe**, mas sobre toda a nossa posição no **Hemisfério Ocidental** – uma posição tão peculiar e predominante que dela cresceu a aceitação da **Doutrina Monroe como uma característica cardinal da nossa política externa;** e, em particular, gostaria de salientar o que foi feito durante a vida do último Congresso para repor a nossa posição de acordo com esta política histórica. (Roosevelt, 1902, s/p, grifo próprio, tradução própria).[69]

Ele enfatizou, reforçando sua política intervencionista, que um canal a ser construído pelos EUA deveria cortar o território da Colômbia. O Congresso americano autorizou o presidente Roosevelt a garantir que um tratado fosse estabelecido para que os EUA adquirissem o direito de terminar a construção e operar o Canal do Panamá, que já havia sido iniciado no território da Colômbia pelos franceses.

A instabilidade interna na Colômbia seguia o seu curso. Aproveitando-se disso, Roosevelt, em 19 de março de 1903, transmitiu ao Senado cópias de todos os relatórios do Departamento da Marinha referentes às correspondências trocadas com seus oficiais em missão nas baías de Colón e Panamá. Ele também informou aos congressistas sobre o nível de funcionamento das forças militares e policiais da Colômbia, comparados com a dos insurgentes, alertando que a separação seria uma questão de tempo (Roosevelt, 1903).

Em paralelo a isso, o Senado colombiano, em agosto de 1903, rejeitou por unanimidade o tratado Hay-Herrán com os EUA, devido a preocupações em relação às finanças e à soberania sobre a zona do canal diante de cláusulas abusivas. Por causa disso, Roosevelt se irritou com o que entendia ser uma demonstração de "ignorância sombria" dos colombianos. Para impor sua vontade, baseou-se em uma interpretação ampla do Tratado Bidlack-Mallarino de 1846, para argumentar que os norte-americanos já possuíam permissão para construir o canal do Panamá, o que, obviamente, não foi aceito na Colômbia (Mccullough, 1977).

---

[69] "Today I wish to speak to you, not merely about the Monroe Doctrine, but about our entire position in the Western Hemisphere – a position so peculiar and predominant that out of it has grown the acceptance of the Monroe Doctrine as a cardinal feature of our foreign policy; and in particular I wish to point out what has been done during the life time of the last Congress to make good our position in accordance with this historic policy."

Em 2 de novembro de 1903, o *USS Nashville* foi avistado na Costa de Colón (vertente do Atlântico) e mais nove outras canhoneiras, logo, assumiram posições próximas a Cidade do Panamá (costa do Pacífico), dando sinal verde para o início da insurreição dos panamenhos contra o governo colombiano.

Em 3 de novembro, os rebeldes panamenhos liderados por Amador Guerrero, fizeram a declaração de independência. Em seguida, os fuzileiros navais norte-americanos desembarcaram e fecharam as estradas de ferro, impedindo que o exército colombiano chegasse até a Cidade do Panamá, enquanto os navios que patrulhavam as costas, impediam que as forças navais colombianas, pudessem desembarcar reforços nas costas do Panamá (Mccullough, 1977).

Roosevelt, seguindo o que prometeu aos insurgentes, alertou ao governo da Colômbia que se tentassem impedir a independência panamenha, poderiam dar por certo o desembarque de forças americanas em seu solo. Não por acaso, os EUA foram os primeiros a reconhecerem e estabelecerem relações diplomáticas com o Panamá, menos de 72 horas da declaração de independência por parte dos rebeldes (Mccullough, 1977).

Em decorrência disso, foi celebrado o Tratado Hay-Bunau-Varilla[70], que pelas disposições gerais,

> [...] **foi concedido aos EUA perpetuamente o uso, ocupação e controle de uma faixa de dez milhas de largura e que se estende por três milhas náuticas no mar** em qualquer terminal, com todas as terras fora da zona necessárias para a construção do canal ou para suas obras auxiliares, e com as ilhas na Baía do Panamá. (Hunt, 1965, p. 404, grifo próprio, tradução própria).[71]

O empresário francês Phillip Bunau-Varilla, associado à De Lesseps na companhia francesa que faliu, foi quem negociou com o Secretário de Estado John Hay o novo Tratado, concedendo aos EUA direitos perpétuos sobre o futuro canal em troca de 10 milhões de dólares adiantados e 250 mil dólares anuais. Observe a seguir (Quadro 2) o resumo dos tratados estabelecidos pelos EUA, ao longo do século XIX, para a construção do canal.

---

[70] Bunau-Varilla era um lobista francês de nascimento, estava na obra junto de De Lesseps, mas foi transformado em ministro no Panamá, justamente para poder dar prosseguimento aos negócios com Roosevelt e Amador, presidente panamenho que assumiu com o consentimento e apoio do presidente dos EUA.

[71] "There is granted to the United States in perpetuity the use, occupation, and control of a strip ten miles wide and extending three nautical miles into the sea at either terminal, with all lands lying outside of the zone necessary for the construction of the canal or for its auxiliary works, and with the islands in the Bay of Panama."

A TALASSOCRACIA DOS ESTADOS UNIDOS DA AMÉRICA E A PROJEÇÃO CONTINENTAL DO BRASIL: CONTRAPONTOS GEOPOLÍTICOS

Quadro 2 – Tratados para a construção do Canal

Nome do tratado	Descrição
Mallarino-Bidlack (1846)	A política externa dos EUA estava focada no livre-comércio. O tratado foi firmado em 12 de dezembro de 1846, entre Nova Granada (atual Colômbia) e os EUA. Seu nome oficial era *Tratado de Paz, Amistad, Navegación y Comercio* (Tratado de Paz, Amizade, Navegação e Comércio). Configurou-se na primeira ação jurídica dos EUA sobre a zona do Canal do Panamá. Manuel Maria Mallarino foi o Secretário de Estado de Nova Granada e Benjamim A. Bidlack que era encarregado de negócios dos EUA em Bogotá.
Clayton-Buwler (1850)	Estabelecido em 1850 pelos EUA e sua majestade Britânica. Os plenipotenciários eram John M. Clayton, secretário de Estado norte-americano e Henry Litton Buwler. Segundo o tratado, qualquer comunicação por um canal ou por ferrovia entre os oceanos Atlântico e Pacífico que fosse construída na Nicarágua, Costa Rica ou Costa dos Mosquitos, Panamá ou Tehuantepec (México) ou qualquer parte da América Central não poderia ser controlada militarmente por EUA ou Grã-Bretanha.
Hay-Paunceforte (1901)	Em 18 de novembro de 1901, a Grã-Bretanha decidiu ceder aos EUA o controle geopolítico da região do Caribe, sendo revogado o tratado Clayton-Buwler dando aos EUA o direito de controlar e criar um canal transoceânico.
Hay-Herrán (1903)	Em 22 de janeiro de 1903, o Tratado foi firmado pelos EUA com a República da Colômbia, país no qual se localizava a parte ístmica onde, atualmente, é a República do Panamá. Por suas cláusulas draconianas, os EUA adquiririam o direito territorial por 99 anos de 9 quilômetros do território colombiano pagando, por isso, 10 milhões de dólares e um pagamento anual de 250 mil dólares. O tratado foi aprovado no Senado dos EUA, mas rechaçado pelo poder legislativo da Colômbia.
Hay-Bunau-Varilla (1903)	Em 18 de novembro de 1903, foi assinado o tratado por Philip Bunau-Varilla, representando o Panamá e John Milton Hay, representante norte-americano, mediante o qual a recém-criada República do Panamá cederia aos EUA a Zona do Canal e autorizava a nova companhia, assim como a Cia Ferroviária já existente, a transferir suas propriedades ao governo norte-americano.

Fonte: elaborado pelo autor, baseado em Hunt (1965)

Em 7 de dezembro de 1903, Roosevelt transmitiu ao Senado, para ratificação, o Tratado Hay-Bunau-Varilla, entre os EUA e a República do Panamá, para construir um canal interoceânico sob controle perpétuo dos norte-americanos.

> **É garantido aos Estados Unidos em caráter perpétuo o uso, ocupação e controle de uma zona de terra firme e subaquática para a construção, manutenção, operação, saneamento e proteção do referido canal** de dez milhas de largura, estendendo-se até a distância de cinco milhas de cada lado da linha central da rota do canal a ser construído, a referida zona começando no Mar do Caribe a três milhas marítimas da marca média de baixa-mar e estendendo-se para e através do Istmo do Panamá até o Oceano Pacífico a uma distância de três milhas marítimas da marca média de baixa-mar, com a condição de que as cidades de Panamá e Colon e os portos adjacentes a essas cidades, que estão incluídos nos limites da zona acima descrita, não sejam incluídos dentro desta outorga. (Roosevelt, 1903, s/p, grifo próprio, tradução própria).[72]

O Tratado Hay-Bunnau-Varilla deixou claro que a soberania da zona do canal do Panamá passou perpetuamente para as mãos da Casa Branca: ilhas, portos, ferrovias e terras panamenhas ficaram condicionadas aos interesses norte-americanos sobre o canal istmico (Schoultz, 2000).

Em 6 de dezembro de 1904, a Quarta Mensagem Anual ao Congresso passava para a história como o Corolário Roosevelt da Doutrina Monroe. Nela, o exercício de um poder de polícia internacional era justificado, sob os auspícios da Doutrina Monroe:

> **Não é verdade que os Estados Unidos sentem qualquer fome de terra.** [...] Tudo o que este país deseja é ver os países vizinhos estáveis, ordeiros e prósperos. Qualquer país cujo povo se conduza bem pode contar com nossa amizade sincera. [...] **[Mas] Irregularidades crônicas, ou uma inca-**

---

[72] "There is granted to the United States in perpetuity the use, occupation, and control of a strip ten miles wide and extending three nautical miles into the sea at either terminal, with all lands lying outside of the zone necessary for the construction of the canal or for its auxiliary works, and with the islands in the Bay of Panama. The cities of Panama and Colon are not embraced in the canal zone, but the United States assumes their sanitation and, in case of need, the maintenance of order therein; the United States enjoys within the granted limits all the rights, power, and authority which it would possess were it the sovereign of the territory to the exclusion of the exercise of sovereign rights by the Republic. All railway and canal property rights belonging to Panama and needed for the canal pass to the United States, including any property of the respective companies in the cities of Panama and Colon; the works, property, and personnel of the canal and railways are exempted from taxation as well in the cities of Panama and Colon as in the canal zone and its dependencies."

pacidade que resulte num afrouxamento geral dos laços da sociedade civilizada, **podem em última instância exigir**, na América como em outro lugar, intervenção por alguma nação civilizada, e **no Hemisfério Ocidental a adesão dos Estados Unidos à Doutrina Monroe** pode **forçar** os Estados Unidos, ainda que com relutância, em casos flagrantes de tais irregularidades ou incapacidade, **ao exercício de um poder de polícia internacional**. (Roosevelt, 1904, s/p, grifo próprio, tradução própria).[73]

O Corolário Roosevelt da Doutrina Monroe publicizou para o sistema internacional que os EUA, doravante, teriam condições de se impor no Hemisfério Ocidental pela força militar (Figura 11). O Corolário legitimava as intervenções militares dos EUA como defensivas e preventivas visando a preservação da civilização, da ordem, da estabilidade e do progresso.

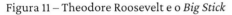

Figura 11 – Theodore Roosevelt e o *Big Stick*

Fonte: Rogers (1904)

---

[73] "It is not true that the United States feels any land hunger or entertains any projects as regards the other nations of the Western Hemisphere save such as are for their welfare. All that this country desires is to see the neighboring countries stable, orderly, and prosperous. Any country whose people conduct themselves well can count upon our hearty friendship. If a nation shows that it knows how to act with reasonable efficiency and decency in social and political matters, if it keeps order and pays its obligations, it need fear no interference from the United States. Chronic wrongdoing, or an impotence which results in a general loosening of the ties of civilized society, may in America, as elsewhere, ultimately require intervention by some civilized nation, and in the Western Hemisphere the adherence of the United States to the Monroe Doctrine may force the United States, however reluctantly, in flagrant cases of such wrongdoing or impotence, to the exercise of an international police power."

O que foi descrito é corroborado por Notteboom e Rodrigues (2023) que caracterizaram como as rotas de navegação através do istmo centro-americano são relevantes para a economia, a geopolítica e a gestão portuária. De acordo com Schoultz (2000), a política externa dos EUA para o hemisfério foi consolidada pelo *Big Stick* (porrete grande), expressão cunhada por Roosevelt, que consistia na política de intervenção, especialmente na América Central e no Caribe, a fim de fazer valer os interesses norte-americanos na região, como foi o caso da construção do Canal do Panamá e o controle de novas rotas de navegação e *chokepoints* que demonstro cartograficamente (Figura 12).

Figura 12 – Mapa do canal do Panamá e rotas de navegação

Fonte: elaborada pelo autor

Roosevelt, em 1908, quando já se preparava para deixar a Presidência da República, escreveu sobre o canal do Panamá a um editor de jornal em Londres, afirmando o seguinte: "Isso, posso dizer, foi absolutamente meu próprio trabalho e não poderia ter sido realizado, exceto por mim ou por algum homem com meu temperamento"[74] (Roosevelt, 1908 *apud* Parker, 2007, p. 393).

Em 1911, já como ex-presidente dos EUA, em uma conferência na Universidade da Califórnia em Berkeley, afirmou que tomou o Istmo e depois deixou o Congresso debater as consequências do ato:

> **Tenho interesse no Canal do Panamá porque fui eu quem dei início a ele.** Se eu tivesse seguido os métodos tradicionais e conservadores, teria submetido um documento digno de provavelmente 200 páginas ao Congresso e os debates sobre o canal estariam acontecendo até hoje..., **mas eu tomei o istmo, abri o canal e depois deixei o Congresso livre não para debater o canal, mas para debater a mim...** em setores da imprensa pública o debate ainda continua para saber se agi ou não corretamente ao obter o canal, mas enquanto o debate continua a obra do canal também se desenvolve. (Parker, 1977, p. 393, grifo próprio, tradução própria).[75]

O Canal do Panamá materializou a influência geopolítica dos EUA no Hemisfério Ocidental, o que se tornou possível com o controle de rotas de navegação e *chokepoints* no Caribe. Isso pode ser entendido no contexto de um processo que se iniciou com a proclamação da Doutrina Monroe em 1823 e foi consolidado com o Corolário Roosevelt de 1904. Após a construção do canal, o Caribe se transformou em *mare nostrum* dos EUA, configurando-se na primeira condição de grandeza de um império marítimo emergente, o mundo foi a segunda.

Por fim, o controle sobre o canal no Panamá também potencializou a importância da localização geográfica de áreas de interface marítima

---

[74] "This I can say absolutely was my own work, and could not have been accomplished save by me or by some man of my temperament."

[75] "I am interested in the Panama Canal because I started it. If I had followed traditional, conservative methods I would have submitted a dignified State paper of probably 200 pages to Congress and the debates on it would have been going on yet; but I took the Isthmus, started the canal and then left Congress not to debate the canal, but to debate me and in portions of the public press the debate still goes on as to whether or not I acted properly in getting the canal but while the debate goes on the canal does too."

situadas no Pacífico, no Caribe, junto à foz do Amazonas e na vertente atlântica da América do Sul. Em agosto de 1939, Guaiaquil, no Equador, os litorais da Venezuela e da Colômbia, na costa setentrional da América do Sul, e Natal (e outros pontos adjacentes ao saliente nordestino brasileiro), passariam a ter suas localizações consideradas estratégicas para a formação de um sistema de defesa do Hemisfério Ocidental contra a ameaça nazifascista no Atlântico Sul (Conn; Fairchild, 2000). Nicholas Spykman foi quem melhor traduziu geopoliticamente a importância dessas localidades contra a ameaça de cercamento do Hemisfério Ocidental.

NICHOLAS SPYKMAN: O PIVÔ GEOGRÁFICO DA TALASSOCRACIA

Nicholas John Spykman descreveu com detalhes o processo de expansão da área de influência dos EUA no Hemisfério Ocidental, delimitando também uma nova reconfiguração geopolítica para a América do Sul a partir do conceito de mediterrâneo americano, uma região considerada por ele vital para a segurança territorial e a política externa estadunidense.

Antes disso, a posse do Canal do Panamá representou o controle de um Pivot geográfico, um ponto de estrangulamento cuja localização estratégica lhe conferiu um papel crucial na dinâmica global de poder, permitindo a conexão e o domínio de rotas marítimas estratégicas e, portanto, facilitando a projeção da Talassocracia dos EUA sobre territórios adjacentes no Novo e no Velho Mundo.

Dessa forma, para entender esse movimento de expansão busquei situar o surgimento da ideologia do Destino Manifesto, associando-a às ideias de Frederick Jackson Turner, Alfred Thayer Mahan, culminando em Nicholas Spykman.

Tais elementos, vistos em conjunto, têm em comum a justificativa do expansionismo continental-marítimo que se tornou central para a expansão do espaço de influência em termos militares, econômicos e políticos dos EUA.

2.1 DESTINO MANIFESTO E OS FUNDAMENTOS GEOPOLÍTICOS DO EXPANSIONISMO

O conceito de Destino Manifesto é posterior à primeira alusão à Doutrina Monroe. Em 1845, o jornalista John O'Sullivan, utilizou pela primeira vez o termo "Destino Manifesto". Ele escreveu um artigo na *Democratic Review* (1845) em que afirmava que era o destino dos EUA se espalhar por todo o continente, levando a civilização consigo. Era o destino manifesto estadunidense cobrir e possuir o continente por inteiro, direito que a Providência deu a América para o grande experimento da liberdade e do autogoverno federado (O'sullivan, 1845).

O historiador Perry Anderson (2015) considerava que tal premissa se fundamentava na ideia de uma terra "vigorosa e recém-saída das mãos de Deus" (Anderson, 2015, p. 13); de um País que, por isso, tinha uma "missão abençoada para com as nações do mundo" (Anderson, 2015, p. 13). Quem poderia duvidar de que "o futuro ilimitado e de grande alcance será o de uma era de grandeza norte-americana?" (Anderson, 2015, p. 13).

O conceito de Destino Manifesto, portanto, impunha ao mundo que os EUA eram uma nação dotada de excepcionalismo, fruto de uma missão especial conferida por Deus. Essa missão era espalhar os ideais de democracia, do cristianismo e da liberdade pelo globo. Ela justificava, na visão dos proponentes, a anexação de terras e a expansão colonial para o oeste na direção do Oceano Pacífico.

O'Sullivan (1845) acreditava que essa expansão territorial era inevitável e que os EUA tinham o direito divino de fazê-lo. A anexação de metade da superfície do México aconteceu logo na sequência de suas reflexões:

> O Texas agora é nosso... Sua estrela e sua listra já podem ser ditas como tendo tomado seu lugar no glorioso brasão de nossa nacionalidade comum; e a **varredura da asa de nossa águia** já inclui em seu circuito a ampla extensão de sua terra justa e fértil. **Essa unidade política não é mais para nós um mero espaço geográfico – uma certa combinação de costa, planície, montanha, vale, floresta e riacho. Ela não é mais para nós um mero país no mapa. Ela vem dentro da querida e sagrada designação de Nosso País...** outras nações se comprometeram a se intrometer... num espírito de interferência hostil contra nós, pelo objetivo declarado de frustrar nossa política e dificultar nosso poder, limitar nossa grandeza e controlar **o cumprimento de nosso destino manifesto de transbordar o continente destinado pela Providência para o livre desenvolvimento.** Isso vimos ser feito pela Inglaterra, nossa velha rival e inimiga; e pela França, estranhamente acoplada a ela contra nós... (O'sullivan, 1845, p. 5, grifo próprio, tradução própria).[76]

---

[76] "Texas is now ours... Her star and her stripe may already be said to have taken their place in the glorious blazon of our common nationality; and the sweep of our eagle's wing already includes within its circuit the wide extent of her fair and fertile land. She is no longer to us a mere geographical space–a certain combination of coast, plain, mountain, valley, forest and stream. She is no longer to us a mere country on the map. She comes within the dear and sacred designation of Our Country... other nations have undertaken to intrude themselves ... in a spirit of hostile interference against us, for the avowed object of thwarting our policy and hampering our power, limiting our greatness and checking the fulfillment of our manifest destiny to overspread the continent allotted by Providence for the free development of our yearly multiplying millions. This we have seen done by England, our old rival and enemy; and by France, strangely coupled with her against us."

Perry Anderson (2015) concluiu que, com o Destino Manifesto, dois potentes legados subjetivos foram acrescidos ao desenvolvimento de uma economia poderosa, baseada em uma geografia sem paralelos.

No primeiro caso descrito por Anderson, tem-se a influência da colonização puritana[77] dos pais fundadores, a ideia de uma nação singular que gozava de "privilégio divino, imbuída de uma vocação sagrada" (Anderson, 2015, p. 12) conferida por Deus. Em segundo lugar, o surgimento da crença (oriunda das Guerras de Independência) de que uma nova república dotada de uma constituição de liberdade eterna havia surgido no Mundo e expandiria territorialmente seus valores a fim de torná-los universais.

Esses dois legados subjetivos definiram uma lógica que "unia opostos". De um lado o excepcionalismo e de outro o universalismo. Perry Anderson (2015) considerava que o Destino Manifesto era a cristalização da ideia de que os EUA precisavam romper seu "esplendido isolamento geográfico" (Anderson, 2015, p. 12) entre dois grandes oceanos, para converter outros povos à democracia e ao liberalismo. Assim, se desenvolveu na segunda metade do século XIX, o repertório político-ideológico do nacionalismo expansionista que propiciou uma passagem suave, mas contínua, ao imperialismo norte-americano, caracterizado por "um *complexio oppositorum*[78] de excepcionalismo e universalismo" (Anderson, 2015, p. 12).

Em 1853, os EUA já olhavam na direção do Pacífico asiático e o aumento do alcance imperial norte-americano fazia do Japão um alvo de interesses geopolíticos e comerciais. Millard Fillmore, então presidente dos Estados Unidos, enviou o Comodoro Mathew C. Perry para pressionar a abertura dos portos japoneses ao comércio externo. Após negociações prolongadas e ameaça do uso da força, as partes assinaram o Tratado de Kanagawa em 31 de março de 1854. Este tratado rompeu longos anos de isolamento japonês e estabeleceu relações diplomáticas entre os EUA e o Japão, abrindo os portos de Hakodate e Shimoda para reabastecimento de navios americanos, ao tempo em que estabeleceu um consulado americano em Shimoda (Reichert, 2014).

Além do Japão, a expansão da área de influência dos EUA para a região da Ásia- Pacífico teve na China um segundo objetivo expansionista estratégico. Dez anos depois de abrir os portos japoneses, os Tratados de

---

[77] Puritano é uma denominação dada aos Calvinistas ingleses que desejavam "purificar" a Igreja Anglicana, retirando elementos da liturgia católica, a fim de tornar o culto semelhante ao calvinismo. Os primeiros puritanos chegaram aos EUA, em 1620, a bordo do Mayflower e fundaram Plymouth.

[78] Do latim "união de opostos".

Tientsin[79] foram assinados, à revelia da China, por Ingleses, franceses, norte-americanos e russos. Os EUA não se envolveram com tropas nos combates, mas ameaçavam se envolver nos conflitos em favor do Ocidente, caso fosse necessário (Wong, 2002).

Nos Tratados de Tientsin ficou acertada a abertura de cinco portos (Cantão, Xangai, Fuzhou, Amoy e Ningbo) no Mar da China Oriental e do Sul da China, para o comércio internacional. Assim, mantiveram-se as portas abertas ao comércio no Oriente, conforme havia sido imposto à China pelo Tratado de Nanking[80], depois da Primeira Guerra do Ópio em 1842[81] (Roux, 2004).

Portanto, com a participação dos EUA no Oriente, Perry Anderson considerava que a expansão interna transbordava para os oceanos e:

> [...] o Destino Manifesto e a conquista do México foram em terra, o que o navio do comodoro Perry e o princípio *Open Door* poderiam ser nos mares – o horizonte de uma primazia norte-americana marítima e mercantil no **Oriente,** levando o **livre-comércio** e o **cristianismo** às suas margens. Com a eclosão da Guerra Hispano-Americana, o conflito interimperialista clássico trouxe como resultado as colônias do Pacífico e do Caribe e sua **entrada de pleno direito nas fileiras das grandes potências.** (Anderson, 2015, p. 13, grifo próprio).

O novo cenário comercial, aberto na região da Ásia-Pacífico pelo poder da Marinha dos EUA fortaleceu internamente a crença no Destino Manifesto e consolidando os EUA como um caso único entre as nações, uma estrela-guia para o mundo (Anderson, 2015).

Assim, desenvolveu-se na segunda metade do século XIX, o repertório político-ideológico do nacionalismo expansionista que propiciou uma passagem suave, mas contínua, ao imperialismo norte-americano, "caracterizado pela união de opostos de excepcionalismo e universalismo" (Anderson, 2015, p. 12).

---

[79] Os Tratados de Tientsin (1856 e 1858) referiam-se a uma série de tratados assinados pelos EUA, Inglaterra, França e Rússia em Tientsin (atual Tianjin), após as Guerras do Ópio na China. O século XIX foi um período em que várias potências estrangeiras buscavam expandir sua influência na China.

[80] O Tratado de Nanquim foi assinado em 29 de agosto de 1842, encerrando a Primeira Guerra do Ópio (1839-1842) entre o Império Britânico e a Dinastia Qing da China. Este tratado é notável por ser o primeiro dos chamados "Tratados Desiguais", que foram acordos assinados entre potências ocidentais e a China no século XIX, caracterizados por impor condições desfavoráveis aos chineses.

[81] As Guerras do Ópio foram dois conflitos militares travados entre o Império Britânico e a Dinastia Qing na China no século XIX. Esses conflitos tiveram como pano de fundo a disputa sobre o comércio de ópio e as relações comerciais desiguais entre os britânicos e os chineses.

Como discuti no Capítulo 1, a Doutrina Monroe pautou os rumos hemisféricos da política externa dos EUA, definindo o Panamá como o local adequado para a construção do canal. A sua expansão no Hemisfério Ocidental foi fundamentada a partir da ideologia do Destino Manifesto. Contudo, outros três elementos compuseram esse conjunto: [1] a tese da fronteira de Frederick Jackson Turner; [2] a teoria da supremacia do poder marítimo de Alfred Thayer Mahan; e [3] a formação de um espaço integrado de circulação Cisatlântico e Transpacífico.

A tese de fronteira foi proposta pelo historiador norte-americano Frederick Jackson Turner em um ensaio apresentado em 1893, em Chicago, durante a reunião que daria origem à *American Historical Association (AHA)*[82]. Segundo Turner (2004), a fronteira interna estava fechada, havia se esgotado economicamente. Esse fato marcou o encerramento de um grande movimento histórico de colonização em direção ao oeste que explicava o desenvolvimento americano.

As ideias de Turner (1893) tiveram impacto no posterior entendimento do que foi a História e do que deveria ser a política externa expansionista dos EUA no futuro, inserindo a geografia da fronteira como uma variável dependente do ímpeto de expansão do povo americano. O autor interpretou o passado americano, propondo que o espírito de fronteira dos homens que construíram a América era fruto, antes de qualquer coisa, de sua longa história de *westering*[83]: a fronteira era "o pico da crista de uma onda, o ponto de contato entre o mundo selvagem e a civilização" (Turner, 1893, p. 24).

Na tese de Turner (1893), as Treze Colônias Inglesas formavam o núcleo originário do país, a fronteira da Costa Atlântica que "era a fronteira da Europa num sentido muito real"[84] (Turner, 1893, p. 3, tradução própria). A partir da vertente do Atlântico, a expansão territorial interna dos EUA no sentido leste-oeste traria como legado geopolítico a grande extensão continental e a condição bioceânica.

Entende-se que a concepção de marcha para o oeste da fronteira elaborada por Turner (1893) era como uma linha de pressão em movimento, um campo de forças em expansão que se estendia continuamente para o

---

[82] Associação dos Historiadores Americanos foi fundada em 1884. Os primeiros professores da área de história só haviam sido nomeados em grandes universidades na década de 1870, o que denotava sua relevância.

[83] O conceito significa Expansão contínua para o Oeste Selvagem.

[84] "It was the frontier of Europe in a very real sense."

oeste ao longo do continente, em um contínuo da imposição da modernização capitalista civilizatória. E esse era um movimento de renovação continuado, crucial para a definição da identidade americana no mundo.

A identidade do homem americano surgia à medida que o homem branco europeu impunha a civilização Ocidental aos nativos dos supostos espaços vazios do Oeste Selvagem americano. No ciclo de expansão,

> [...] as ferrovias, impulsionadas por concessões de terras, enviaram uma crescente onda de imigrantes para o Oeste Distante. O exército dos Estados Unidos travou uma série de guerras com os índios em Minesota, Dakota e nos Territórios Indígenas. (Turner, 1893, p. 3, tradução própria).[85]

Logo, o autor demonstrou que as instituições americanas se desenvolveram no Leste, em uma área geograficamente limitada, mas eram recriadas toda vez que o movimento de expansão da fronteira econômica para o Oeste ocorria. Sendo assim, a fronteira era uma força criadora de um novo modelo de sociedade fundada a partir da luta da sociedade pelo domínio da natureza inóspita. Turner (1893, p. 4) afirmava que o "desenvolvimento social americano vem continuamente se reiniciando na fronteira"[86]. A promoção da democracia, da individualidade e da mobilidade social somente se tornou possível diante da construção de uma tese da fronteira baseada no domínio social sobre a *wildernes*.[87]

A tese da fronteira estabeleceu um modelo multicausal de análise histórica, com um reconhecimento da interação entre a política, a economia, a cultura e a geografia. Para compreender o que ele definia como "Marcha para o Oeste" da fronteira, era necessário pensar para além da condição geográfica estática de limite, materializada na noção de *border*[88], isto é, de limite jurídico-político cristalizado. Segundo o historiador,

> O desenvolvimento social americano vem continuamente se reiniciando na fronteira. Esse **constante renascimento, essa fluidez da vida americana,** essa expansão rumo ao Oeste com suas novas oportunidades, **seu contato permanente com a simplicidade da sociedade primitiva**

---

[85] "Railroads, fostered by land grants, sent an increasing tide of immigrants into the Far West. The United States Army fought a series of Indian wars in Minnesota, Dakota, and the Indian Territory."

[86] "American social development has been continually beginning over again on the frontier."

[87] O conceito aparece em Turner (1893) como "natureza inóspita e remota", um espaço selvagem, desprovido de civilização sob seu ponto de vista.

[88] Expressão traduzida para a língua portuguesa como limite, fim, beira, extremidade etc.

> **propiciam as forças que cunham o caráter americano.** O verdadeiro ponto de vista da história dessa nação não é a Costa Atlântica, mas sim o Grande Oeste. (Turner, 1893, p. 2, tradução própria, grifo próprio).[89]

Assim, entendo que é importante estabelecer um paralelo entre as ideias de Frederick Turner sobre o movimento contínuo de expansão da fronteira para Oeste e o pensamento organicista-expansionista de Friedrich Ratzel no contexto alemão e europeu. Turner e Ratzel, embora tenham em comum a valorização do expansionismo geográfico do Estado, distanciam-se quanto ao resultado da expansão geográfica para a formação do *ethos* social americano e germânico, respectivamente.

O geógrafo prussiano definia o Estado como um organismo vinculado ao solo, disputando espaço com outros Estados. O movimento de expansão e retração desse "organismo territorial" era fruto da constante luta pela sobrevivência entre os povos. Ratzel citava o exemplo dos gregos para reforçar seu argumento sobre a mobilidade e a formação da nacionalidade,

> [...] **a tendência de ir em frente, construir cidades, fundar Estados e edificar múltiplas colônias** e, por outro lado, a tendência de **manter-se como nação** e de perceber-se diante dos estrangeiros como um só povo. (Ratzel, 2011, p. 55, grifo próprio).

Para Ratzel (2011), as condições geográficas condicionavam o movimento, a adaptação, a individuação e a sobrevivência de um povo perante outros povos preconizando o enraizamento. Turner (1893), de forma diferente, concebeu sua tese, explicando como a sociedade estadunidense, era formada de homens e mulheres europeus, que se transformavam em algo novo à medida que cruzavam o país no sentido Leste-Oeste, rumo ao Pacífico.

Para Turner (1893), a ideia de expansão era o fator determinante para a formação da identidade da sociedade americana. De maneira diferente à cristalização política implícita no conceito de *border*, a palavra inglesa *frontier*[90] transformava a "marcha para Oeste" na forma mais clara e efetiva de americanização, vista a um só tempo como expansão territorial e criação de um povo:

---

[89] "American social development has been continually beginning over again on the frontier. This perennial rebirth, this fluidity of American life, this expansion westward with its new opportunities, its continuous touch with the simplicity of primitive society, furnish the forces dominating American character. The true point of view in the history of this nation is not the Atlantic coast, it is the Great West."

[90] Expressão que associa a ideia de movimento, de ponto de contato entre a civilização e o mundo selvagem.

> Resumidamente, na fronteira, acima de tudo, a natureza é dura demais para o homem. **Ele tem que aceitar as condições que esse meio ambiente lhe oferece, ou perecer, e assim ele se ajusta às roças abertas dos índios e segue as trilhas indígenas. Pouco a pouco ele transforma a terra remota e inóspita,** mas o resultado não é a velha Europa, **não é simplesmente o desenvolvimento das raízes germânicas,** tanto como o primeiro fenômeno foi uma reversão da marca germânica. **O fato é que aqui há um novo produto que é o americano.** (Turner, 1893, p. 2-3, tradução própria, grifo próprio).[91]

O resultado desse processo foi a construção de um "novo homem" que, sendo civilizado, foi endurecido nos rigores da luta contra o meio hostil. Por isso, a fronteira americana era algo diferente da fronteira europeia:

> **A fronteira americana distingue-se** nitidamente da fronteira europeia, uma linha de **fronteira fortificada** que atravessa densas populações. A coisa mais significativa sobre **a fronteira americana é que ela fica no limite da terra livre.** Nos relatórios do censo, é tratada como a margem daquele assentamento que tem uma densidade de duas ou mais pessoas por milha quadrada. **O termo é elástico e, para nossos propósitos, não precisa de uma definição precisa.** (Turner, 1893, p. 2, tradução própria, grifo próprio).[92]

O homem americano de Turner foi forjado a ferro e a fogo na fronteira entre a civilização e a natureza (barbárie). Em sua visão, o homem americano desbravou e conquistou supostos espaços vazios de civilização.[93] Com a expansão da fronteira os norte-americanos marcharam até chegar às costas junto ao Oceano Pacífico onde o posto militar na fronteira, além de servir de proteção militar dos colonos contra os Índios, também atuou como ponta de lança para abrir o território indígena e foi um núcleo de colonização (Turner, 1893).

---

[91] "In short, at the frontier the environment is at first too strong for the man. He must accept the conditions which it furnishes, or perish, and so he fits himself into the Indian clearings and follows the Indian trails. Little by little he transforms the wilderness, but the outcome is not the old Europe, not simply the development of Germanic germs, any more than the first phenomenon was a case of reversion to the Germanic mark. The fact is, that here is a new product that is American."

[92] "The American frontier is sharply distinguished from the European frontier a fortified boundary line running through dense populations. The most significant thing about the American frontier is, that it lies at the hither edge of free land. In the census reports it is treated as the margin of that settlement which has a density of two or more to the square mile. The term is an elastic one, and for our purposes does not need sharp definition."

[93] O expansionismo universalizante dos colonos de origem europeia rumo ao oeste se sobrepôs as vivências locais dos povos originários do continente, como os Sioux, os Apaches etc.

Assim, o ímpeto pela expansão estava na própria essência da marcha para o Oeste. Contudo, o problema central, que se configurou com a publicação do Censo Nacional de 1890, era que não havia mais espaços vazios disponíveis para a colonização do *front*[94] continental. Doravante, a nova fronteira de expansão que se abria estava no que chamo de *front* marítimo.

A teoria da supremacia do poder marítimo de Alfred Thayer Mahan justificará o ímpeto externo dos EUA, ampliando os limites da área de influência estadunidense no cenário internacional.

2.2 MAHAN: CONECTANDO (E DOMINANDO) OS MARES

O historiador naval norte-americano Alfred Thayer Mahan (1890) apresentou, no final do século XIX, a teoria da supremacia do poder marítimo ao longo da história. Para tanto, ele defendeu a tese de que a Marinha de guerra dos EUA precisava se fortalecer, não somente para a defesa das extensas costas de um país bioceânico, como também para legitimar a ampliação e o domínio de rotas marítimas de comércio e circulação ao longo do globo.

Mahan (1890) elaborou sua tese demostrando como o domínio dos mares foi determinante para a ascensão de potências e impérios mundiais ao longo da história dos povos. Portugal, Espanha, Países Baixos, França, Inglaterra se sucederam como os principais Estados hegemônicos, pois em algum momento, dominaram os mares.

O domínio do mar mediterrâneo na Europa, em particular, foi usado como um estudo de caso com lições importantes para serem aprendidas. Para Mahan, a inserção dos EUA no universo da evolução dos impérios, citada anteriormente, passaria, necessariamente, pela adoção de um estratagema, sob os pontos de vista militar e comercial: em primeiro lugar, o estabelecimento de uma cadeia ou corrente de possessões marítimas ao longo dos oceanos Atlântico e Pacífico. Em segundo, o domínio de *chokepoints* (pontos de estrangulamento)[95] desde o Caribe, visto desse modo como o mediterrâneo americano (Mahan, 1917).

---

[94] Conjunto de unidades mais avançadas, a linha de frente no campo de batalha.

[95] "Choke point ou chokepoint é traduzido literalmente como ponto de bloqueio ou controle, geralmente, associado a um ponto de estrangulamento no mar (salientes e canais) ou em terra (vales e desfiladeiros) por onde uma força militar é obrigada a passar. J. N. Nielsen destaca a questão das situações táticas e estratégicas envolvendo pontos de estrangulamento, quando recursos ilimitados não são decisivos" (Albuquerque, 2017, p. 514).

Segundo o historiador naval norte-americano, a mesma estratégia de dominação que foi usada pelos romanos, espanhóis e ingleses para controlar Gibraltar, Córsega, Sicília, Sardenha, Chipre e Malta no mediterrâneo europeu deveria ser usada pelos norte-americanos em relação ao Caribe: uma analogia que "será ainda mais próxima se a rota do canal do Panamá for concluída" (Mahan, 1890, p. 30).

Comparando os mapas do mediterrâneo europeu com o Caribe, Mahan afirmou que a transformação do mar do Caribe na nova fronteira de expansão seria a chave para a ampliação do foco da política externa dos EUA. De acordo com Mahan, por causas diversas, o mar Mediterrâneo e o Caribe possuíam condições semelhantes que os colocava na esfera de interesse das relações internacionais das potências. Suas características geográficas em comum eram que:

> Ambos são mares **cercados por terra**; ambos são **elos de uma cadeia de comunicação entre um Oriente e um Ocidente**; em ambos a cadeia é quebrada por um **istmo**; ambos são de **extensão contraída** quando comparados com grandes oceanos e, em consequência destas características comuns, ambas presentes de forma intensificada formam as vantagens e as limitações, políticas e militares, que condicionam a influência do poder marítimo. (Mahan, 1917, p. 276, tradução própria, grifo próprio).[96]

Mahan (1890) afirmava, considerando a existência do canal de Suez e de um futuro canal no Panamá ou na Nicarágua, que os impactos políticos e a importância militar do Mediterrâneo europeu e do Caribe afetariam não só os países por eles banhados, mas o mundo em geral. Diante das semelhanças citadas, Mahan afirmou, no periódico *Atlantic Monthly*, que era necessário aos EUA uma "mudança de atitude" que consistia no "redirecionamento do olhar para o cenário externo, em vez de apenas para dentro, para buscar o bem-estar do país" (Mahan, 1890, p. 6).

De acordo com o autor, seria fundamental para o fortalecimento da estratégia expansionista norte-americana levar em consideração a posição única dos EUA no mundo diante dos oceanos. A partir daí, controlar os espaços onde os navios americanos pudessem contar com comércio

---

[96] "Both are land-girt seas; both are links in a chain of communication between an East and a West; in both the chain is broken by an isthmus;both are of contracted extent when compared with great oceans, and, in consequence of these common features, both present in an intensified form the advantages and the limitations, political and military, which condition the influence of sea power."

pacífico, refúgios e suprimentos. Diante disso, Mahan afirmava que produtos, mercados distantes e comércio eram os elos que uniam os EUA aos quatro cantos do mundo:

> [...] os três juntos constituem a cadeia de poder marítimo à qual a Grã-Bretanha deve a sua riqueza e grandeza. Além disso, será demais dizer que, como duas destas ligações, **o transporte marítimo e os mercados, são exteriores às nossas próprias fronteiras**, o seu reconhecimento traz consigo uma visão das relações dos Estados Unidos com o mundo radicalmente distintas da simples ideia de autossuficiência? **Não seguiremos muito esta linha de pensamento antes que surja a compreensão da posição única da América, face aos mundos mais antigos do Oriente e do Ocidente**, com as suas costas banhadas pelos oceanos que tocam um ou outro, mas que lhe são comuns. (Mahan, 1917, p. 14-15, tradução própria, grifo próprio).[97]

A partir da posição "única" citada por Mahan, a saída para viabilizar a mudança de atitude dos EUA, priorizando o cenário externo deveria ser encontrada em três ações: a) aumentar a produção interna de bens e a venda dos excedentes no mercado externo; b) desenvolver novos meios de transporte ferroviário e marítimo, pelo qual o comércio é realizado; e c) possuir colônias, que facilitariam e ampliariam as operações de troca, gerando a necessidade de proteção militar, multiplicando pontos de segurança e mercados (Mahan, 1890).

Considero que a Doutrina Monroe com Mahan ganhava e demandava uma nova impulsão militar. Ela se transformava em uma política efetiva de imposição da vontade nacional americana no cenário internacional. Assim, a partir das reflexões *mahanianas*, considero que foi esboçada pelos EUA, em suas relações internacionais, uma estratégia geofensiva, baseada em uma expansão preventiva das linhas militares de controle externo. Era geofensiva porque as possessões marítimas ou as áreas continentais nas franjas dos continentes deveriam se constituir

---

[97] "[...] the three together constituting that chain of maritime power to which Great Britain owes her wealth and greatness. Further, is it too much to say that, as two of these links, the shipping and the markets, are exterior to our own borders, the acknowledgment of them carries with it a view of the relations of the United States to the world radically distinct from the simple idea of self-sufficingness ? We shall not follow far this line of thought before there will dawn the realization of America's unique position, facing the older worlds of the East and West, her shores washed by the oceans which touch the one or the other, but which are common to her alone."

enquanto pontas de lança para a penetração ou plataformas para futuras incursões militares. Era preventiva, pois deveriam atacar antes mesmo que houvesse um ataque inimigo[98].

Desse modo, entendo que Mahan faz uso de uma perspectiva maquiavélico-hobesiana[99] de mundo, que se configurava no fortalecimento do poder marítimo americano, em contextos de competição econômica e conflitos militares entre as nações. De acordo com a visão maquiavélico-hobbesiana presente em sua época, a paz era uma exceção no sistema internacional anárquico formado por Estados. Com isso, para além do que chamava de uma "Doutrina Monroe abstrata dos Países Fundadores", Mahan (1917, p. 88, tradução própria) propunha uma "forma concreta e um tanto urgente de segurança para as nossas rotas transístmicas contra a interferência estrangeira em meados deste século".[100]

Rofe (2008) considerava que a expressão "olhar para o exterior" de Mahan significava a necessidade cada vez maior de se explorar mercados internacionais na Ásia-Pacífico, em especial em pontos de apoio marítimos centrados primeiro no Havai e depois nas Filipinas. O alargamento da esfera de influência trazia implicações como a possibilidade de enfrentar ameaças militares em duas frentes oceânicas de combate. É importante ressaltar que as possessões imperiais conquistadas ou por conquistar deveriam ser "subservientes às oportunidades que os Estados Unidos tinham, e de fato precisavam, para explorar os mercados ultramarinos" (Rofe, 2008, p. 735).

As possessões coloniais norte-americanas serviriam, de fato, como "trampolins estratégicos" para dois grandes mercados em expansão: a América Latina e a Ásia. O círculo "virtuoso" de produção doméstica e a necessidade de mercados, significava que era preciso robustecer o poder marítimo, o que então exigia colônias (Rofe, 2008).

Segundo Rofe (2008), a perspectiva de Mahan consistia em se articular um setor produtivo pujante, com capacidade de se produzir bens e produtos em larga escala no mercado interno, ao *shipping*,[101] onde a marinha mercante proporcionaria o transporte dos bens industrializados nos EUA para colônias no entorno imediato caribenho e na longínqua Ásia.

---

[98] A postura era muito semelhante à adotada pelo Império Romano no mediterrâneo europeu, especialmente tendo em vista o norte da África, em particular Cartago, acrescentava Mahan.

[99] Trata-se de uma combinação entre o uso da violência pelo Estado, com o uso de táticas e estratégias vistas (pelos seus adversários) como moralmente questionáveis sob o ponto de vista jurídico e social.

[100] "This question took on the concrete and somewhat urgent form of security for our trans- Isthmian routes against foreign interference towards the middle of this century."

[101] *Shipping* é um termo que serve para definir o envio ou frete de mercadorias por navios.

É nesse caso que considero que essas condições só seriam possíveis por meio da conformação de um espaço marítimo-continental integrado. Um sistema no qual os fornecedores de matérias-primas, a produção, a circulação e o consumo de mercadorias precisavam de pontos de troca e de apoio logístico e base para a esquadra. Dessa forma, a posição geográfica da fronteira marítima ampliada dos EUA e a extensão de sua capacidade logística[102] demandavam o aumento das capacidades de defesa dos interesses estadunidenses. De acordo com Mahan, a conexão Pacífico-Atlântico deveria ser notada pelo governo como um fator político-estratégico vital:

> A **Guerra do México, a aquisição da Califórnia, a descoberta do ouro** e a corrida louca às escavações que se seguiram, aceleraram, mas de modo algum originaram, a necessidade de uma solução para os intrincados problemas envolvidos, nos quais **os Estados Unidos, de suas posições nos dois mares, têm como interesse predominante**. (Mahan, 1917, p. 83, tradução própria, grifo próprio).[103]

A rápida expansão dos horizontes marítimos de um império emergente estava no cerne das reflexões de Mahan. Para ele, os EUA seguiam uma trajetória de amadurecimento e militarização da Doutrina Monroe proposta pelos Pais Fundadores. De acordo com Mahan, era possível uma analogia entre expansão territorial e o ciclo vital:

> Na nossa **infância**, fazíamos fronteira apenas com o **Atlântico**; a nossa **juventude** levou a nossa fronteira até o **Golfo do México**; a **maturidade** de hoje nos vê no **Pacífico**. Não temos nenhum direito ou nenhum chamado para progredir em qualquer direção? Não há para nós, **além do horizonte marítimo, nenhum desses interesses essenciais, daqueles perigos evidentes, que impõem uma política e conferem direitos?** (Mahan, 1917, p. 35-36, tradução própria, grifo próprio).[104]

---

[102] Logística pode ser definida como 1. O conjunto de atividades relativas à previsão e à provisão dos recursos de toda a natureza necessários à realização das ações impostas por uma estratégia. 2. Parte da arte da guerra que trata do planejamento e execução das atividades de sustentação das forças em campanha, pela obtenção e provisão de meios de toda sorte e pela obtenção e prestação de serviços de natureza administrativa e técnica. (Brasil, 2018).

[103] "The Mexican War, the acquisition of California, the Discovery of gold, and the mad rush to the diggings which followed, hastened, but by no means originated, the necessity for a settlement of the intricate problems involved, in which the United States, from its positions on the two seas, has the predominant interest."

[104] "In our infancy we bordered uponthe Atlantic only; our youth carried our boundary to the Gulf of Mexico; to-day maturity sees us upon the Pacific. Have we no right or no call to progress farther in any direction ? Are there for us beyond the sea horizon none of those essential interests, of those evidente 36 Hawaii and our Future Sea Power, dangers, which impose a policy and confer rights?"

Mahan (1917) fomentará os preceitos expansionistas da Doutrina Monroe defendendo que construção de um Canal no Caribe seria fundamental para o futuro da América, em particular, e da sociedade Ocidental em geral. Segundo Mahan (1917), o Caribe e o Havaí eram parte de um sistema, a ser potencializado por um futuro canal:

> Onde quer que você esteja situado, **seja no Panamá ou na Nicarágua, o significado fundamental do canal será o avanço de milhares de quilômetros nas fronteiras da civilização europeia em geral, e dos Estados Unidos em particular, de unir todo o sistema de estados americanos,** desfrutando dessa civilização como de nenhuma outra forma eles podem ser limitados. **No Arquipélago das Caraíbas - o próprio domínio do poder marítimo,** se é que alguma região poderia ser chamada assim - são o lar natural e o centro de influências pelas quais **uma estrada marítima como um canal deve ser controlada**, assim como o controle do Canal de Suez relacionado no Mediterrâneo. **O Havaí também é um posto avançado do canal, assim como Áden ou Malta são de Suez; ou como Malta era a Índia muito antes do canal,** quando Nelson proclamou que esse ponto de vista o canal era principalmente importante para a Grã-Bretanha. (Mahan, 1917, p. 261, tradução própria, grifo próprio).[105]

A conexão do Pacífico e do Atlântico, do Havaí ao Mar do Caribe transformava essa grande área em um espaço integrado, sob o ponto de vista militar e econômico. É nesse ponto que pode se estabelecer um paralelo entre o pensamento de Mahan e os princípios militares ensinados por Antoine Henri Jomini[106] como: objetivo, ofensiva, simplicidade, surpresa, segurança, economia de forças ou meios, massa, manobra, unidade de comando, prontidão, moral e legitimidade (Shy, 2001).

---

[105] "Wherever situated, whether at Panama or at Nicaragua, the fundamental meaning of the canal will be that it advances by thousands of miles the frontiers of European civilization in general, and of the United States in particular that it knits together the whole system of American states enjoying that civilization as in no other way they can be bound. In the Caribbean Archipelago — the very domain of sea power, if ever region could be called so — are the natural home and centre of those influences by which such a maritime highway as a canal must be controlled, even as the control of the Suez Canal rests in the Mediterranean. Hawaii, too, is an outpost of the canal, as surely as Aden or Malta is of Suez; or as Malta was of India in the days long before the canal, when Nelson proclaimed that in that point of view chiefly was it important to Great Britain."

[106] Suíço de família abastada, estudioso da arte da guerra, um homem da Revolução Francesa, Oficial de Estado-Maior do Exército francês e, depois, do Exército russo que postulou princípios imutáveis (válidos tanto para César como para Napoleão) na guerra que precisavam ser corretamente aplicados.

Mahan parecia adaptar alguns princípios jominianos, aplicando seus ensinamentos no incremento das expressões econômica e militar associadas ao mar.

O pensamento militar ofensivo e baseado em princípios gerais é comum tanto a Mahan como a Jomini. O projeto de conectar as bacias do Atlântico e do Pacífico por meio de um canal, cortando o istmo centro-americano, propiciou a unidade de comando da Marinha que Mahan almejava em sua teoria da supremacia do poder marítimo. Outros princípios associados ao valor da posição geográfica do canal eram o da massa, o da economia de meios e o da segurança. Assim, a passagem estratégica pelo canal asseguraria, através da manobra, a rápida concentração ou a dispersão das forças navais no teatro de operações, sob o controle de um comando unificado.

No caso de uma eventual disputa pela supremacia no Caribe entre EUA e uma potência europeia, Mahan valorizava a integração entre a defesa avançada e a defesa territorial da foz do rio Mississippi, fruto do domínio do Caribe. Com efeito, para que fossem obtidos todos os benefícios de uma superior posição geográfica seria relevante possuir também o controle de ilhas estratégicas para a circulação como Cuba, Haiti e República Dominicana, Porto Rico e Jamaica, que permitiriam o estabelecimento de linhas de comunicação marítimas (LCM) no Caribe, bem como chegando à extremidade noroeste da América do Sul, na Colômbia e Venezuela (Mahan, 1890).

Em 1914, a tese da supremacia do poder marítimo de Mahan se fortaleceria com a abertura da passagem nos istmos ligando o Caribe até o Pacífico. A expansão da área de influência do EUA precisava aplicar mais um fundamento. A formação do espaço integrado de circulação Cisatlântico e Transpacífico inauguraria um novo ciclo de expansão geopolítica, transformando os EUA em uma potência marítima de interesses e alcance global.

A inauguração do canal do Panamá, em 1914, reforçou diversos elementos apontados por Mahan em sua teoria da supremacia do poder marítimo, bem como trouxe efeitos estratégicos para o aumento das capacidades de intervenção militar direta e circulação econômica estadunidense.

O espaço integrado de circulação possibilitou o aumento da segurança e da economia de recursos. Para explicar as mudanças logísticas, descrevi os aspectos geográficos e os efeitos estratégicos, com suas respectivas caracterizações, que estão contidas no Quadro 3. A confecção do quadro tem como base o uso da localização geográfica do Canal do Panamá como variável determinante do sistema de circulação integrado.

Quadro 3 – Aspectos geográficos e efeitos estratégicos

Aspectos geográficos	Efeitos estratégicos
Diminuição das distâncias	**Economia de meios e recursos** – A distância entre Nova Iorque e/ou a Filadélfia e São Francisco foi reduzida de cerca de 13.000 milhas (21 mil quilômetros), via Estreito de Magalhães, para cerca de 5.000 milhas (8 mil quilômetros) via Canal do Panamá; – A distância de Nova Orleans a São Francisco diminuiu, aproximadamente, 14.500 quilômetros pelo canal do Panamá se comparada ao trajeto anterior feito pelo Estreito de Magalhães.
Espaço marítimo integrado (Atlântico-Pacífico)	**Unidade de comando** – O padrão de dois oceanos isolados foi superado com a construção do Canal. O Atlântico e o Pacífico deixaram de ser encarados como dois sistemas isolados, a partir da perspectiva do Hemisfério Ocidental. – Surgiu uma nova fórmula geopolítica: a conexão da área de influência Cisatlântica com a área de influência Transpacífica. – Foi estabelecida uma Marinha de alcance global, com maior capacidade de concentração e dispersão de forças e meios sob um comando unificado.
Diminuição do tempo de deslocamento	**Segurança nos deslocamentos** – Considerando uma velocidade média de 12 nós da partida até a chegada, comum nos navios militares da época, as operações militares integrando as Esquadras do Atlântico e do Pacífico se realizariam mais rapidamente. – Durante a Guerra Hispano-Americana de 1898, a base de Guantánamo em Cuba estava praticamente à mesma distância de São Francisco que o Canal da Mancha na Europa. Com a entrada do canal em operação, trajeto que foi encurtado. – 42% do seu tráfego de navios civis. Ao todo, 62% do comercio através do Canal tinha origem ou terminava nos portos dos Estados Unidos da América. – O aumento da segurança das novas fronteiras demandou maiores investimentos na base naval de Guantánamo na orla do Caribe e em fortificações na zona do Canal.

Fonte: elaborado pelo autor

Com a abertura do Canal, os EUA expandiram mercados pelo Hemisfério Ocidental, o que se deu sob a tutela coercitiva do corolário Roosevelt da Doutrina Monroe de 1904. Destarte, a retórica isolacionista não era mais possível diante da prevalência dos interesses nacionais de um global player. O poder de fazer a guerra e da Marinha mercante em estabelecer rotas comerciais também aumentou, juntamente com a política do *big stick*.

Figura 13 – Talassocracia dos Estados Unidos

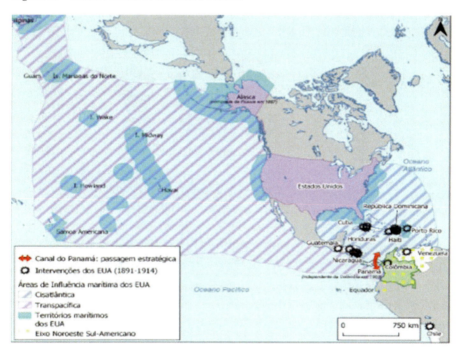

Fonte: elaborada pelo autor

Um império territorial não formalizado (como era o britânico) se constituiu e o papel de polícia do hemisfério foi exercido com frequência. Entre 1891 e 1930, os EUA lançaram mais de 30 intervenções diretas ou indiretas na América Latina com o envio de tropas para diversos países como Nicarágua, Cuba e República Dominicana (Pecequilo, 2003).

A formação do espaço integrado de circulação não se restringiu ao Hemisfério Ocidental. Observou-se, conforme o Quadro 3, impactos na rapidez dos deslocamentos e nas conexões entre pontos de uma grande rede internacional de lugares estratégicos mundo afora, o que pode ser mais bem observado no mapa a seguir que representa a Talassocracia dos EUA (Figura 13).

O espaço integrado que proponho se baseou no aumento da capacidade de circulação e na conexão dos meios e recursos com marcante influência marítima onde os EUA projetavam ser capazes de intervir militarmente em qualquer ponto do globo para assegurar seus interesses nacionais. O espaço é formado enquanto uma rede de locais estratégicos articulada entre o Atlântico e o Pacífico, que foi viabilizada a partir de arquipélagos e de bases militares distribuídas por ilhas, estreitos e pontos de apoio no litoral, dando vida à logística internacional dos EUA. Esta área de influência se dividi em dois espaços: Área Cisatlântica e Área Transpacífica.

A Cisatlântico refere-se a uma área de influência marítima que abrange a margem ocidental atlântica. Engloba a porção litorânea da Colômbia e da Venezuela, no sul do mar do Caribe, a costa atlântica da América Central e o litoral Atlântico dos EUA.

Com a abertura do canal do Panamá, a área de influência Cisatlântica foi centrada no Caribe, o pivô geográfico da Talassocracia. Nela formou-se um perímetro de segurança territorial não institucionalizado a partir de Porto Rico, Cuba e Panamá, Colômbia e Venezuela. Tais países se tornaram à época pontos vitais, formando uma espécie de "colar de pérolas"[107] norte-americano, funcionando também como uma primeira linha de defesa territorial para proteger o Golfo do México, a Foz do Mississipi e a Costa Leste estadunidense.

A área de influência Transpacífica refere-se à região geográfica e econômica afetada por relações comerciais, investimentos e influências políticas dos EUA sobre os países localizados em torno do Oceano Pacífico. Essa área engloba uma vasta extensão de territórios que se estendem desde um arco do Panamá ao Alasca, convergindo na direção das ilhas da bacia da Ásia-Pacífico.

Não havia à época uma aliança militar institucionalizada nessa imensa região do mundo. Na área de influência Transpacífica esboçou-se um outro polígono de segurança formado a partir da Costa Oeste estadunidense. O Alasca, as ilhas havaianas, Guam, as Filipinas e Tutuila (situadas entre 2.000 milhas e 7.000 milhas dos EUA), funcionavam

---

[107] Uso o termo "Colar de Pérolas" em analogia ao modo como foi empregado no documento "Energy futures in Asia" do Departamento de Defesa dos Estados Unidos. Segundo o tenente-coronel Pehrson, ele pode ser descrito como "manifestação da crescente influência geopolítica chinesa através de seus esforços para incrementar o acesso a portos e aeroportos [...] desde o Mar do Sul de China, através do estreito da Malaca e do Oceano Indico, em direção ao Golfo Pérsico" (Vázquez, 2013).

como outra linha de defesa avançada contra possíveis ameaças oriundas da Ásia (Japão, China e Rússia, por exemplo).

A posse de Guam, localizada ao sul da cadeia das Ilhas Marianas e aproximadamente 2600 quilômetros das Filipinas, poderia ser considerada como uma espécie de "Gibraltar do Pacífico", sendo decisiva para atender aos interesses estratégicos norte-americanos, pois serviam de trampolim para ações militares na Ásia (Mckean, 1914).

Na junção das áreas de influência Cisatlântica e Transpacífica está o Canal do Panamá, possibilitando a circulação de combustíveis, recursos naturais em geral, pessoas, mercadorias, serviços etc., por um conjunto de ilhas e bases onde o abastecimento poderia ser feito em postos de bandeira própria, ao longo de distâncias variadas, o que representava o aumento da resistência marítima da esquadra, diminuindo os constrangimentos e evitando a solução de continuidade nos abastecimentos.

A localização geográfica do canal do Panamá funcionaria, durante boa parte do século XX, como um dispositivo militar em apoio às relações comerciais e de defesa dos Estados Unidos no contexto hemisférico e, depois, à escala mundial. Nesse contexto, a conexão das ideias de Mahan com a tese da fronteira e o Destino Manifesto indicavam que o futuro dos EUA estava nos oceanos, no horizonte da expansão marítimo-militar-mercantil.

Isto posto, encontraremos em Nicholas Spykman, o autor que melhor retomará durante a Segunda Guerra Mundial os fundamentos até aqui apresentados. Com base no conceito de Hemisfério Ocidental, definido por ele enquanto um domínio insular, Spykman também proporá um novo recorte geopolítico para a América do Sul, dando um novo significado estratégico ao Mediterrâneo Americano de Mahan no contexto da expansão da órbita de influência marítimo-continental dos EUA.

2.3 O PENSAMENTO GEOPOLÍTICO DE NICHOLAS SPYKMAN

Nicholas J. Spykman foi o primeiro diretor do Instituto de Estudos Internacionais de Yale e analista da política externa dos Estados Unidos da América (EUA)[108]. Durante o período entreguerras (1919-1939), participou de um grande debate que se dava na sociedade americana sobre qual

---

[108] Spykman nasceu em Amsterdã no ano de 1893 e faleceu em 1943 aos 49 anos. Durante a Primeira Guerra Mundial, devido à condição de neutralidade da Holanda, viajou como correspondente de guerra pelo Oriente Próximo (1913 a 1919) e pelo Extremo Oriente (1919 a 20). Já nos EUA, fez seus estudos acadêmicos na Universidade da Califórnia, Berkeley, seguindo para Yale onde fundou, em 1935, o Instituto de Estudos Estratégicos. (Kaplan, 2013).

deveria ser a grande estratégia adotada pelo governo norte-americano no campo da política internacional.

O debate girava entre dois temas centrais: a preservação da paz no sistema internacional e o dilema entre uma política externa isolacionista ou intervencionista. No primeiro caso havia a oposição entre os idealistas e os realistas.

Os idealistas eram adeptos do espírito *wilsoniano* e acreditavam que a paz entre as nações poderia ser obtida pelo aumento da cooperação entre os Estados decorrente do estabelecimento de um sistema de segurança coletiva[109], tal era o exemplo da Liga das Nações criada em 1919.

O grupo dos realistas[110], no qual Spykman estava inserido, criticava o que chamava de ilusões idealistas, afirmando que a paz somente poderia ser obtida por meio de uma política de equilíbrio de poder fundamentada no interesse nacional (Mello, 1999).

Em relação à política externa, o grande debate americano opunha os adeptos do esplêndido isolamento contra os intervencionistas. No primeiro grupo, estavam aqueles que, terminada a Primeira Guerra Mundial, não desejavam que os EUA se envolvessem em assuntos político-militares fora do Hemisfério Ocidental, especialmente na Europa. Já o segundo grupo defendia que os EUA deveriam ser capazes de intervir em qualquer lugar do planeta sempre que alterações no equilíbrio de poder colocassem em risco os interesses nacionais americanos.

Spykman era adepto da corrente intervencionista. Em 1942, escreveu uma das obras de referência no pensamento geopolítico Ocidental: *America's Strategy in World Politics: the United States and Balance of Power*. Spykman também discordava daqueles que eram partidários do "esplêndido isolamento", afirmando que a posição bioceânica dos EUA, afastado da Ásia e da Europa pelos fossos do Atlântico e do Pacífico, não seria capaz de protegê-los eternamente. Isso ficou patente com o ulterior desenvolvimento dos bombardeiros estratégicos por meio de ataques aéreos[111] em um mundo cada vez mais integrado e tecnológico.

---

[109] Woodrow Wilson foi o 28º presidente dos EUA, governando entre 1913 e 1921. Em 1918, Wilson divulgou seus princípios para a paz chamados de Quatorze Pontos. Em 1919, participou da conclusão do Tratado de Versalhes em Paris e promoveu a criação da Liga das Nações.

[110] Segundo Kaplan (2013), Spykman faz parte de uma mesma linhagem de autores como Strausz-Hupé, Morgenthau e Henry Kissinger. Todos eram intelectuais europeus que nas décadas intermediárias do século XX, introduziram o realismo nos EUA.

[111] O Poder Aéreo, terceira dimensão da geopolítica clássica, foi amplamente empregado durante a Segunda Guerra Mundial por meio dos bombardeios estratégicos. Cabe destacar os B-36 que foram desenvolvidos no pós Segunda Guerra Mundial e possuíam alcance de até cinco mil milhas.

A Figura 14 representa o desdobramento dessa percepção de Spykman para o início da Guerra Fria. Entre 1949 e 1959, foi possível definir os raios de atuação dos bombardeios B-36, apelidados de *peacemakers* (pacificadores) pela Força Aérea dos EUA. No mapa, estão marcadas as zonas de domínio aéreo dos EUA e das ex-URSS os centros industriais de ambas as potências.

Figura 14 – Mapa do poder aéreo das superpotências

Fonte: elaborada pelo autor

Por isso, ele defendia que a primeira linha de defesa estadunidense deveria ser postada de forma bem avançada, ao redor da Eurásia. O realismo de Spykman era centrado no estudo da influência das condições geográficas favoráveis para o exercício da liderança dos EUA no sistema internacional, um espaço visto por ele como essencialmente anárquico e belicoso. Como tal, o professor de Yale admitia que a sociedade internacional era destituída de uma autoridade central, capaz de prescrever a lei e a ordem (Mello, 1999).

De acordo com Spykman (1938), a geografia era a "força profunda", o fator central que deveria mover a política externa estadunidense. Para ele, outros fatores importantes também condicionavam a política externa, mas possuíam causas temporárias. Eram exemplos dessas causas a densidade populacional, a estrutura econômica do país, a tecnologia, a composição étnica da população, a forma de governo e os complexos e preferências dos ministros do Exterior.

Apesar de entender a política externa como fruto da interação desses fatores temporários e permanentes, Spykman (1938) privilegiava os condicionantes geográficos, pois a permanência deles era considerada como um dado essencial, uma variável independente que atuava sobre as demais variáveis do sistema.

Para justificar suas premissas, Spykman (1938) recorria à história dos grandes líderes que conduziram nações poderosas. Ele considerava, tal qual Napoleão Bonaparte mais de um século antes, que a política de todas as potências (Estados-nações) era em grande parte determinada pelas condições geográficas.

> O território do Estado é a base a partir da qual ele opera em tempos de guerra e a posição estratégica que ocupa durante o armistício temporário chamado paz. **A geografia é o fator mais fundamental na política externa dos Estados, pois é o mais permanente.** Ministros vêm e ministros vão, mesmo ditadores morrem, mas as cadeias de montanhas permanecem sendo impassíveis. George Washington, defendendo treze estados com um exército esfarrapado, foi sucedido por Franklin D. Roosevelt com recursos de um continente sob seu comando, mas o Atlântico continua a separar a Europa dos Estados Unidos; os portos do rio São Lourenço ainda são bloqueados pelo gelo do inverno. Alexandre I, czar de toda a Rússia, legou a Joseph Stalin, simples membro do Partido Comunista, não apenas seu poder, mas sua eterna disputa por acesso ao mar, e Maginot e Clemenceau herdaram de César e de Luís XIV a inquietação em relação à aberta fronteira alemã. (Spykman, 1942, p. 41-42, tradução própria, grifo próprio).[112]

---

[112] "The territory of a state is the base from which it operates in time of war and the strategic position which it occupies during the temporary armistice called peace. Geography is the most fundamental factor in the foreign policy of states because it is the most permanent. Ministers come and ministers go, even dictators die, but mountain ranges stand unperturbed. George Washington, defending thirteen states with a ragged army, has been succeeded by Franklin D. Roosevelt with the resources of a continent at his command, but the Atlantic continues to separate Europe from the United States and the ports of the St. Lawrence River are still blocked by winter ice. Alexander I, Czar of all the Russias, bequeathed to Joseph Stalin, simple member of the Communist party, not only his power but his endless struggle for access to the sea, and Maginot and Clemenceau have inherited from Caesar and Louis XIV anxiety over the open German frontier."

Spykman considerava que posição geográfica dos EUA nas zonas temperadas ao norte da linha do equador não apenas influenciaria no seu progresso econômico, como também sua condição de "vetor da história".

De acordo Spykman (1942), a história humana era feita nas latitudes temperadas do Hemisfério Norte e isso tinha relação com a existência de uma parcela muito pequena das massas terrestres no Hemisfério Sul.

Spykman (2020) apresentou uma nova forma de representar os continentes no globo terrestre. A influência norte-americana no Hemisfério Ocidental teria por base um novo enfoque geopolítico para a distribuição de terras e mares.

O professor norte-americano rivalizava com a visão do geógrafo inglês Halford Mackinder, centrada na área *pivô* eurasiana. Para isso, adotou um modo de representar o mundo centrado no Polo Norte.

No primeiro caso defendido pelo geógrafo inglês em 1904, o mundo era representado em uma projeção cartográfica cilíndrica que tinha na vasta extensão da Sibéria e adjacências uma unidade no centro do mapa, retirando o foco da Europa. No mundo de Mackinder a área *pivô* eurasiana possuía importância basilar no controle da Ilha Mundial formada pela Europa, Ásia e África e circundada pelo Grande Oceano (Figura 15).

Figura 15 – O mundo de Mackinder

Fonte: Mackinder (1904, p. 312)

Em 1943, Mackinder introduziu o conceito de Midland Ocean, reforçando a centralidade do Atlântico Norte como espaço estratégico que conecta os Estados Unidos e a Europa Ocidental, em oposição à ênfase anterior dado somente ao Heartland. Esse novo enfoque reconhecia o papel crescente dos EUA no equilíbrio de poder mundial, especialmente em um contexto de Segunda Guerra Mundial, em que as alianças transatlânticas se tornaram fundamentais.

Na obra Geografia da Paz, Spykman (2020), ao adotar a projeção azimutal equidistante, reinterpretou essa lógica, deslocando o eixo estratégico para o Rimland e enfatizando a interdependência entre o controle dos mares periféricos e a dominância terrestre. Dessa forma, o Midland Ocean de Mackinder e o Rimland de Spykman dialogam como perspectivas complementares sobre o impacto das rotas marítimas e das margens continentais na geopolítica mundial.

Observando o mapa-múndi a partir dos polos, o globo terrestre passava a ser visto por Spykman a partir do "topo do mundo", dando a impressão de que os continentes se dispersavam como uma estrela-do-mar em direção ao Hemisfério Sul (Mello, 1999).

Figura 16 – Projeção Azimutal Equidistante Polar

Fonte: Spykman (2020, p. 62)

Segundo Spykman (2020), o mundo seria formado por cinco grandes ilhas continentais, cujas terras tinham sua origem no polo Norte. Dessa vez, a Eurásia e a América do Norte formavam o grande núcleo das massas terrestres, agrupadas ao redor do oceano Ártico. As três pontas da estrela situavam-se nos Cabo Horn, da Boa Esperança e de Leewin, respectivamente, na América do Sul, África e Austrália.

Para Spykman (1942), era no Hemisfério Norte que estavam situadas as duas principais ilhas mundiais: América do Norte e a Eurásia, que se comportavam permanentemente como os dois grandes rivais históricos na luta pelo poder no sistema internacional. De acordo com essa perspectiva, o Hemisfério Sul seria basicamente aquático, e formado a partir da irradiação das grandes massas de terras emersas com origem no polo Norte.

Com base na geografia, Spykman formulou um modelo de passagem contínua da Doutrina Monroe especulativa para outra Doutrina intervencionista. A união do excepcionalismo com a expansão universal de valores também foi uma tônica de sua tese. De acordo com Spykman, era um destino do Estado norte-americano, como uma missão civilizatória dada por Deus, dar continuidade a expansão da política externa formulado por Monroe:

> George Washington nunca nos alertou contra alianças complicadas com os Manchus e os mongóis; **Monroe nunca prometeu não interferir nas guerras asiáticas**; e a população dos Estados Unidos não consiste em descendentes de pessoas que viraram as costas para a Ásia. **Pelo contrário, grande parte da população, interessada na difusão do cristianismo, sentiu que a Ásia precisa de nossa ajuda - uma terra na qual temos uma missão**. (Spykman, 1942, p. 141, tradução própria, grifo próprio).[113]

De acordo com Kelly (1997), os EUA já eram considerados por Spykman como um *"Strategic country"*, funcionando como o centro irradiador, ou seja, um país capaz de impactar econômica, política e militarmente, formando órbitas de influência que alcançam todo ecúmeno terrestre

---

[113] "George Washington never warned us against entangling alliances with the Manchus and the Mongols; Monroe never promised not to interfere in Asiatic wars; and the population of the United States does not consist of descendants of people who had turned their backs on Asia. On the contrary, a large section of the population, interested in the spread of Christianity, has felt that Asia is a country that needs our help-a land in which we have a mission. The China trade stimulated."

Spkyman, diante das características territoriais e dos interesses globais dos EUA, reforçava a ideia original da Doutrina Monroe. Ele lançava luz, novamente, sobre as ameaças que permanentemente rondavam o Hemisfério Ocidental afirmando que:

> A posição dos Estados Unidos à época **da famosa mensagem do presidente Monroe mostra certas semelhanças interessantes com a cena política contemporânea.** Houve ameaças de conquista vindas da Ásia, através do Pacífico, e da Europa, através do Atlântico. (Spykman, 1942, p. 69, tradução própria, grifo próprio).[114]

Novamente, a Doutrina Monroe era reforçada unilateralmente como uma política permanente dos Estados Unidos, representando sua autonomeação como protetor do Hemisfério Ocidental.

Spykman também retomou à tese da supremacia do poder marítimo de Mahan, para ressignificar a geografia do Hemisfério Ocidental e situar os EUA a partir de uma posição única no mundo: ao defrontar-se com dois oceanos, o país tem acesso direto às mais importantes artérias marítimas do globo com a abertura do Canal do Panamá. De acordo com Spykman, o Hemisfério Ocidental era:

> [...] uma enorme massa de terra insular de aproximadamente 15 milhões de milhas quadradas que enfrenta o Velho Mundo através de três frentes oceânicas: **o Ártico, o Pacífico e o Atlântico.** As Américas não são, no entanto, como sugerido anteriormente, uma única ilha de dimensões continentais, mas um mundo de pelo menos **três regiões geopolíticas distintas,** o continente norte, o continente sul e o Mediterrâneo americano. **A América do Norte tem a forma de um triângulo invertido com vértice no Panamá.** (Spykman, 1942, p. 411, tradução própria, grifo próprio).[115]

O Hemisfério Ocidental de Spykman se estendia no sentido Norte-Sul do Alasca ao Cabo Horn, sendo fundamental para a transformação do continente americano em uma extensa zona de influência sob a direção de

---

[114] "The position of the United States at the time when President Monroe delivered his famous message shows certain interesting similarities to the contemporary political scene. There were threats of territorial conquest from Asia across the Pacific and from Europe across the Atlantic."

[115] "An enormous insular land mass of approximately 15 million square miles which faces the Old World across three ocean fronts, the Arctic, the Pacific, and the Atlantic. The Americas are, however, as previously suggested, not a single island of continental dimensions but a world of at least three distinct geo-political regions, the northern continent, the southern continent, and the American Mediterranean. North America has the shape of an inverted triangle with the apex at Panama."

Washington, semelhante ao conceito de "Pan Região"[116] do major alemão Haushofer. Contudo, entendo que Spykman descreveu a área de influência dos EUA como uma "Pan região fragmentada". A sua base territorial era um triângulo invertido com vértice no Panamá, inserido em uma ilha-continente e arquipélagos satélites no Caribe e no Oceano Pacífico que ocupavam, grosso modo em relação à Eurásia, uma posição de insularidade semelhante à do Reino Unido em relação à Europa continental.

Para Spykman, era necessário defender o domínio dos EUA frente a uma ameaça permanente, que rondava o Hemisfério Ocidental desde os tempos da proclamação da Doutrina Monroe. A percepção de ameaças na década de 1940 era fruto das políticas de poder expansionistas das potências euroasiáticas do Eixo em âmbito internacional. No início da década de 1940, a expansão do nazifascismo e do império japonês preocupavam os estrategistas norte-americanos, e os efeitos da Segunda Guerra Mundial (1939–1945) poderiam ser prejudiciais aos EUA no contexto do hemisfério como um todo em caso de vitória do Eixo, ocasionando o fenômeno do cercamento.

A vitória da Alemanha no Velho Mundo corresponderia à formação de uma "grande esfera euro-africana controlada a partir de Berlim". Essa Pan-Região se estenderia do cabo Norte à Cidade do Cabo e incluiria o continente europeu até os montes Urais, o Mediterrâneo e o Oriente Próximo. A Pan-Região teria população de aproximadamente "550 milhões de habitantes, representado um enorme aglomerado de poder" (Spykman, 1942, p. 194).

O Japão obteria vantagens geopolíticas com a vitória dos alemães no Velho Mundo. O país do extremo oriente ganharia autonomia para transformar o seu Império insular em uma unidade fragmentada de grande dimensão. Sua Pan-Região fragmentada se "estenderia desde o estreito Bering até a Tasmânia e incluiria mais da metade da população da Terra" (Spykman, 1942, p. 194). O Novo Mundo seria então cercado por dois gigantescos Impérios que controlariam enormes potenciais bélicos.

Os EUA, sob tal perspectiva, eram definidos por Spykman como a peça-chave, o bastião na luta pela preservação dos valores da liberdade individual e da democracia do mundo Ocidental frente aos Estados autoritários da Eurásia. Contudo, a posição bioceânica dos EUA representava

---

[116] Defino Pan Região a partir da ideia proposta na década de 1940 pelo General alemão Karl Haushofer. Ele entendia que esse tipo de região abrangia uma grande área que se estende latitudinalmente do Hemisfério Norte para o Hemisfério Sul e é polarizada por um estado diretor. A periferia dessa região, localizada nas zonas tropicais e subtropicais do hemisfério Sul, funcionaria como fonte de recursos minerais e gêneros diversos que fariam do polo da região um estado autárquico, não dependente de outras potências para sobreviver.

uma dualidade geopolítica: se aumentava a capacidade de projeção do poder marítimo no cenário internacional, também o tornavam suscetível ao cercamento territorial, caso as potências da Eurásia, a Alemanha e o Japão, se unissem e quisessem controlar as linhas de comunicação marítima, bloqueando militar e economicamente a América do Norte (Spykman, 1942).

Spykman defendia, portanto, que a expansão da Doutrina Monroe era uma luta pela manutenção da democracia e da liberdade. Isso pode ser traduzido como uma luta pela sobrevivência em bases permanentes da civilização Ocidental. De acordo com Spykman, em oposição à presença dos EUA no mundo, eram interpostas ameaças de cerco provenientes de estados autoritários do Velho Mundo eurasiano. O problema era centenário e era potencializado no contexto da Segunda Guerra Mundial,

> A ameaça de um cerco dos Estados Unidos por uma combinação europeia-asiática, **que surgiu pela primeira vez na época do presidente Monroe, reapareceu na época da Primeira Guerra Mundial,** e adormecida na Aliança Britânico-Japonesa, **apareceu novamente, mas em uma escala inimaginável em tempos passados.** (Spykman, 1942, p. 195, tradução própria, grifo próprio).[117]

A figura militar do cerco do Hemisfério Ocidental era o dado mais importante para a formulação geopolítica de Spykman durante sua vida. Contudo, ele morreu prematuramente em 1943, e seus escritos foram compilados pelos colegas da Universidade de Yale e lançados em 1944 com o título *The Geography of Peace.*

Geography of Peace era, ao mesmo tempo, uma geografia da guerra. A partir da premissa de que o controle do Rimland, determinaria o governo da Eurásia, e de que o governante da Eurásia controla os destinos do mundo, Spykman fez uma analogia entre a situação de tropas no campo de batalha e a presença dos EUA, da Alemanha e do Japão no tabuleiro internacional, realçando que a luta pelo poder entre as potências era uma constante do sistema internacional. Diante disso, a linha de ação pensada por Spykman era que um país, como os EUA, deveria adotar a estratégia ofensiva para manter as potências de Eurásia ou do Hemisfério Ocidental sob controle (Spykman, 2020).

---

[117] "The threat of an encirclement of the United States by European Asiatic combination, which first emerged at the time of President Monroe, reappeared at the time of the First World War, and lay dormant in the British-Japanese Alliance, has again appeared, but on a scale undreamt of in former times."

De acordo com o professor de Yale, o *modus operandi* dos EUA era um só: impedir que qualquer um de seus inimigos declarados no Velho Mundo se tornassem tão poderosos na Eurásia ao ponto de ameaçar a liderança americana no Hemisfério Ocidental, "fazendo com que que seus próprios recursos políticos e naturais pudessem ser utilizados para afetar os interesses nacionais dos EUA" (Spykman, 1942, p. 65).

A situação de cerco, proposta por Spykman, é uma condição visível quando se usa a projeção cilíndrica modificada, tal qual a utilizada pelo geógrafo e cartógrafo James Miller, para representar a centralidade do Hemisfério Ocidental no planisfério (Figura 17).

Figura 17 – O cerco do Hemisfério Ocidental

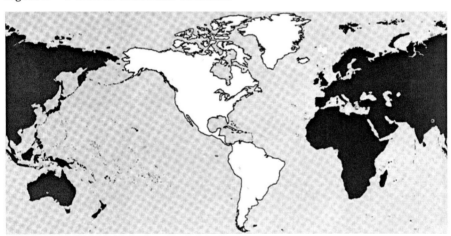

Fonte: Spykman (2020, p. 105)

A partir da afirmação de que havia um cerco do Novo Mundo (Figura 17), Spykman interpõe o conceito de *Rimland*, definido com a área que circunda o Heartland a semelhança do que Mackinder chamava de crescente marginal ou interno. Com isso, ele pensou em uma estratégia ofensiva de conter as ameaças provenientes da Eurásia, afirmando que a luta entre o poder terrestre e o poder marítimo era como uma constante no sistema internacional.

De acordo com Spykman (1942), se a política externa estadunidense, desde a proclamação da Doutrina Monroe, seria condicionada por essa ameaça de cercamento, com as formulações de Spykman se via praticamente obrigada a projetar poder sobre Rimland para conter qualquer expansão proveniente do Heartland.[118]

> Uma análise geopolítica dos problemas de segurança dos Estados Unidos daqui a cem anos será, sem dúvida, muito diferente da atual. A situação nesse momento, entretanto, deixa claro que **a segurança e a independência** desse país podem ser **preservadas** apenas **por uma política externa que tornará impossível para a massa de terra eurasiática abrigar uma potência predominantemente dominante na Europa e no Extremo Oriente.** (Spykman, 2020, p. 172, grifo próprio).

Os EUA deveriam colaborar com qualquer poder que fosse capaz de conter a força de expansão das potências territoriais como a Rússia e a Alemanha no *Heartland*[119]. Assim, o *Rimland* corresponde a uma área tampão entre o poder marítimo dos EUA e o poder terrestre dominante na Eurásia.

As franjas da Eurásia seriam o ponto onde as grandes potências marítimas e terrestre competiriam pela liderança mundial. Foi por isso que o norte-americano descreveu essa área como o palco onde deveria ser projetada a ofensiva de contenção por parte dos Estados Unidos ou de uma coalização de forças contra qualquer ameaça euroasiática.

Geograficamente, Spykman conferia um papel essencial para a ofensiva dos EUA sobre o equilíbrio de forças no Velho Mundo. A ação ofensiva deveria ser exercida nas bordas que contornavam a Europa e a Ásia ("Rimland") no mesmo ponto que Mackinder considerava essencial sob a forma do crescente interno.

Tal região, se controlada pelos Estados Unidos, diminuiria a vantagem defensiva que o interior da Eurásia possuía contra-ataques organizados a partir dos oceanos Pacífico ou Índico. O Heartland era conhecido por ser uma grande fonte de recursos naturais e um bastião devido às condições do relevo e da hidrografia contra-ataques externos.

---

[118] Rimland foi o termo utilizado por Spykman em substituição ao conceito de Inner Crescent de Mackinder, definindo com maior precisão as regiões costeiras – fímbrias marítimas – que contornavam a grande planície central da Eurásia (Mello, 1999).

[119] O Heartland é a vasta planície da Eurásia, desde a Europa Oriental até a Ásia Central, vista por Halford Mackinder como o Pivot geográfico do poder mundial.

Figura 18 – Zonas de conflito eurasianas

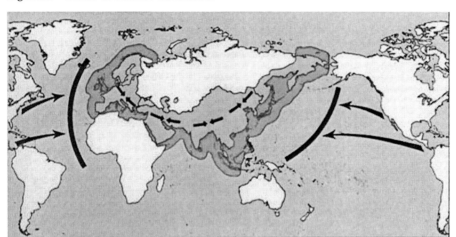

Fonte: Spykman (2020, p. 154)

Os eixos de força que materializariam a projeção de poder dos EUA sobre *Rimland* partiriam das costa leste e oeste dos EUA e do Canal do Panamá, também a partir de ambos os oceanos (Figura 18).

O Rimland dominado pelos EUA funcionaria como uma zona amortizadora no embate entre o poder terrestre da Eurásia e o poder marítimo dos EUA. Assim, ganhando também importância estratégica no conjunto da geopolítica global.

A seguir será discutido, a partir de um olhar sobre a reconfiguração geopolítica da América do Sul, como essa lógica de controle territorial foi reproduzida com certa semelhança por Spykman no Hemisfério Ocidental.

2.4 SPYKMAN E AS RECONFIGURAÇÕES GEOPOLÍTICAS NA AMÉRICA DO SUL

A América do Sul não foi o objeto central das reflexões geopolíticas de Nicholas Spykman durante a Segunda Guerra Mundial. Contudo, fragmentos territoriais do continente ocuparam um papel em suas reflexões à medida que ele sustentava suas premissas e argumentos a partir de uma releitura do alcance da expansão geográfica da Doutrina Monroe no hemisfério.

Conforme enunciado pela Doutrina Monroe, em 1823, a manutenção das potências do Velho Mundo fora do Hemisfério Ocidental era o objetivo central da política externa dos EUA. A intromissão de uma potência de fora do hemisfério nos assuntos internos de países americanos seria encarada como uma ameaça à paz e a segurança dos EUA.

Spykman reforçava, todavia, que a retórica original de Monroe nunca se configurou. Em sua opinião, a expansão da Doutrina Monroe não visava fornecer garantias de proteção a todos os países sul-americanos, mas apenas aos países e locais que fossem, verdadeiramente, considerados estratégicos para a segurança americana e de seus aliados:

> Em 1864, os Estados Unidos protestaram quando a Espanha ocupou as ilhas Chincha em sua guerra contra o Peru, e algum tempo depois, durante a guerra da Espanha contra o Chile, o país alertou contra a subversão do sistema republicano de governo, **mas não houve nenhum protesto** quando a **Grã-Bretanha retomou as Ilhas Malvinas em 1833,** nem foi levantada **nenhuma objeção às intervenções franco-britânicas na região do Prata, nas décadas de 1840 e 1850.** (Spykman, 1942, p. 87-88, tradução própria, grifo próprio).[120]

Spykman, modificando os fundamentos já defendidos por Monroe e Mahan, os aplicou na América do Sul para demarcar o alcance territorial seletivo da política externa dos EUA. De fato, Spykman definia geograficamente o seu *Mare Nostrum* como o limite de proteção da Doutrina Monroe:

> O Presidente Monroe incluiu em sua doutrina todo o Hemisfério Ocidental. Alguns de seus sucessores na primeira metade do século XIX, embora afirmassem sua lealdade a seus princípios, **acharam conveniente limitar sua aplicação ao continente norte-americano ou ao Mediterrâneo americano.** (Spykman, 1942, p 87, tradução própria, grifo próprio).[121]

Spykman, portanto, descreveu a inserção do "mediterrâneo americano" no Hemisfério Ocidental a partir do olhar geopolítico centrado na seletividade territorial dos interesses nacionais dos EUA.

---

[120] "In 1864 the United States protested when Spain occupied the Chincha Islands in her war with Peru, and sometime later during the war of Spain with Chile she warned against subverting the republican system of government, but there was no protest when Great Britain repossessed the Falkland Islands in 1833, nor was objection raised to the British-French interventions in the La Plata regions in the forties and fifties."

[121] "President Monroe included in his doctrine the entire Western Hemisphere. Some of his successors in the first half of the nineteenth century, while asserting their allegiance to his principles, found it expedient to limit their application to the North American Continent or the American Mediterranean."

O recorte geográfico do continente americano por ele criado foi diferente das tradicionais divisões entre terras e mares comuns nos atlas de Geografia mundo afora, que dividem o continente americano em três partes: a América do Norte, a América Central (continental e insular) e a América do Sul.

Spykman criou a categoria geopolítica "mundo intermediário entre o norte e o sul do continente", chamando-a de mediterrâneo americano. Assim, a América do Sul era reconfigurada territorialmente, a partir de um princípio de divisão espacial imposto de fora para dentro. A zona do Mediterrâneo Americano de Spykman começava a ser descrita com a inserção da Venezuela e da Colômbia em seu interior:

> Os dois estados ao longo da costa norte da América do Sul, **Colômbia e Venezuela,** foram incluídos como parte da zona do **Mediterrâneo Americano.** De um ponto de vista geográfico estrito, são, por claro, parte do continente **sul, mas do ponto de vista geopolítico eles pertencem ao mundo intermediário entre o norte e o sul do continente.** Fatores geográficos são responsáveis por esses dois países manterem um **contato mais íntimo com a costa oposta do mar intermediário, com a América do Norte, do que com o resto da América do Sul**. (Spykman, 1942, p. 49, grifo próprio, tradução própria).[122]

A presença do Hemisfério Ocidental no que denominamos de sistema arquipélago foi representada com uso de uma projeção azimutal equidistante polar. A metáfora do "arquipélago" é aqui utilizada para descrever grupos de países ou territórios que, apesar de estarem geograficamente dispersos, foram conectados logisticamente uns com os outros pela abertura dos canais de Suez e do Panamá e pelo uso do estreito de Malaca na Ásia.

O mapa a seguir (Figura 19) permite entender as condições e observações expostas por Spykman no contexto da Ilha Continente americana.

---

[122] "The two states along the north coast of South America, Colombia and Venezuela, have been included as part of the American Mediterranean zone. From a strict geographic point of view, they are, of course, part of the southern continent, but from a geo-political point of view they belong to the intermediate world between the Northern and southern continents. Geographic factors are responsible for the fact that these two countries maintain more intimate contact with the opposite coast of the middle sea, with North America, than with the rest of South America."

Figura 19 – O Mundo de Spykman (Sistema-Arquipélago)

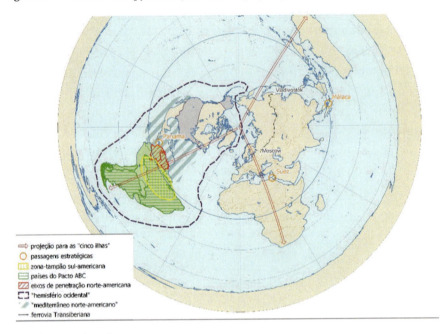

Fonte: elaborada pelo autor

É com base nessa premissa que é aqui feita a interpretação da perspectiva que Spykman adotava para descrever a distribuição de terras e mares no mundo. É importante para entender também a sua simpatia pela abordagem mahaniana da supremacia do poder marítimo dos EUA na configuração geopolítica do sistema internacional. Spykman (1942) observou que entre o final do século XIX e início do XX, a circunavegação do globo foi possibilitada pela construção das passagens estratégicas de Suez e do Panamá, abrindo rotas que privilegiariam a potência que dominasse os mares. Com efeito, no cerne dessa nova condição estava o seguinte dilema: "devemos proteger nossos interesses pela defesa deste lado do oceano ou pela ativa participação nas terras do outro lado dos oceanos?" (Spykman, 1942, p. 7, tradução própria).[123]

Spykman responderia tal questão de acordo com a tese da supremacia do poder marítimo, e buscaria uma postura ofensiva com certa semelhança ao que foi definido na teoria das relações internacionais como

---

[123] "[...] shall we protect our interests by defense on this side of the water or by active participation in the lands across the oceans?"

neorrealismo ofensivo[124], concentrando-se na obtenção de segurança dos EUA fora do hemisfério, tendendo a maximizar seu poder relativo, em relação aos outros Estados.

Para justificar o modelo de atuação mais adequado aos EUA no sistema internacional durante a guerra, Spykman afirmava que a configuração que melhor descrevia a distribuição de terras e mares no globo era a de um arquipélago formado por cinco grandes ilhas. Indicava, com isso, que havia razões geopolíticas para que o poder marítimo dos EUA, dominante na Ilha-Continente americana, fosse projetado contra o poder terrestre que controlasse o *Heartland* euroasiático.

Spykman afirmava que, da mesma maneira que a abertura do canal de Suez favoreceu os ingleses no século XIX, a construção do Canal do Panamá marcava a posição dos Estados Unidos como uma potência marítima de alcance mundial no século XX. Com efeito, os EUA se consolidaram como a potência marítima do sistema-arquipélago dominando os postos-chave de controle territorial no Hemisfério Ocidental.

Assim, o jornalista norte-americano usou, no seu constructo intelectual, os fatores geográficos "posição bioceânica" dos EUA e o "canal do Panamá" como os elementos posicionais que dariam sentido às ações ofensivas presentes e futuras de política externa norte-americanas nos contextos hemisférico e mundial. Diante disso, a Doutrina Monroe ainda funcionava, no pensamento de Spykman, como um princípio organizador permanentemente ativado em um mundo de constantes conflitos:

> O presidente Monroe provavelmente não estava ciente do fato de que estava estabelecendo as **bases para uma política permanente para os Estados Unidos** quando entregou sua famosa mensagem ao Congresso. Sua própria declaração foi uma resposta a uma situação específica. Mas a doutrina passou a fazer parte da **ideologia política da nação e tem sido aceita pelo público em geral como um dos princípios imutáveis da política externa dos Estados Unidos**. (Spykman, 1942, p. 85, tradução própria, grifo próprio).[125]

---

[124] O neorrealismo ofensivo é como é denominada a teoria sobre a busca por hegemonia no sistema internacional elaborada pelo norte-americano John Mearsheimer na obra *A Tragédia Política das Grandes Potências*. Ele oferece uma visão pessimista das relações internacionais, destacando a competição e a guerra como características centrais do sistema internacional. O autor enfatiza a importância do poder militar e prevê que as grandes potências buscarão, constantemente, aumentar sua influência e segurança em um ambiente anárquico. O fim último das grandes potências é se transformarem no *hegemón* do sistema, isto é, um Estado tão poderoso que domina todos os outros (Mearsheimer, 2007). Daí o título de sua obra sobre esse tema remontar às tragédias gregas.

[125] "President Monroe was probably not aware of the fact that he was laying down the basis for a permanent policy for the United States when he delivered his famous message to Congress. His own declaration was a

Durante a Segunda Guerra, Spykman sinalizava um estado de guerra permanente no qual o hemisfério Ocidental poderia se transformar em um campo de competição por petróleo e recursos minerais entre as potências beligerantes do Eixo e os americanos. Dessa forma, um cenário de "vitória germano-japonesa no Velho Mundo, demandaria uma reação dos EUA". (Spykman, 1942, p. 315). Nesse caso, a grande indústria de guerra na América do Norte não existiria sem livre acesso às minas e campos petrolíferos do sul do continente, e uma "luta pela hegemonia na América Latina seria uma das mais importantes fases da Segunda Guerra Mundial". (Spykman, 1942, p. 315).

Com isso, Spykman indicava que os países sul-americanos seriam pertinentes para os EUA à medida que possuíssem localizações estratégicas para a mobilidade militar ou reservas manobráveis de recursos naturais e humanos disponíveis em prol da segurança e do esforço americano no combate contra o poder terrestre na Eurásia.

De acordo com Spykman, o ideal era que os estados sul-americanos, fruto de sua condição climato-botânica, devessem exportar *commodities* e recursos naturais, tendo papéis complementares que não competissem com os interesses de grupos influentes no mercado agrário exportador do Meio-Oeste americano. Segundo Spykman, transformados em "quintal tropical" dos EUA, os países sul-americanos, em raras exceções, poderiam prejudicar os interesses de setores agrário-exportadores estadunidenses:

> A importância econômica reside no fato da região prover os Estados Unidos com uma **zona tropical de matérias--primas praticamente em seu quintal**, que, exceto por uma inadequada e mal distribuída oferta de mão de obra, pode produzir muitos dos artigos atualmente importados dos trópicos asiático e africano. Seus principais produtos agrícolas, com exceção do açúcar, **não competem com os produtos agrícolas do Meio-Oeste, e seus minérios provêm matérias-primas essenciais para nosso leste industrial**. (Spykman, 1942, p. 49, tradução própria, grifo próprio).[126]

---

response to a specific situation. But the doctrine became part of the political ideology of the nation and has been accepted by the general public as one of the immutable principles of the foreign policy of the United States."

[126] "Its economic importance lies in the fact that it provides the United States with a tropical raw material zone, practically in her back yard, which, except for an inadequate and badly distributed labor supply, might produce many of the articles now imported from the Asiatic and African tropics. Its chief agricultural products, except sugar, do not compete with the agrarian products of the Middle West, and its minerals provide essential raw materials for our industrial East."

A expansão da área de influência do EUA, considerando a posição e perfil econômico e climato-botânico das áreas caribenhas, priorizaria os países da extremidade noroeste da América do Sul.

De acordo com Spykman, o canal também facilitou o acesso dos norte-americanos da costa leste às reservas estratégicas de matérias primas para fertilizantes como o guano e nitratos da costa oeste sul-americana banhada pelo Pacífico.

O fluxo foi reorientado do estreito de Magalhães para o canal do Panamá, afastando a Europa e aproximando o mercado americano, em especial na costa atlântica dos EUA, onde estavam os maiores centros industriais:

> Desde a construção do Canal do Panamá, os centros econômicos dos Estados Unidos entraram em contato próximo com a costa oeste da América do Sul, durante muito tempo uma das regiões mais isoladas do mundo. Até o século XIX os depósitos de **guano e nitrato** estavam em contato regular com a Europa através do Estreito de Magalhães. **O Canal trouxe uma vantagem competitiva aos Estados Unidos o que é expresso no comércio.** (Spykman, 1942, p. 53, tradução própria, grifo próprio).[127]

Em termos geográficos, a construção do canal favorecia a força de atração marítima dos EUA sobre os mercados sul-americanos. De um lado aproximou do mercado americano os países andinos da vertente do pacífico sul-americano e, de outro, reforçou o perfil caribenho da Colômbia e da Venezuela que "carecem de comunicação terrestre adequada com os seus vizinhos do sul" (Spykman, 1942, p. 50, tradução própria)[128], transformaram-se em parte do litoral americano.

Contudo, Spykman afirmava que, dependendo do contexto, certas condicionantes geográficas sul-americanas poderiam funcionar como barreiras naturais, espécies de amortecedores à projeção do poder marítimo dos EUA sobre o continente como um todo.

Baseado nas observações e descrições feitas por Spykman a respeito das condições fisiográficas da América do Sul, entende-se que suas conclusões sobre as barreiras geográficas se fundavam na observação da disposição e extensão do relevo andino e da floresta equatorial amazônica.

---

[127] "Since the construction of the Panama Canal, the economic centers of the United States have been brought in close contact with the west coast of South America, for a long time one of the most isolated regions in the world. Not until the nineteenth century and the development of the guano and nitrate deposits was there anything approaching regular contact with Europe by way of the Strait of Magellan. The Canal brought a competitive advantage to the United States which is expressed in trade figures."

[128] "[...] which lack adequate land communication with their southern neighbors."

Segundo Spykman, ao sul da linha do Equador, haveria uma grande dificuldade de movimentações de tropas vindas do mar no sentido Norte--Sul, em direção ao centro do continente, e no sentido Leste Oeste, entre as nascentes e a foz do Amazonas.

> A barreira entre a América do Norte e a América do Sul não é o Mar do Caribe, mas a natureza do território ao longo da Linha do Equador. **A cadeia de montanhas que se curva rumo ao leste a partir dos Andes separa a bacia Amazônica dos vales do Magdalena e do Orinoco e das fronteiras meridionais das Guianas**. Para além dessa área, encontra-se a enorme e impenetrável floresta equatorial do Amazonas. (Spykman, 1942, p. 49, tradução própria, grifo próprio).[129]

Spykman percebia que as características fisiográficas do terreno, da hidrografia e da vegetação poderiam ser aproveitadas defensivamente pelos países sul-americanos. Os Andes dificultariam ações militares provenientes do Pacífico (Oeste-Leste) e a Amazônia funcionaria como uma "barreira", uma zona tampão sul-americana, dificultando a penetração de influências oriundas do Caribe (Norte-Sul).

Segundo Spykman, por causa dos Andes e da complexidade fisio-gráfica da Amazônia, a eventual penetração de forças militares invasoras oriundas do Caribe no continente seria quase que exclusivamente dependente das vias fluviais e/ou aéreas. Além disso, as barreiras orográficas andinas ajudavam a fechar o acesso Oeste à Bolívia, país situado no centro do continente e na interface das bacias Amazônica e Platina.

Contudo, vindo do Caribe, pela foz do Orinoco ou do Madalena, seria possível para forças invasoras alcançar a "impenetrável floresta tropical do vale do Amazonas", e aproveitar o sistema de comunicação hidroviária no sentido oeste-leste, alcançando a foz do Amazonas no Atlântico (Spykman, 1942).

Os aspectos descritos por Spykman também permitem considerar que os países do Mediterrâneo Americano, situados na extremidade noroeste da América do Sul, poderiam funcionar, conforme o caso, como uma fímbria de contenção, caso a Argentina, o Brasil e o Chile organizassem uma aliança militar no cone sul do continente contra os interesses norte-americanos.

---

[129] "The barrier between North and South America is not the Caribbean Sea but the nature of the territory along the Equator. The mountain ranges which bend eastward from the Andes, separate the Amazon basin from the valleys of the Magdalena and the Orinoco and form the southern boundaries of the Guianas. Beyond this lies the enormous impenetrable jungle and tropical forest of the Amazon valley."

Observe a seguir o mapa contido na Figura 20 que representa o perímetro de segurança no mediterrâneo americano. A partir do pensamento de Spykman pode-se deduzir que o perímetro de segurança dos EUA no mediterrâneo americano se formava desde o México, passando por todos os países da América central continental e chegando à Colômbia e à Venezuela, formando o arco oeste.

Figura 20 – Perímetro de segurança no mediterrâneo americano

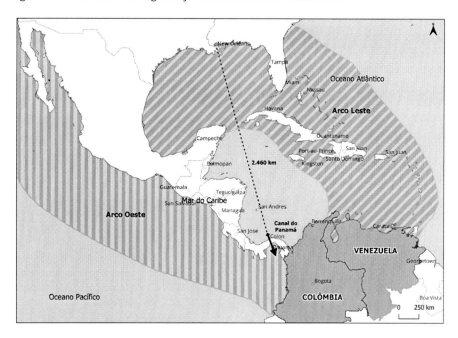

Fonte: elaborada pelo autor

O arco leste completar-se-ia, fechando o Caribe a partir do controle dos eixos de circulação marítima na América Central insular:

> O mundo latino-americano defronta os Estados Unidos através da fronteira terrestre mexicana e além do **Mediterrâneo americano, do qual o nosso país é o estado litorâneo mais importante**. A área de drenagem dos restantes estados costeiros e das ilhas ao longo da margem oriental inclui um território de quase dois milhões de milhas quadradas que contém aproximadamente cinquenta milhões de pessoas. Consiste numa grande parte do **México, da América Cen-**

> tral, da Colômbia, da Venezuela e da **cadeia de ilhas que
> se estende num grande arco desde o leste da Venezuela
> até o extremo ocidental de Cuba,** que fica a cento e cin-
> quenta milhas de Yucatán e a setenta e cinco quilômetros
> de distância **a oito quilômetros de Key West.** A leste da
> **Flórida** e das **Grandes Antilhas** fica uma segunda cadeia
> de ilhas, as **Bahamas,** que, como **uma linha de sentinelas
> bem espaçadas, montam guarda diante da entrada do
> Golfo Mexicano.** (Spykman, 1942, p. 47, tradução própria,
> grifo próprio).[130]

A partir dessa redivisão geopolítica, o significado estratégico do Mediterrâneo Americano consistiu no fato de ele ser considerado um espaço vital para supremacia militar dos EUA no Hemisfério:

> Uma zona na qual **os Estados Unidos ocupam uma posição
> de inquestionável supremacia naval e aérea. Este corpo
> de água é agora, para todos os efeitos, um mar fechado
> do qual os Estados Unidos detêm as chaves,** uma situação
> estratégica abordada apenas pela Grã-Bretanha no Oceano
> Índico e pelo Japão nos mares marginais ao largo da costa
> do nordeste da Ásia. (Spykman, 1942, p. 59, tradução pró-
> pria, grifo próprio).[131]

A inclusão da Colômbia e da Venezuela, situados no canto noroeste sul-americano, na bacia do Mediterrâneo Americano, era agora possível por causa da capacidade militar norte-americana de exercer superioridade no espaço aéreo de seu *mare nostrum*, por conseguinte, o poder americano não poderia ser ameaçado por nenhum Estado ali localizado:

> Nenhuma ameaça séria contra a posição dos Estados Unidos
> pode surgir na própria região. As ilhas são de tamanho limi-
> tado e a topografia da América Central, como a da península
> balcânica no Mediterrâneo europeu, favorece pequenas

---

[130] "The Latin American world faces the United States across the Mexican land frontier and from beyond the American Mediterranean of which our country is itself the most important littoral state. The drainage area of the remaining coastal states and the islands along the eastern rim include a territory of almost two million square miles which contains approximately fifty million people. It consists of a large part of Mexico, of Central America, Colombia, Venezuela, and of the chain of islands stretching in a great arc from the east of Venezuela to the western end of Cuba which is one hundred fifty miles from Yucatan and seventy-five miles from Key West. East of Florida and the Greater Antilles lies a second island chain, the Bahamas, which, like a line of closely spaced sentinels, stand guard before the entrance to the Mexican Gulf."

[131] "[...] a zone in which the United States holds a position of unquestioned naval and air supremacy. This body of water is now to all intents and purposes a closed sea to which the United States holds the keys, a strategic situation approached only by Great Britain in the Indian Ocean and by Japan in the marginal seas off the coast of northeastern Asia."

unidades políticas. **Mesmo os países de grande porte como México, Colômbia e Venezuela são impedidos pela topografia, clima e ausência de matérias-primas estratégicas que os impede de se tornarem grandes potências navais.** (Spykman, 1942, p. 59, tradução própria, grifo próprio).[132]

É possível afirmar que o controle militar do mediterrâneo americano foi essencial para a política de projeção de poder sobre a América do Sul entre 1905 e o início da Política da Boa Vizinhança estabelecida por Franklin Delano Roosevelt em 1933, buscando melhorar a relação dos EUA com os latino-americanos. Segundo Spykman, uma vez estabelecidas as linhas de controle no Mediterrâneo Americano e na vertente do pacífico, o objetivo essencial da doutrina Monroe sob o corolário Roosevelt foi intervir sempre que necessário:

> Se existe uma satisfação considerável nos Estados Unidos relativamente à moderação com que usamos o nosso poder, **já não pode se dizer que existe tal entusiasmo, na América Latina, sobre as virtudes da nossa política externa.** Durante vinte e cinco anos, de 1905 a 1930, Washington aceitou uma interpretação da **Doutrina Monroe** que nos permitiu tomar **liberdades extraordinárias nas nossas relações com os Estados deste hemisfério.** Esta interpretação ficou conhecida como Corolário de Roosevelt. (Spykman, 1942, p. 62, tradução própria, grifo próprio).[133]

A valorização do Mediterrâneo Americano como um perímetro de segurança por parte de Spykman mostrava uma clara compartimentação geopolítica. À exceção da Colômbia e da Venezuela, drenadas pelas bacias do Madalena e do Orinoco, alguns países sul-americanos de maior território e economia (Brasil e Argentina) seriam classificados como potencialmente hostis, ameaças, especialmente se arquitetassem alianças contra a hegemonia norte-americana.

---

[132] "No serious threat against the position of the United States can arise in the region itself. The islands are of limited size, and the topography of Central America, like that of the Balkan peninsula in the European Mediterranean, favors small political units. Even the countries of large size like Mexico, Colombia, and Venezuela are precluded by topography, climate, and absence of strategic raw materials from becoming great naval powers."

[133] "If there is considerable satisfaction in the United States about the restraint with which we have used our power, there is no such enthusiasm in Latin America about the virtues of our foreign policy. During the twenty-five years from 1905 to 1930, Washington accepted an interpretation of the Monroe Doctrine which enabled us to take extraordinary liberties in our relations with the states of this hemisphere. This interpretation was known as the Roosevelt Corollary."

Segundo Spykman, a percepção dos países sul-americanos, diante da expansão da Doutrina Monroe além-mar, era negativa, descrevendo-a da seguinte forma:

> Para nossos vizinhos abaixo do Rio Grande, continuamos sendo o **"Colosso do Norte"** que em um mundo de poder político só pode significar uma coisa, perigo. Boa vontade é bom, mas o poder equilibrado é uma segurança maior. Isso significa que aqueles países fora de nossa zona de predominância imediata, **os maiores estados da América do Sul, devem tentar contrabalançar nossa força por meio de ações comuns e pelo uso de pesos de fora do hemisfério.** (Spykman, 1942, p. 64, tradução própria, grifo próprio).[134]

A desconfiança de Spykman era que uma espécie de "mecanismo de equilíbrio de poder" também pudesse ser utilizado pelos estados sul-americanos contra os Estados Unidos. Nesse caso, a Argentina, o Brasil e o Chile, segundo a percepção do jornalista norte-americano, poderiam buscar garantir sua segurança comum, se protegendo contra ameaças externas à América do Sul, caso fosse necessário.

Tal qual James Monroe fizera no século XIX, Spykman partia da premissa que Estados menos poderosos como os sul-americanos, por questões de sobrevivência, tenderiam a contrabalancear o poder estadunidense por meio de uma política de aliança e isso poderia atrair potências europeias para o Hemisfério Ocidental:

> Círculos influentes nos países do A.B.C. duvidam que o Hemisfério Ocidental seja viável como uma região econômica e política integrada e consideram que **grandes áreas da América do Sul pertencem naturalmente à esfera de influência da Europa e não aos Estados Unidos.** (Spykman, 1942, p. 390, tradução própria, grifo próprio).[135]

Na reconfiguração geopolítica da América do Sul proposta por Spykman, predominavam os mesmos elementos realistas que geravam conflitos nas relações internacionais dos países Europeus: disputas de

---

[134] "To our neighbors below the Rio Grande we remain the "Colossus of the North" which in a world of power politics can mean only one thing, danger. Good will is fine, but balanced power is a greater security. This means that those countries outside the zone of our immediate predominance, the larger states of South America, must try to counterbalance our strength through common action and through the use of weights from outside the hemisphere."

[135] "Influential circles in the A.B.C. countries doubt that the Western Hemisphere is viable as an economic and political region and consider that large sections of South America belong naturally· with Europe and not with the United States."

fronteiras, competição econômica e luta pelo poder "O Hemisfério Ocidental contém as mesmas desconfianças, as mesmas oposições, as mesmas ambições nacionais que a Europa e a mesma oportunidade para uma política de "divide et impera" (Spykman, 1942, p. 343).

Para Spykman, o passado histórico e as condições geográficas criaram as oposições e alinhamentos que moldaram a configuração geopolítica do Hemisfério. Na década de 1940, não seria diferente, a estabilidade sul-americana era difícil de ser alcançada e ainda mais difícil de ser mantida pelos países da região.

De acordo com Kelly (1997), com efeito, os países sul-americanos seguem, por causa do passado colonial e de ingerências externas posteriores, um padrão de conflitividade e alianças. O padrão é caracterizado, respectivamente, pela presença de "cinturões de fragmentação ou estilhaços" ou *shatterbelts*[136], redundando em um modelo geográfico de alianças do tipo tabuleiro de damas ou *checkerbords*.

No primeiro caso, temos regiões do continente, como a foz do Amazonas e a Bacia do Prata, que foram envolvidas em conflitos militares, principalmente, sob o interesse de Portugal e Espanha. No caso do "tabuleiro de damas", tem-se um modelo geopolítico que pode ser sintetizado com o seguinte princípio: "meu vizinho é meu inimigo, mas o vizinho do meu vizinho é meu aliado" (Kelly, 1997, p. 1).[137]

A partir das reflexões de Kelly, a leitura da obra de Spykman indica que esses padrões de aliança e de estrutura territorial fragmentada vem sendo reforçados pelos EUA e outras potências imperiais na América do Sul. Essa política dificultou, ao longo dos séculos XIX e XX, a unidade de objetivos e a coesão política continental. Com efeito, Spykman sugeriu que as oposições e rupturas entre Argentina, Brasil, Chile e Peru deveriam ser, caso necessário, exploradas pelos EUA quando observou que:

> Dos **conflitos históricos** e da **geografia atual emerge o padrão político das relações internacionais sul-americanas,** em termos de atração e repulsão, que a levou a

---

[136] Um cinturão de fragmentação ou de estilhaços corresponde a regiões ou sub-regiões instáveis, à beira ou realmente envolvidas em conflitos militares. Nessas áreas se estabelecem zonas de disputas formando "campos de contestação" que podem adequar-se aos interesses estratégicos externos de grandes potências, estranhas ao lugar. Em tais condições, os Estados situados no shatterbelt formam alianças com tais potências externas como forma de satisfazer seus interesses "egoístas". Consequentemente, os cinturões de fragmentação ou estilhaços restringirão qualquer tipo de integração econômica autóctone ou política regional de cooperação, encorajando vários tipos de estruturas espaciais conflituosas formando padrões do tipo "tabuleiro de damas" ou "mandala".

[137] "My neighbor is my Enemy, but my neighbors's neighbor is my friend."

> não ter ainda se cristalizado em um sistema fixo e sólido de alianças, mostrando uma configuração não muito diferente daquela da Europa. **O núcleo central é a oposição entre os argentinos e o Brasil e ao redor deste centro estão agrupados os demais alinhamentos.** Como existe uma **oposição secundária entre Chile e Peru,** esses dois estados, tendem a se colocar em relação lógica com o principal conflito. **Peru é antichileno e pró-argentino, Chile é antiperuano e pró-brasileiro.** Esse alinhamento, embora não expresso em tratados formais, contém o potencial político de uma oposição entre quatro estados semelhante à rivalidade germano-austríaca e franco-russa na Europa em 1914. (Spykman, 1942 p. 349, tradução própria, grifo próprio).[138]

Caberia a política externa dos EUA explorar favoravelmente os antagonismos e tensões existentes, visando dificultar o estabelecimento de alianças no contexto sul-americano, principalmente, entre os países do Cone Sul do continente, onde os três essenciais Estados em termos econômicos, populacionais e militares estão localizados (Spykman, 1942).

A Argentina, o Brasil e o Chile são definidos pelo geopolítico estadunidense como os Estados mais importantes para a organização geopolítica da América do Sul. Por causa disso, os três poderiam ser alvos de manobras do tipo "dividir para melhor governar". Estudando a história da região, Spykman concluiu que esses três estados-chave possuíam um passado de instabilidades e guerras em uma América do Sul que poderia ser explorado.

A América do Sul foi formada em torno de dois *shatterbelts* históricos: a luta pelo controle dos estuários do Prata e da Bacia Amazônica. Não havia razão para supor que novos conflitos sangrentos seriam evitáveis no futuro. A Figura 21 representa o arco de contenção para caso os Estados do A.B.C se unam. O mediterrâneo americano funcionaria como uma espécie de Rimland no Hemisfério Ocidental

---

[138] "Out of historical conflicts and present geography emerges the political pattern of South American international relations. It has not yet crystallized in a fixed, solid system of alliances, but in terms of attraction and repulsion it shows a configuration not dissimilar to that of Europe. The central core is the opposition between the Argentine and Brazil and around· this center are grouped the other alignments. Because there is a secondary opposition between Chile and Peru, these two states tend to place themselves in logical relation to the main conflict. Peru is anti-Chilean and pro-Argentinian, Chile is antiPeruvian and pro-Brazilian. This alignment, although not expressed in formal treaties, contains the political potential of a four-power opposition similar to the German-Austrian and French-Russian rivalry in Europe in 1914."

Figura 21 – Arco de Contenção do Mediterrâneo Americano

Fonte: elaborada pelo autor

Uma outra zona de fragmentação capaz de gerar novas instabilidades em terras sul-americanas é a situada entre o Chile, a Bolívia e o Peru. Ali ocorreu a Guerra do Pacífico (1879–1884)[139] com o Chile conquistado áreas

---

[139] As principais batalhas ocorreram em locais como Arica, Antofagasta, Tacna e Iquique, com o Chile emergindo como o vencedor. O conflito terminou em 1884 com a assinatura do Tratado de Ancón, que concedeu ao Chile territórios disputados com o Peru e privou a Bolívia de sua saída para o oceano.

ricas em nitrato (província de Tarapaci) da Bolívia a província costeira de Atacama, cortando assim o único acesso boliviano ao oceano pacífico (Spykman, 1942).

De acordo com Spkyman, argentinos e brasileiros disputavam a liderança no continente e possuíam, por isso, uma desconfiança mútua com bases históricas. Os países disputavam o Uruguai e os três países estiveram envolvidos juntos em uma "luta feroz e amarga contra o Paraguai que durou de 1865 a 1870 e que custou aquele pequeno interior república mais da metade de sua população masculina" (Spykman, 1942, p. 344-345). Houve outra disputa acirrada na mesma região, sessenta anos depois, quando Paraguai e a Bolívia lutaram entre 1932 e 1935 pela posse do Grande Chaco.

Em relação à Argentina, observou-se que a dificuldade de se estabelecer uma aliança duradoura vinha da proximidade cultural e econômica dos argentinos com a Europa, em particular com os britânicos. Para ele os argentinos, na época da guerra, estavam determinados a ser a potência do Hemisfério Sul, igualando-se em poder aos EUA no Hemisfério Ocidental. Essa atitude da Argentina se devia ao objetivo de afirmar a sua liberdade de ação frente ao "Colosso do Norte", potencializado por razões econômicas que dificultavam o panamericanismo proposto pela política da boa vizinhança então vigente (Spykman, 1942).

Um exemplo foi a alusão de Spykman à "Doutrina Drago"[140] interposta diante das posições norte-americanas oriundas da Doutrina Monroe para a América do Sul. O autor norte-americano conclui que a aliança com a Argentina era mais difícil, pois eram dos maiores produtores de alimentos do mundo à época. De acordo com Spykman, "os argentinos estão determinados a transformar seu Estado na mais importante unidade política do continente meridional, semelhante aos EUA no Hemisfério Ocidental". (Spykman, 1942, p. 58). Todavia, embora fosse um Estado agrário pujante, era considerada por Spykman como inferior se comparado aos EUA e ainda sem uma indústria pesada de base que fosse capaz de sustentar um poder bélico capaz de dissuadir os norte-americanos em caso de conflito.

---

[140] *Doutrina Drago* de 1906, proposta pelo chanceler argentino Luís Maria Drago, que propugnava o não reconhecimento de uso de força para cobrança de dívidas públicas contra os países sul-americanos. Em 1902, a Alemanha, a Itália e o Reino Unido usaram da diplomacia das canhoneiras para cobrar da Venezuela dívidas e os norte-americanos não aplicaram a doutrina para resguardar o país caribenho já que não se tratava de uma questão de colonização e sim de não cumprimento de tratados econômicos.

Spykman afirmava que o Brasil, embora mais extenso territorialmente do que os Estados Unidos (ele não considerava os territórios do Alasca e o Havaí), possuía grande parte de seu território desabitado, dominada pela "muralha verde" da hileia amazônica. De acordo com Spykman, o poder de defesa do Brasil sobre o seu território era insuficiente. A Amazônia era distante do *core* político-econômico formado por São Paulo, Minas Gerais e Rio de Janeiro.

> **A área é, politicamente, parte do Brasil, mas sem uma integração efetiva ao centro econômico e político do país** situado no Rio de Janeiro. A limitada força militar que pode ser desenvolvida no sudeste do Brasil não tem capacidade de ser efetiva na zona tampão que fica a 2.000 milhas de distância da capital. (Spykman, 1942, p. 407, tradução própria, grifo próprio).[141]

O centro urbano-industrial do Brasil ainda carecia dos recursos energéticos e da produtividade econômica necessários para sustentar um poder militar equivalente ao norte-americano no continente. Segundo Spykman, a capacidade de projetar poder dos EUA dava enorme vantagem militar fruto de sua capacidade de bloqueio da foz do Amazonas e portos no norte do Brasil, mas a distância do centro urbano industrial do Brasil para o Mediterrâneo Americano ainda dava aos Estados do sul considerável proteção contra os interesses norte-americanos:

> **É verdade que nossa Marinha, operando a partir de bases no Mediterrâneo Americano, pode bloquear a saída da bacia Amazônica e os portos do norte do Brasil**, mas o verdadeiro centro político e econômico desse país está além do saliente do nordeste brasileiro e fora do raio de simples operações navais. **Buenos Aires e a região do Prata são ainda mais distantes de Washington, aproximadamente 7 mil milhas**, ou o dobro da distância à Europa. (Spykman, 1942, p. 61-62, tradução própria, grifo próprio).[142]

---

[141] "The area is, politically, a part of Brazil, but without effective integration with the economic and political center of that country in the neighborhood of Rio de Janeiro. The limited military strength that can be developed in southeastern Brazil cannot be made effective in the buffer zone which lies 2,000 miles away from the capital."

[142] "It is true that our navy, operating from bases in the American Mediterranean, could blockade the exit of the Amazon basin and the ports of northern Brazil, but the real political and economic center of that country lies beyond the bulge and outside the radius of simple naval operations. Buenos Aires and the La Plata region are even farther away from Washington, approximately 7,000 miles, or twice as far as Europe."

O espaço, posição e a localização pesavam na análise geopolítica clássica empreendida pelo autor estadunidense. Novamente, Spykman raciocinava que os EUA venceriam facilmente uma coalizão formada por Brasil, Argentina e Chile, exceto que os três pudessem fazer alianças com potências navais extrarregionais:

> Se os Estados Unidos estivessem dispostos a ir à guerra e utilizar todo o seu poder, o país poderia, certamente, **derrotar o Brasil e a Argentina com relativa facilidade se os adversários sul-americanos não encontrassem aliados entre as potências navais da Europa.** (Spykman, 1942, p. 61-62, tradução própria, grifo próprio).[143]

Nesse sentido, a expansão seletiva da Doutrina Monroe incentivou um legado de instabilidade regional, instrumental para o domínio hegemônico dos EUA em todo o Hemisfério Ocidental. Contudo, os estados do A.B.C poderiam representar, na forma de uma aliança no Cone Sul, uma ameaça à hegemonia do colosso do norte caso superassem seus problemas internos e diferenças, rompendo com o padrão de rivalidade histórico[144]. De acordo com Spykman, a mudança de atitude teria consequências bélicas:

> O resultado é que as nações do extremo sul desfrutam de **uma sensação de relativa independência dos Estados Unidos**, de que as unidades políticas menores do Mediterrâneo Americano nunca poderão desfrutar. **Os Estados do ABC representam uma região do hemisfério na qual nossa hegemonia, se desafiada, somente pode ser reafirmada ao custo da guerra.** (Spykman, 1942, p. 62, tradução própria, grifo próprio).[145]

A guerra é a resposta que Spykman aconselha, caso os interesses estratégicos americanos sejam colocados em risco. E um cinturão de ruptura foi representado por Spykmam a partir do afastamento da Colômbia e da Venezuela de uma maior vinculação sul-americana e do estabeleci-

---

[143] "If the United States were willing to go ·to war and exert herself fully, she could of course defeat both Brazil and the Argentine with comparative ease if the South American opponents found no allies among the naval powers of Europe."

[144] De acordo com Fiori (2014, p. 6), que "olhada desse ponto de vista não há como se enganar: o novo projeto do Brasil e da Argentina, de construção de uma "zona de co-prosperidade" e de um bloco de poder sul-americano, é, de fato, uma revolução, na história do Cone Sul. Mas trata-se de uma estratégia que só poderá ter sucesso no longo prazo, e que enfrentará uma oposição externa e interna, ferrenha e permanente dos EUA e dos partidários locais do "cosmopolitismo de mercado".

[145] "The result is that the nations of the extreme South enjoy a sense of relative independence from the United States which the smaller political units of the American Mediterranean can never possess. The A.B.C. states represent a region in the hemisphere Where our hegemony, if challenged, can be asserted only at the cost of war."

mento da Amazônia, delimitando a zona de influência americana. Com efeito, novamente observou Spkyman que, o Mediterrâneo Americano ficou mais bem delimitado com construção do Canal do Panamá já que "México, Colômbia e Venezuela se tornaram países totalmente dependentes dos EUA" (Spykman, 1942, p. 60-61), sendo importantes fontes de recursos naturais estratégicos.

De acordo com o jornalista americano, os interesses do setor petrolífero também ganharam destaque para os EUA, reforçando a importância econômica de Venezuela e Colômbia.

> A **Venezuela tem hoje uma produção de petróleo maior que toda a Ásia**; a produção na **Colômbia está aumentando**; e o Mediterrâneo americano como um todo **é a maior área produtora de petróleo do mundo**. (Spykman, 1942, p. 281, tradução própria, grifo próprio).[146]

É diante da ampliação da circulação econômica entre o Pacífico e o Atlântico, que o mediterrâneo americano se tornou um elemento geográfico fundamental para Spykman. Isso ocorreu por causa de questões essenciais para os EUA como recursos, defesa e mobilidade estratégica, fazendo do canal do Panamá o *pivô* geopolítico do hemisfério.

Segundo Burns (2003), no início do século XX, o pronto reconhecimento da independência do Panamá pelo Brasil foi um importante marco da aliança especial que se desenvolveria entre brasileiros e norte-americanos. Alguns fatores se mostravam importantes para isso, dentre eles:

> Era a **vantagem que os brasileiros esperavam da construção do canal projetado.** A ligação do oceano Atlântico com o oceano Pacífico reduziria a distância marítima entre a costa ocidental dos Estados Unidos e os portos brasileiros, e **a imaginação brasileira esperava um comércio crescente por essa rota**, havendo quem pensasse na troca de produtos agrícolas da Califórnia por café e frutas tropicais do Brasil. (Burns, 2003, p. 112, grifo próprio).

---

[146] "Today Colombia is an important exporter of platinum; gold is produced in small quantities in Colombia, Venezuela, and Mexico; and the latter continues to produce silver. Mexico also contains lead, tin, antimony, graphite, and copper. Mexico and Colombia contain iron, and manganese is found in Cuba, Panama, and Costa Rica. Sources of energy are widely distributed with potential water power in most of the mainland states, coal in Mexico, Colombia, and Venezuela, and oil in Mexico, Colombia, Venezuela, and Trinidad. Venezuela has today a petroleum output greater than all Asia; the production in Colombia is increasing; and the American Mediterranean as a whole is the greatest oil-producing area in the world."

Decorrente disso, o Brasil do início do século XX também assumia aos olhos de Teddy Roosevelt uma posição geopolitica relevante para os EUA na América do Sul. A participação do Barão do Rio Branco na gestão do reconhecimento da independência do Panamá por parte da Argentina e do Chile foi considerada por Washington uma importante demonstração de alinhamento brasileiro aos interesses norte-americanos na América do Sul (Burns, 2003). Logo após o sucesso de Rio Branco em convencer os Estados do ABC a reconhecerem a criação de um novo Estado na região, ocorreu a abertura das embaixadas norte-americana do Rio de Janeiro e do Brasil em Washington em 1905. Isso ratificou a tese de que *policy makers* brasileiros e norte-americanos estreitavam os laços de união no hemisfério.

Porém, como apresentarei a seguir, escrevendo suas principais obras entre os anos 1930 e 1940, o capitão Mario Travassos viu com reservas os efeitos do Canal do Panamá sobre o canto noroeste sul-americano e seus possíveis reflexos para o Brasil.

O pensamento geopolítico de Mario Travassos deu margem a uma discussão sobre a importância de uma postura internacional mais autônoma por parte do Brasil, relativizando a tese do alinhamento automático com os EUA. Com efeito, Travassos será aqui visto como o geopolítico nacional pragmático que indicou as bases para uma grande estratégia brasileira de conexão da América do Sul. Uma visão centrada na combinação da marcha para o Oeste de trilhos e rodovias em direção ao Pacífico com a integração viária das bacias hidrográficas sul-americanas de Norte a Sul do continente, o que será discutido a seguir.

3

CAPITÃO MÁRIO TRAVASSOS: RECONFIGURAÇÕES GEOPOLÍTICAS SUL-AMERICANAS

Mario Travassos publicou a primeira edição de *Aspectos Geográficos Sul-Americanos* em 1931.[147] Em 1935, o nome da obra foi alterado para *Projeção Continental do Brasil*, recebendo novas publicações em 1938 e 1947.[148]

Em 1942, na obra *Introdução à Geografia das Comunicações Brasileiras*, Travassos considerou o Canal do Panamá como um "agente modificador" de "importância política, econômica e militar" em relação às Américas em geral e aos EUA em particular (Travassos, 1942, p. 19-20).

Travassos percebia a transformação do Caribe no "Mediterrâneo Americano", uma "incubadora da influência *yankee*", como uma das ameaças à estabilidade sul-americana. Ele observou com desconfiança os impactos geopolíticos que o poder de atração da circulação marítima controlada pelos EUA já exercia sobre a organização dos territórios dos países caribenhos na América do Sul. Isso serviria de "sobreaviso para os países americanos por ela ainda não atingidos diretamente" (Travassos, 1935, p. 90).

Oriunda do Norte, a crescente expansão da área de influência norte-americana desconectava o canto noroeste sul-americano do papel coordenador do Brasil[149] Os interesses dos EUA criavam zonas de cismas políticos que adentravam à Colômbia e à Venezuela, chegando à Amazônia brasileira com potencial de prosseguir sua expansão até o coração continental situado na Bolívia.

---

[147]   Durante a pesquisa encontrei uma versão da segunda edição de 1933, da Imprensa Militar do Estado-Maior do Exército, exemplar que se encontra na biblioteca da Escola de Comando e Estado-Maior no Rio de Janeiro.

[148]   A mudança foi feita pelos editores por sugestão de Pandiá Calógeras, que prefaciou a primeira edição. Interlocutor de Travassos, Calógeras foi primeiro civil a ocupar o cargo de Ministro da Guerra, o que se deu durante o governo de Epitácio Pessoa (1919–1922).

[149]   Canto noroeste é a região formada pelo Equador, pela Colômbia e pela Venezuela. Travassos o delimita como um triângulo que se apoia entre o Golfo de Guaiaquil (Equador), no de Darién (entre Panamá e Colômbia) e na Ilha de Trindade (Trindad e Tobago).

Ao mesmo tempo, proveniente do Sul, a expansão do sistema ferroviário argentino conectava a foz da Bacia do Prata ao altiplano boliviano para alcançar os portos de Antofagasta (Chile) e Mollendo (Peru) no Pacífico. A geopolítica platina dos argentinos se configurava, na ótica do militar, outra ameaça que precisava ser neutralizada a partir de um novo olhar que era lançado na década de 1930[150] sobre o papel do Brasil na configuração geopolítica sul-americana.

3.1 MARIO TRAVASSOS: POSTULADOS E RAÍZES GEOPOLÍTICAS

Começarei o capítulo associando o pensamento de Mario Travassos a postulados e autores da Geopolítica clássica e da Geografia.[151] O primeiro postulado é que Estados buscam multiplicar saídas para o mar e isso se dá explorando as linhas de menor resistência no território. Os eixos naturais de progressão humana se darão "pelos vales e leitos dos rios, a cavaleiro dos divisores d'água e através os colos e estrangulamentos orográficos que as comunicações se fazem" (Travassos, 1942, p. 75).

O segundo postulado é que Estados buscam o domínio das cabeceiras (montante) e da foz (jusante) das bacias hidrográficas que cruzam o seu território. Essa condição viabiliza, por exemplo, o aumento das "recíprocas atrações entre terra e mar" (Travassos, 1942, p. 75-76).

O terceiro postulado é que a região natural, conforme Travassos (1942), é um conceito de síntese, permitindo observar integradamente elementos naturais (geologia, relevo, vegetação, hidrografia, clima etc.) e fatos humanos (cidades, sistemas de transporte etc.).

Isso posto, antes de iniciar minha explicação sobre como vejo a importância desses postulados, preciso apresentar algumas informações atuais que julgo pertinentes para ajudar no entendimento de como o legado geopolítico travassiano, para a integração sul-americana, perdura até hoje em dia.

O Brasil é um país de dimensões continentais, ocupando a quinta maior extensão territorial do ecúmeno terrestre e, conforme Padula e Fiori (2016), adentrou o século XXI tomando a dianteira na iniciativa na

---

[150] Vlach (2012) afirma que o caráter nacionalista do governo Vargas (1930–45) foi uma influência marcante no pensamento geopolítico de Travassos.

[151] Entendo a geopolítica clássica a partir das teorias e modelos esboçados no Ocidente, entre o final do século XIX e a primeira parte do século XX, sendo centradas em três dimensões geográficas: o mar, a terra e o ar. No tocante à Geografia, a questão recairá sobre a contribuição das Escolas Francesa e alemã sobre o pensamento de autores como Carlos Delgado de Carvalho, cujo conceito de região se mostrou uma base para a geografia dos transportes de Mario Travassos.

integração viária, energética, econômica e política sul-americana. Naquele momento, destacavam-se a União das Nações Sul-Americanas (Unasul) e ações como a Iniciativa para a Integração de Infraestrutura Regional Sul-Americana (IIRSA), que possuía o Conselho de Infraestrutura e Planejamento (Cosiplan).

Todavia, o problema da compartimentação espacial do território ainda segmentava o Brasil e os países sul-americanos, permanecendo um desafio a ser superado em prol da integração viária, econômica e política. Do lado brasileiro:

> [...] um terço do seu território está ocupado por florestas, e a topografia do território induziu uma ocupação econômica e urbanização que ainda segue concentrada próximo da costa atlântica, apesar do movimento intenso de interiorização das últimas décadas. (Padula; Fiori, 2016, p. 537).

Do mesmo modo, a integração do espaço brasileiro ao sul-americano permanecia

> [...] obstaculizada por um espaço geográfico segmentado por grandes barreiras naturais, como é o caso da **floresta amazônica**, do **Pantanal brasileiro**, do **Chaco boliviano**, e da **Cordilheira dos Andes**, que tem 8 mil km de extensão e 6.900 metros de altitude, com **pontos de passagem para o Pacífico** de difícil acesso, através de seus **"passos" e "nós"**. (Padula; Fiori, 2016, p. 538, grifo próprio).

A IIRSA foi lançada em setembro de 2000 durante a I Reunião de Presidentes da América do Sul e foi desenvolvida pelas administrações que estiveram à frente do Brasil desde então. O fato é que 90 anos depois da primeira edição de Projeção Continental do Brasil, os imperativos geopolíticos relacionados à integração física do continente continuavam semelhantes ao que acontecia na década de 1930.

Assim como na Projeção Continental, a centralidade do processo era novamente uma missão do Brasil (Padula e Fiori, 2016). Diante disso, levar em consideração os aspectos geográficos continua sendo algo relevante para a construção de qualquer projeto de unidade da América do Sul, observe a Figura 22.

Figura 22 – Aspectos Geográficos do Brasil em relação à América do Sul

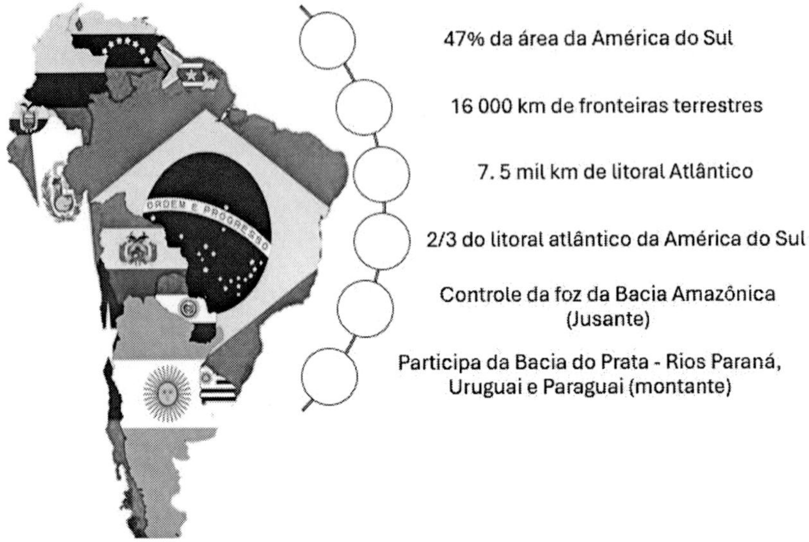

47% da área da América do Sul

16 000 km de fronteiras terrestres

7. 5 mil km de litoral Atlântico

2/3 do litoral atlântico da América do Sul

Controle da foz da Bacia Amazônica (Jusante)

Participa da Bacia do Prata - Rios Paraná, Uruguai e Paraguai (montante)

Fonte: elaborada pelo autor

De acordo como Padula e Fiori (2016, p. 543), os aspectos geográficos sul-americanos corroboram a busca brasileira pela liderança da integração continental, a "necessidade imperiosa de o Brasil alcançar e integrar a costa Pacífica do continente sul-americano". Entendo que as iniciativas integracionistas do início do século XXI, repousavam sobre o legado deixado por Mário Travassos sobre o "destino manifesto" do Brasil, que passarei a descrever agora.

A história da obra de Travassos se confunde, aliás, com o surgimento dos primeiros trabalhos associados ao tema da Geopolítica por aqui. O Brasil destacava-se, entre as décadas de 1920 e 1940, como um dos países pioneiros da América do Sul na produção de estudos geopolíticos (Myiamoto, 1995).

Backheuser (1945), ao enfatizar a visão geopolítica do Barão do Rio Branco, evidenciava a integração entre diplomacia e geografia na consolidação das fronteiras brasileiras. Essa perspectiva encontra eco nas ideias de Mário Travassos, que, em sua defesa da projeção continental do Brasil, também valorizou a geografia, destacando nesse mister o papel estratégico dos recursos naturais e das vias de comunicação entre o continente e o mar, como instrumento de poder, especialmente frente à ameaça de influências externas, como a expansão da influência geopolítica norte-americana na América do Sul.

Nesse contexto, Travassos foi quem lançou os fundamentos da Geopolítica brasileira para a primeira metade do século XX e "suas ideias, podemos afirmar, representam *o destino manifesto* brasileiro, que se coadunava com os propósitos políticos de fortalecimento do Estado brasileiro oriundos da Revolução de 1930" (Neves, 2018, p. 108).

Constatei que as raízes de suas ideias eram uma simbiose de contribuições europeias e brasileiras. No Velho Mundo, a Geopolítica já era uma área de produção reconhecida desde o final do século XIX e dentre os destaques estavam as obras de Friedrich Ratzel e Halford Mackinder.[152]

Ratzel foi um geógrafo prussiano, um "representante típico do intelectual engajado no projeto estatal; sua obra propõe uma legitimação do expansionismo bismarckiano" (Moraes, 1990, p. 69). Ratzel, contudo, também não usou a palavra geopolítica em seus estudos. Suas obras mais destacadas foram *Anthropogeographie* (Antropogeografia) de 1882/1891 e a *Polistische Geographie* (Geografia Política) de 1897. Elas são marcos para a criação de um modelo de análise centrado na relação entre espaço, vias de circulação econômica e poder do Estado (Moraes, 1990).

Segundo Moraes (1990), Ratzel acreditava que era natural que as sociedades competissem de forma permanente por espaço e que formassem entidades político-territoriais, em suma, constituíssem Estados-nacionais. Estes possuíam uma natureza voltada para o movimento de expansão de seu espaço vital, resultante das migrações, das guerras e da circulação comercial. Na Geografia Política ratzeliana, a circulação econômica pacífica conduzia à naturalização do crescimento estatal e a uma posterior integração das áreas de destino dos movimentos populacionais à esfera de influência dos centros de origem dos fluxos:

> O **comércio** e a **circulação** precedem de muito a política, que segue o seu mesmo caminho e nunca pode se separar profundamente deles. **Um intercurso pacífico é a condição preliminar de crescimento do Estado.** É preciso que se tenha formado previamente uma rede primitiva de caminhos. **A ideia de unir áreas vizinhas deve ser precedida de informação apolítica.** (Moraes, 1990, p. 182, grifo próprio).

---

[152] Myiamoto (1995) também cita Rudolf Kjellen como um "Pai Fundador" tendo em comum com Ratzel visão do Estado como um organismo vivo.

Ratzel (2011) integrava em sua análise do crescimento espacial dos Estados fenômenos da geografia física, da biogeografia e da antropogeografia. O seu modelo era sintético e explicativo. No primeiro caso, porque apreendia a relação entre fenômenos naturais e sociais e o modelado do espaço e, no segundo, devido ao fato de conceber leis espaciais gerais. Por exemplo, afirmava-se por meio de generalizações espacializadas que:

> **Toda rota comercial prepara** o caminho para influências políticas, **toda rede fluvial fornece** uma organização natural para o desenvolvimento do Estado [...] **o avanço das fronteiras políticas é precedido** pelo das **fronteiras fiscais:** a União Alfandegária Alemã foi a precursora do Império Alemão. (Moraes, 1990, p. 182, grifo próprio).

Ratzel, dessa forma, também escrevia de forma a justificar o pensamento imperialista prussiano quando afirmava que:

> O Estado considera **vantajoso anexar** aquelas **regiões** naturais que **favorecem o movimento.** Então vemo-lo tentando **atingir as costas, movendo-se ao longo dos rios, ou espalhando-se sobre as planícies.** (Moraes, 1990, p. 186, grifo próprio).

Além disso, assim como Moraes (1990), considero empobrecedor reduzir as contribuições de Ratzel ao determinismo geográfico puro e simples.[153] Na verdade, realço que ele via como central a influência da "força da densidade"[154] sobre o meio natural. Essa influência é gerada pelas sociedades por meio das técnicas, pelo crescimento das cidades, das práticas agrícolas e pelas vias de transporte etc.

Ao mesmo tempo, em Ratzel (2011), o movimento dos povos sobre o espaço exercia e recebia influências constantes das "forças do meio", isto é, das condicionantes fisiográficas do ambiente[155] como o relevo, a hidrografia, a vegetação, o acesso aos mares etc.

---

[153] Moraes (1990) afirma que Ellem Semple e Elsworth Huntington, discípulos de Ratzel, radicalizaram suas colocações, constituindo o que se denominou de "escola determinista" de Geografia ou doutrina do "determinismo geográfico". Com efeito, os deterministas orientaram seus estudos por máximas, como "as condições naturais determinam a História, ou "o homem é um produto do meio" – empobrecendo bastante as formulações de Ratzel, que falava de influências.

[154] Densidades aqui são tramas geográficas geradas pelas ocupações humanas que condensam no espaço geográfico fatores demográficos, urbanos, industriais e ambientais. Eles geram condições técnicas e de infraestrutura favoráveis à ocupação humana.

[155] Ratzel (2011) seguia o positivismo lógico, concebido por Augusto Comte, como uma doutrina social baseada nas leis das ciências naturais. O conceito comteano de Sociologia e evolucionismo social influenciou, inclusive, Durkheim e Spencer, para os quais as leis sociais eram vistas tal qual relações abstratas e constantes entre fenômenos observáveis.

A análise ratzeliana contemplava influências recíprocas que começavam a partir da descrição minuciosa do espaço geográfico onde se dava a interação de fenômenos diferenciados (físicos, biológicos e humanos). O passo seguinte seria a comparação e, por fim, a classificação das áreas conforme categorias espaciais: circulação marítima, espaços litorâneos, regiões naturais de circulação etc.

Encontrei na obra *Projeção Continental do Brasil* indícios da presença de Ratzel nas reflexões de Travassos. Por exemplo, de acordo com Pandiá Calógeras (Travassos, 1935), que prefaciou a referida obra, algumas ideias ratzelianas eram perceptíveis quando esse afirmava a relação entre a antropogeografia e o movimento socioeconômico, conforme observa-se na seguinte passagem:

> Claro é cedo para traçar rumos definitivos. Nem o trabalho trata disto, **investiga apenas os fatores; procura destrinchá-los em face do que nos ensina a antropogeografia.** Lembrado de que o **porvir econômico, político e social dos agrupamentos humanos** está como que prefigurado pelo **relevo** que os acontecimentos geogênicos os **fatores fisiográficos** esculpiram na superfície dos países que habitam, procurou **Mario Travassos aplicar ao nosso continente as lições de Ratzel, de Brunhes e seus discípulos e êmulos**. (Travassos, 1935, p. 5, grifo próprio).

Apesar de sua influência ratzeliana, Travassos não propagava teses imperialistas ou de determinação do meio físico sobre a sociedade sul--americana. Ele chamava a atenção do planejador, do homem de Estado brasileiro, para a importância da geografia para o desenvolvimento de um sistema de comunicações continental em âmbito terrestre e marítimo:

> [...] o fenômeno da circulação se relaciona, espontaneamente, com a dinâmica dos territórios, com **as linhas de menor resistência do tráfego, da morfologia geográfica.** É, entretanto, indispensável, para a exata compreensão da dinâmica morfológica, que se considere, também, **a força de atração das comunicações marítimas, como a expressão mais geral do fenômeno da circulação.** (Travassos, 1942, p. 17, grifo próprio).

Constato que o autor brasileiro também foi capaz de caracterizar de forma meticulosa a relação entre os feixes de circulação marítima e a disposição das bacias hidrográficas, dos rios, das passagens e divisores de águas dos países mediterrâneos, amazônicos e platinos. Atento às correlações de poder no contexto sul-americano, seu intuito era fazer uma análise pragmática da relação entre os transportes, as bacias hidrográficas e a integração da vertente atlântica do Brasil à vertente do Pacífico, bem como das demandas reprimidas de transporte dos Estados mediterrâneos sul-americanos.

A circulação marítima e fluvial são dois aspectos que desempenham um papel central para Travassos. O autor usa a conjugação entre o fator humano e o terreno para definir como resultando disso metáforas geográficas que associam acidentes geográficos, rios ou o traçado do litoral como "linhas naturais de circulação" ou "linhas de menor resistência fisiográfica em vias de comunicação" ou "focos de atração e dispersão" (Travassos, 1942, p. 50-51; 57-58).

Entendo que fruto desse diálogo com as concepções de Ratzel, os rios de uma bacia hidrográfica seriam como artérias vitais, como possibilidades a serem exploradas tanto na condição defensiva como por eventuais Estados invasores para o avanço pelas linhas de menor resistência dos Estados rivais. Com efeito, essa é a presença do postulado geopolítico sobre a aspiração para o domínio da totalidade das bacias hidrográficas um dos princípios defendidos para se controlar político-militarmente territórios.

A questão do controle das bacias hidrográficas mais importantes para conexão entre áreas no interior e o litoral deve ser vista em conjunto com a premissa de que existia um coração estratégico, uma área *pivô* continental que se controlado daria acesso aos principais recursos naturais e às rotas de circulação da América do Sul. Esse é outro aspecto geopolítico central da análise de Travassos e um indício que o relaciona ao pensamento do geógrafo inglês Sir. Halford Mackinder.

Em 1904, Mackinder apresentou o conceito de *pivô* geográfico da História durante um evento na Real Sociedade Geográfica de Londres. Ele fazia uma análise das relações entre a Geografia e a viária na Eurásia, buscando estabelecer, a partir da geografia, generalizações válidas para as correlações de poder no cenário internacional. Naquele momento, ele apresentou um novo conceito que viria influenciar o pensamento de líderes políticos e militares mundo afora.

A teoria do Heartland foi mais bem desenvolvida na obra de 1919 por meio das expressões "área pivô" ou "Estado pivô". A preocupação do geógrafo inglês era o rompimento do equilíbrio de poder no Velho Mundo em caso da união da Alemanha com a Rússia, ou mesmo do controle chinês sob a vastidão do império russo, acrescentando uma frente oceânica aos imensos recursos naturais (madeira, poder hidráulico e minérios) existentes no continente (Mackinder, 1904).

Portanto, com Mackinder se popularizou a noção de que havia um "coração do continente" ou "coração da Terra" na Eurásia, caracterizado por uma longa planície, com extensas bacias hidrográficas navegáveis, favorável à mobilidade humana (Mackinder, 1904).

Em 1919, no final da Primeira Guerra Mundial, o termo Heartland foi apresentado sob a forma da seguinte premissa: "Quem governar a Europa oriental comandará o 'Heartland' (Coração da Terra); quem governar o 'Heartland' comandará a Ilha do Mundo; quem governar a Ilha do Mundo, comandará o Mundo" (Mackinder, 1919, p. 150).

O geógrafo inglês considerava o Heartland como a "maior fortaleza natural da terra", pois estava protegida de ataques diretos oriundos do mar[156]. A potência que controlasse a área pivô no coração continental, facilitado pelos avanços industriais e tecnológicos das ferrovias e locomotivas, contaria com a mobilização das bases materiais para dominar o sistema internacional, sobretudo se fosse capaz de converter seu domínio continental em poder naval.[157]

De forma semelhante ao raciocínio de Mackinder para a Eurásia, em Travassos encontra-se a premissa de que nos altiplanos bolivianos existe um triângulo econômico que funciona como um *pivô* geográfico do continente. A razão para isso é que lá coexistem duas realidades: em primeiro lugar tem-se o "divórcio aquático", um divisor de águas entre as bacias do Prata e Amazônica, as duas mais importantes do continente, pois são navegáveis; em segundo lugar, o triângulo eco-

---

[156] Segundo Mackinder (1919) o Heartland era uma posição defensiva muito favorável, pois os grandes rios navegáveis ou vão para o norte rumo ao mar Ártico e são inacessíveis do oceano, porque são obstruídos pelo gelo; ou fluem em direção a águas interiores, como o Cáspio, que não tem saída para o mar. Em 1943, Mackinder trouxe o conceito de Midland Ocean, uma nova perspectiva geopolítica, destacando a importância estratégica do Atlântico Norte.

[157] Segundo Mackinder (1904, p. 436) o desenvolvimento das vastas potencialidades naturais da América do Sul teria um papel central para o futuro da hegemonia internacional dos Estados Unidos ou, para a Alemanha caso ela conseguisse desafiar a Doutrina Monroe no Hemisfério Ocidental.

nômico boliviano funcionaria como a chave para o futuro da projeção econômica e política do Brasil atlântico na direção do litoral pacífico. Observe a Figura 23.

Figura 23 – Divórcio Aquático Sul-Americano

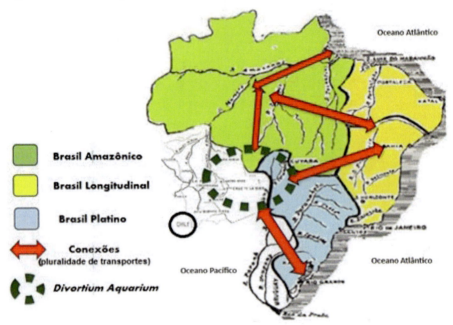

Fonte: elaborada pelo autor

Diante da constatação de que existe uma área pivô na Bolívia, a divisão do Brasil em regiões naturais foi um expediente usado por Travassos (1942) para poder criar uma visão de síntese capaz de abarcar a relação entre as questões geográficas da posição, da continentalidade e da maritimidade e a necessidade de se pensar um sistema de transportes plural para, ao mesmo tempo, integrar o continente e resolver os problemas de comunicações internos inerentes ao Brasil (1942).

A partir de agora, trarei algumas informações que julgo pertinentes para o leitor entender a relação entre a proposta de Travassos e a obra do geógrafo Delgado de Carvalho.

Delgado de Carvalho pode ser considerado "o pai da moderna Geografia brasileira" (Vlach, 1989; Ferraz, 1995). A obra *Geographia do Brasil*, escrita em 1913, foi pioneira ao adotar o conceito de região natural. Seus estudos anteciparam a regionalização adotada pelo Instituto Brasileiro de Geografia e Estatística em 1942, que serviu de referência para as classificações vigentes até hoje (Vlach, 1989; Ferraz, 1995).

Durante a década de 1920, Carvalho passou a também nortear seus trabalhos acadêmicos a partir do estudo da relação entre a política e o espaço. Assim, o fenômeno político foi entendido a partir de sua configuração geográfica mais cara à Geografia Política: o espaço da soberania nacional.

Em função disso, a posição geográfica e a "vizinhança" entre Estados foi um dos traços marcantes de sua abordagem:

> A vizinhança é um fato que interessa o geógrafo moderno quase tanto quanto o próprio historiador. Seria bom, por conseguinte, que **ao empreender o estudo de um país, fossem feitas detalhadas considerações sobre os seus vizinhos e a ordem de relações que mantém com eles**. (Carvalho, 1929, p. 52, tradução própria, grifo próprio).

Ele também destacava que o espaço brasileiro deveria ser entendido a partir da relação entre continentalidade e a maritimidade. Essa maneira integrada teria se inspirado em Camille Vallaux e Jean Brunhes, dois autores franceses que, em 1921, publicaram a obra *La Géographie de l'histoire: géographie de la paix et la guerre sur terre et sur Mer*[158] (Nunes, 2009).

A Geografia Política de Delgado de Carvalho também não poderia ser, simplesmente, enquadrada sob o rótulo do determinismo geográfico. Seu enfoque possuía uma visão de síntese pois a fisiografia fazia sua aparição de forma subordinada à Geografia humana – ao lado da Geografia econômica, da Geografia do povoamento, da Geografia das civilizações (ou social) e da Geografia regional (Carvalho, 1929).

Usei a dinâmica representada anteriormente na Figura 23 para sugerir a influência do geógrafo Delgado de Carvalho sobre o pensamento de Travassos. Afirmo isso, pois é feita alusão aos recortes "Brasil Amazônico" e "Brasil Platino". Retomarei a discussão sobre o autor brasileiro na seção final do capítulo, pois será possível relacioná-las à proposta de Travassos de gerar uma unidade geopolítica na América do Sul.

---

[158] *A Geografia da História: geografia da paz e da guerra em terra e no mar.*

Por ora, a ideia central a ser transmitida com a adaptação do mapa elaborado por Travassos é que a partir da Bolívia poder-se-ia se direcionar um sistema de comunicações na direção da foz do Prata e do Amazonas: essa é a área de encaixe dessas bacias, a área pivô da América do Sul. É a partir dessa ideia de uma área *core*, que Travassos considerou o papel de novas e antigas conexões por ferrovia, rodovia ou hidrovia junto ao ponto de divórcio aquático entre os rios formadores do Prata e do Amazonas.

Com efeito, na visão travassiana, as disputas entre Brasil e Argentina pelo controle das vias de acesso e circulação estavam relacionadas aos problemas históricos decorrentes da competição entre Portugueses e Espanhóis pelo domínio das Bacias do Rio Prata e Amazônica e pelo acesso ao Atlantico e ao Pacífico. Era no "triângulo econômico" formado por Cochabamba (influências andinas), Sucre (influências platinas) e Santa Cruz de La Sierra (influências amazônicas) que se poderia encontrar um dos mais profundos e acertados pontos de aplicação da ação do Estado brasileiro (Travassos, 1935).

Apesar das semelhanças com a tese de Mackinder, Travassos não usou a expressão "heartland"[159] nas obras *Projeção Continental do Brasil* ou *na Introdução à Geografia das Comunicações Brasileiras*. Ele chamava a área pivô de "triângulo econômico" ou "triângulo simbólico", o centro de atração do continente, com um destaque:

> Assim é que se torna mais que evidente a importância atual de Cochabamba, como principal vértice do citado **triangulo econômico do planalto boliviano**, isto é, corno centro de atração de todo o potencial da região interessada por esse mesmo **triangulo.** Em seu favor contam-se, não só sua **posição central, mas ainda, as comunicações que enfeixa.** (Travassos, 1935, p. 42, tradução própria, grifo próprio).

O imperativo geopolítico *travassiano* passava a ser o deslocamento do centro de gravidade de Cochabamba, que estava associado ao sistema ferroviário argentino, para Santa Cruz de La Sierra, relacionada à bacia do Rio Grande. Observe a Figura 24 a seguir.

---

[159] As palavras usadas foram "Triângulo Econômico" e "Triângulo Simbólico" que são explicados, respectivamente nas páginas e 42 e 81 da versão escrita no ano de 1935.

Figura 24 – Deslocamento do centro de gravidade de Cochabamba para S.C de La Sierra

Fonte: elaborada pelo autor

Santa Cruz de La Sierra está no eixo de circulação continental que se aproxima da fronteira com o Brasil na direção de Puerto Suarez e Corumbá. O autor defendia a construção de vias de transporte que ligassem os rios Madeira e Mamoré oferecendo as bases para as diversificações das "possibilidades viatórias" que deveriam ser desenvolvidas pelo Brasil a fim de conectar a área central do continente à Amazônia, via o rio Madeira.

Com efeito, o projeto era otimizar a vocação fluvial do Brasil Amazônico, direcionado os fluxos para a foz em Belém, cidade mais próxima dos mercados europeus que o Porto de Buenos Aires.

Por fim, estabelecer a relação entre o pensamento geopolítico de Travassos sobre a América do Sul e as contribuições de Ratzel, Mackinder e Delgado de Carvalho possibilitam entender a importância dada à Bolívia (e ao Mato Grosso) pelo militar brasileiro como o ponto estratégico onde o Estado brasileiro deveria atuar visando a integração viária das bacias hidrográficas e a busca pela ligação das vertentes do Atlântico com a do Pacífico.

A seguir, pontuarei, os impactos geopolíticos da abertura do Canal do Panamá que serão apresentados, sob a ótica de Mario Travassos. Foi diante de um novo cenário de competição por novos mercados e recursos naturais entre potências europeias e asiáticas que a presença norte-americana na zona do canal chamava a atenção do autor como uma potencial ameaça aos interesses brasileiros ao sul do Caribe.

3.2 CANAL DO PANAMÁ: FORÇA DE ATRAÇÃO DA CIRCULAÇÃO MARÍTIMA

O canal do Panamá tornou-se o símbolo da nova condição de potência marítima mundial dos EUA. Na perspectiva inspirada por Nicholas Spykman, entendi que o mediterrâneo americano se tornou coração geográfico e estratégico da Talassocracia dos Estados Unidos da América.

Projetado ao longo do século XIX e materializado no governo de Theodore Roosevelt Jr (1901–1909), o empreendimento transoceânico marcava, na visão triunfalista do início do século XX, a vitória da civilização Ocidental no controle dos trópicos (Greene, 2009).

O Canal do Panamá foi por mim compreendido em uma perspectiva da geopolítica clássica, de longa duração relacionados à mentalidade estratégica. Assim, foi necessário ampliar no tempo e no espaço a observação do problema a fim de descrever, para além das aparências imediatas, as oscilações na política externa dos EUA entre a proclamação da Doutrina Monroe e o momento no qual Travassos escrevia sua obra. Para isso, fiz uso da noção temporal de "longa duração" aplicada às mudanças cíclicas do sistema capitalista contida nos escritos de Giovanni Arrighi. Para Arrighi, ocorreu na passagem do século XIX para o XX, uma transição de hegemonia onde destacou-se a ascensão norte-americana e o declínio da Inglaterra (Arrighi, 2006).

Em tal contexto, autores como Mahan e Turner advogavam uma agressiva política expansionista: o destino manifesto dos EUA de ser a principal potência mundial do século XX, também deveria estar associado a "um grande compromisso com um comércio mundial" (Greene, 2009, p. 27).

A liderança econômica e militar dos EUA no Hemisfério Ocidental marcava o início do novo ciclo hegemônico. Contribuiu para tanto o fato dos norte-americanos serem beneficiados por sua posição geográfica isolada dos inimigos da Eurásia pelo "foço do Atlântico" e sem rivais com poder comparável ao seu no Hemisfério como um todo (Pecequilo, 2003).

A Guerra Hispano-Americana de 1898, a primeira de natureza extra-continental e o Corolário Roosevelt à Doutrina Monroe de 1904, fizeram surgir uma potência imperial que se autodeclarou como a polícia do hemisfério (Pecequilo, 2003).

A abertura do Canal, em 1914, aumentou o raio de ação geográfico da influência da jovem potência marítima. Os EUA, transformados em uma nação bioceânica, já haviam extrapolado o esplêndido isolamento e com a capacidade de se conectar costa a costa por mar projetavam suas grandes corporações econômicas à escala mundial, favorecidos pelo controle militar de posições estratégicas no *front* marítimo externo.

Para Arrighi (2006, p. 225), os EUA estavam dotados dali por diante "da capacidade de ampliar (ou aprofundar) o raio de ação da economia mundial capitalista, seja do ponto de vista funcional, seja espacial".

Com o canal operando sob o domínio estadunidense, a influência marítima dos EUA se espraiou no conjunto de ilhas caribenhas e no istmo centro americano. Nesse sentido, Mario Travassos também caracterizou o mar das Antilhas como mediterrâneo americano e focou no seu papel funcional como incubadora do extravasamento do potencial econômico e político dos Estados Unidos sobre a América do Sul. A sua opinião sobre o tema ficava clara na obra Projeção Continental do Brasil quando, já com alguma perspectiva histórica em relação a data de abertura do canal em 1914 afirmava:

> Acabamos de ver como as **características marítimas extremadas desse mediterrâneo** se adaptaram bem às necessidades da **expansão yankee** e como o **canal de Panamá** representa o papel de centro de todas as atuações desta política. (Travassos 1935, p. 96, grifo próprio).

Diferente do otimismo liberal dos Pais Fundadores da política hemisférica dos EUA, o uso do termo "expansão Yankee" por Travassos era um indício de que a presença norte-americana na América do Sul tornou-se alvo de desconfiança no pensamento do militar brasileiro. Classifico essa condição como uma evidência que caracteriza um pensamento não alinhado com a visão *mainstream* que vigorava no Itamaraty no início do século XX.

Assim, Bandeira (2006; 2010) analisa a projeção de poder dos Estados Unidos na América Latina, destacando a construção de um império americano fundamentada na intervenção militar e na influência econômica. Essa lógica expansionista, que inclui o Brasil como peça estratégica no controle hemisférico, converge com as preocupações de Mário Travassos, que temia a hegemonia norte-americana no canto noroeste da América do Sul e defendia uma geopolítica ativa por parte do Brasil.

Baseado nisso considero que, embora não fosse visto de forma negativa por Rio Branco, o corolário Roosevelt à Doutrina Monroe de 1904 era visto com mais reservas por Travassos. Isso ocorreu por um conjunto de fatores.

O principal deles estava na desconfiança gerada, provavelmente, diante das constantes intervenções militares diretas no mediterrâneo americano e do apoio ao controverso de Theodore Roosevelt processo de separação do Panamá da Colômbia em 1903. Assim, um "novo e agressivo imperialismo passou a atuar em nossa América – o imperialismo Ianque" (Schilling, 1981, p. 202).

No início da década de 1930, Nicarágua e Panamá, dos pontos estratégicos para a construção de canais interoceânicos através do istmo, já haviam sofrido, cada um, pelo menos mais de duas intervenções militares diretas (Figura 25).

Conforme apresentei no capítulo dois, o movimento expansionista para o oeste do núcleo geopolítico atlantista dos EUA buscou a anexação de tudo que estava no caminho do progresso até que pudesse alcançar o Pacífico, mas também se direcionou com ênfase para o Sul na direção da zona do Caribe. Nesse ciclo expansionista de longa duração temporal, inseriu de forma subordinada em sua esfera de influência os países do mediterrâneo americano.

Figura 25 – Intervenções militares, ajuda financeira e anexações territoriais dos EUA

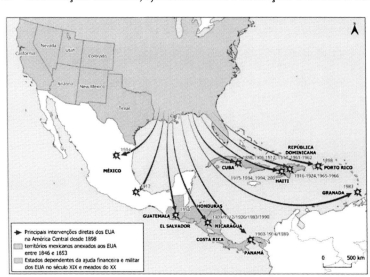

Fonte: elaborada pelo autor, baseado em Oliveira (2002)

Ciente desse cenário, Travassos (1935, p. 64) afirmou que a instabilidade do canto noroeste "começou a revelar-se com a abertura do Canal do Panamá". Embora não aprofundasse detalhadamente os interesses econômicos dos EUA na zona do Canal, Travassos já permitia ao seu leitor concluir que os norte-americanos já possuíam capacidade de usar a extremidade noroeste do continente como base geográfica, um trampolim para influenciar eventos em escala global, por um longo período.

O Mar das Antilhas, transformado em mediterrâneo americano pela expansão estadunidense, estava "saturando de influências estranhas e que estas tendem a transbordá-lo" (Travassos, 1935, p. 66), era o espaço que poderia desestabilizar a América do Sul como um todo.

Conforme Travassos (1935, p. 91) "o estabelecimento de correntes marítimas visando a circulação comercial", servia de "alertador para o continente do Sul". Isso estava no cerne da noção de fracionamento político-territorial que concebi e usarei mais adiante no capítulo para descrever o entendimento do autor brasileiro a respeito da política externa norte-americana.

Nesse contexto, as reflexões de McKean (1914) também servem de exemplo para corroborar a função geopolítica subordinada aos interesses mercantis estadunidenses destinada à América do Sul no sistema formado pela Talassocracia após a abertura do Canal do Panamá.

A América do Sul era classificada, naquele momento, como uma área não desenvolvida em comparação aos EUA, aparecendo com um "espaço aberto a competição irrestrita", bem como passível de influência asiática oriunda do oceano Pacífico. Observe a Figura 26 que representa, de acordo com McKean, a situação estratégica dos EUA em relação a territórios subdesenvolvidos e mercados após a inauguração do Canal em 1914.

Em 1914, ano da abertura do Canal, os EUA já possuíam o Alasca e controlavam Cuba e Porto Rico. Ao final da Guerra Hispano-Americana (1898), o estabelecimento de postos comerciais no Havaí, em Samoa e nas Filipinas também abriu portas até os mares do Sul, da China Oriental e do Japão.

A noção de "Mercados abertos à competição irrestrita do mundo" apresentada por McKean (1914) era compatível com a necessidade de "guerra permanente" contra as potências da Eurásia defendida por Spykman anos depois. A inserção geográfica subordinada a um novo ciclo hegemônico dos EUA abria e inseria a América do Sul a uma lógica de ordenamento econômico imposta a partir do Hemisfério Norte.

Figura 26 – A nova configuração estratégica dos EUA depois da abertura do Canal do Panamá

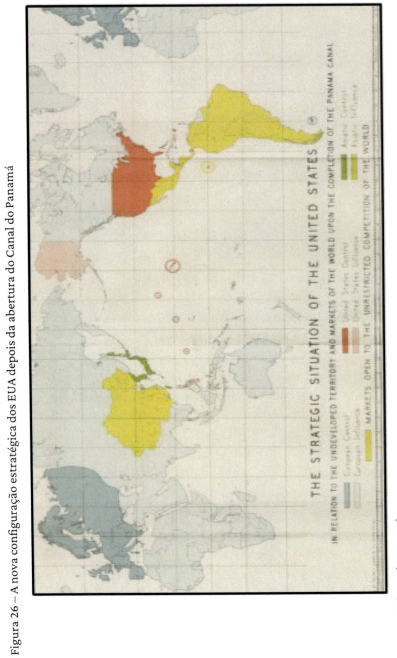

Fonte: Mckean (1914, p. 3)

É nesse sentido ficou mais claro que além dos ecos do corolário Roosevelt de 1904, a percepção de ameaças desenvolvida por Travassos dizia respeito aos desdobramentos geopolíticos que a expansão dos EUA ainda poderia ter em relação à "Projeção Continental do Brasil".

Segundo Martins (2011), Travassos partia de um ponto de vista realista para definir as relações Brasil-EUA-América do Sul. De acordo com o autor, os EUA se comportavam de forma autônoma e antagônica diante das outras grandes potências de seu tempo buscando ampliar espaço de influência. Enquanto os pequenos Estados da América do Sul, impulsionados pela debilidade de seus meios objetivavam "antes de qualquer coisa a manutenção de sua integridade" (Martins, 2011, p. 100).

Além dos aspectos mencionados, das crises e do pessimismo que assolavam o mundo nos entreguerras (1919-1939), considero ainda que a desconfiança gerada pelo aumento da influência econômica e política dos EUA na América do Sul também se dava pelo fato de Travassos propor, no contexto da Era Vargas, um projeto nacionalista centrado na ideia de Brasil-Potência continental.

Assim, havia uma clara incompatibilidade entre o papel reservado pelos EUA à América Latina pelos idealizadores do Destino Manifesto, seus efeitos desestabilizadores para as soberanias locais e o projeto travassiano de integração sul-americana sob coordenação pacificadora do Brasil.

Não por acaso, Franklin Delano Roosevelt (1933-1945), 32º presidente a chefiar a Casa Branca, tentaria mudar sua imagem de país imperialista no continente adotando a Política da Boa Vizinhança,[160] suspendendo a Emenda Platt.[161] Com isso, visavam estabelecer uma percepção de que desenvolveriam relações mais cordiais com os países latino-americanos em geral. Contudo, a desconfiança que permeava parte da intelectualidade civil e militar em relação aos reais interesses dos EUA, ainda era marcante entre as nações sul-americanas, em especial na Argentina.[162]

---

[160] A Política da Boa Vizinhança foi uma iniciativa diplomática durante as décadas de 1930 e 1940, que buscava melhorar as relações com os países da América Latina e do Caribe. O presidente Franklin D. Roosevelt, em seu discurso de posse em 1933, buscava uma nova abordagem em relação aos países da região, em contraste com a política intervencionista adotada pelos presidentes norte-americanos, particularmente desde a eclosão da Guerra Hispano-Americana de 1898, principalmente com a Emenda Platt e o Corolário Roosevelt.

[161] O senador Oville Pratt propôs emendas às Constituições de Cuba em 1901, prevendo, dentre outras coisas a intervenção unilateral dos EUA nos assuntos internos e a concessão de uma área para a construção de uma base naval.

[162] Luís María Drago, ministro das relações exteriores, havia lançado em 1902 um proposto em resposta às intervenções da Alemanha, Itália e Grã-Bretanha para cobrar dívidas da Venezuela. A Doutrina Drago, como

Em 1945, com o fim da Segunda Guerra Mundial, o interesse comercial e militar era uma condição que mantinha viva a relevância estratégica da zona do Canal, condição que valeu, anos depois, uma importante reflexão por parte do Lewis Tambs, um "brasilianista" que serviu como embaixador na Colômbia e na Costa Rica durante a década de 1980. A tese foi exposta em artigos e palestras no Brasil e nos EUA durante o auge da Guerra Fria e foi traduzido na Revista *Defesa Nacional* logo após a posse de Jimmy Carter, trigésimo nono presidente dos EUA que serviu entre 1977 e 1981.

Tambs (1965) retomava Spykman (1942) e Travassos (1931) para concluir que a América Latina possuía, de fato, dois "corações estratégicos": O primeiro já havia sido apontado por Mario Travassos em sua obra de 1931 e estava no que chamou de "Charcas", o nexo andino do maciço boliviano. O segundo coração estratégico pulsava na zona do Canal do Panamá, no "mar fechado do Caribe" (Tambs, 1965, p. 31), mais ou menos como nos levou a entender o holandês, naturalizado norte-americano à época da Segunda Guerra Mundial.

Em 1977, às vésperas da assinatura do Tratado Torrijos-Carter, que faria uma transição para a devolução da zona do Canal para a administração e soberania panamenha em 1999, Tambs declarou que os Estados Unidos estavam em perigo. Para ele, a sobrevivência da América no futuro dependia da manutenção da estratégia bem-sucedida do poder naval americano que trouxeram os EUA à condição de potência mundial, o que somente seria possível com a permanência do canal do Panamá sob controle norte-americano.

O argumento de Tambs era que o Canal do Panamá e a zona do Caribe estavam entre os quatorze pontos de estrangulamento que tem sido alvo de lutas desde o século XVI, quando a Europa Ocidental iniciou sua expansão marítima. Os quatorze pontos seria os seguintes (Figura 27):

---

ficou conhecida, se estendia aos EUA.

Figura 27 – Os catorze *Chokepoints* estratégicos

CINCO MARES INTERIORES:
Sul da China, Mediterrâneo, do Norte, da Noruega e do CARIBE.

CHOKEPOINTS ESTRATÉGICOS

SETE PASSAGENS MARÍTIMAS CRÍTICAS:
Malaca, Sri Lanka (Ceilão), "Chifre da África", Moçambique, Gibraltar, Magalhãoes e Boa Esperaça

DOIS CANAIS INTEROCEÂNICOS:
Suez e PANAMÁ

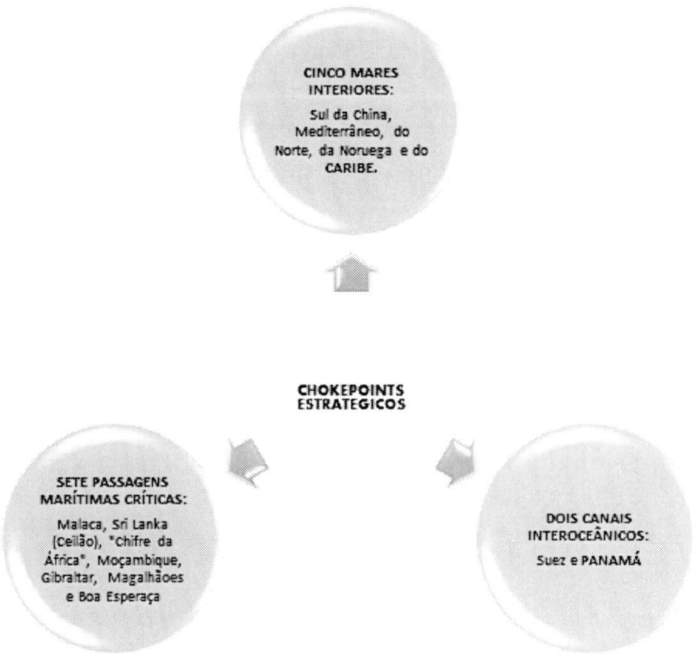

Fonte: elaborada pelo autor, baseado em Tambs (1978, p. 101)

As proposições de McKean, Spykman e Tambs são separadas quase vinte anos umas das outras, mas o argumento levava a uma conclusão semelhante: o canal era parte de uma política de longo prazo considerada vital para a sobrevivência da talassocracia dos EUA. Sendo assim, Tambs entendia que a devolução desse *chokepoint* estratégico ao Panamá (Figura 27) faria cair por terra o sistema geopolítico montado ao longo do século XX, talvez desde a Doutrina Monroe, em torno da necessidade de manter a "América para os Americanos".

O contexto no qual Tambs escrevia era o do combate à expansão do movimento comunista internacional e acirramento dos ânimos entre as potências do mundo bipolar. A devolução da soberania do Canal ao Panamá era associada ao fortalecimento de Cuba como a vitrine do comunismo na América Latina. A percepção de uma ameaça existencial ao modelo capitalista era algo visível na assertiva de Tambs. Segundo ele:

> [...] ainda que a geografia tenha influência sobre os povos e a política, é o homem quem faz a História. Como previ

> no estudo original, os comunistas tendo se apossado de **Cuba, a chave do mediterrâneo do novo mundo,** em seguida procurariam se apossar do **eixo das américas:** a **Bolívia** iria servir como foco de uma revolução continental. (Tambs, 1978, p. 46, grifo próprio).

Assim, o mediterrâneo americano continuava sendo um espaço de grande tensão geopolítica. Agora, o choque era entre os EUA e a ex-URSS: os soviéticos, "detentores do coração do mundo euroasiático deveriam desafiar os povos oceânicos fora dos limites da 'ilha': os norte-americanos e seus aliados" (Tambs, 1978, p. 102).

Assim, a digressão que fiz conecta os impactos do canal do Panamá com a evolução da política externa dos EUA desde o corolário Roosevelt, passando por Mckean, Spykman e Tambs. Ela é útil como uma perspectiva para se entender o pensamento de Travassos de forma mais contextualizada ao que historicamente acontecia na interligação dos contextos geográficos hemisférico e global.

Nesse sentido, parto da premissa que Travassos é um dos três militares do Exército que chamo de "Trio de Ferro" da geopolítica brasileira. Contudo, ele não seguiu o mesmo padrão de alinhamento com os Estados Unidos da América adotado pelos outros dois autores.[163] O que se viu com Golbery, em especial durante a vigência da ordem bipolar, foi o predomínio do que se pode chamar de "americanismo ideológico" alinhado com a ideia de que o Brasil era o guardião do mundo Cristão e Ocidental no Hemisfério Sul, manifestando sua condição de aliado automático dos EUA contra a expansão do comunismo internacional. Já com Carlos de Meira Mattos, percebe-se a definição de um Brasil nacionalista, pragmático e ecumênico, identificado com o Ocidente, mas buscando barganhas com as potências e atores relevantes, superando uma visão estritamente bipolar e prol de um olhar multipolar para um mundo em mudança.

Isso posto, retomo agora a reflexão sobre a obra *Projeção Continental do Brasil*. No início da década de 1930, a visão geopolítica brasileira, representada aqui por Mario Travassos, era diferente da defendida pelos outros dois integrantes do Trio de Ferro, em particular Golbery.

Escrevendo suas principais obras em um contexto anterior à Guerra Fria (1947-1991) e influenciado pelo início do governo de Getúlio Vargas, Travassos percebia a América do Sul a partir de um projeto de longo prazo que começava

---

[163] Mario Travassos, Golbery do Couto e Silva e Meira Mattos são os três geopolíticos militares que representam as bases e o desenvolvimento de uma grande estratégia nacional durante o século XX.

a ser gestado e que era centrado na projeção externa do interesse nacional, sem alinhamentos automáticos. Com efeito, tanto a expansão norte-americana a partir do Caribe como a já adiantada influência argentina sobre o Paraguai e a Bolívia, os países da hinterlândia sul-americana, banhados pela Bacia do Prata, eram percebidas por Travassos como obstáculos ao projeto integracionista brasileiro, uma espécie de Destino Manifesto, de polarizar a unidade geopolítica[164] da América do Sul.

Defendo que, baseado nisso, Travassos pode ser lido como aquele que combinou os postulados *ratzelianos* e *mackinderianos* com a visão regional de Delgado de Carvalho para construir seu próprio modelo de análise. Nesse caso, os postulados eram relacionados ao domínio da foz e das cabeceiras bacias, a necessidade de multiplicação de saída para os mares e a existência de um Pivot geográfico na América do Sul, base para a projeção de poder nos sentidos latitudinal e longitudinal do continente.

A ponto de partida para assim entender o pensamento do autor brasileiro é descrever os caminhos, alcance e efeitos desestabilizadores da infiltração geográfica de influências provenientes do mar do Caribe na direção do interior do continente. Um processo que "além das facilidades fisiográficas" poderiam gerar "o fracionamento político do território (Travassos, 1935, p. 100).

É nesse sentido geopolítico que entendo a ideia de "imperialismo yankee" contida na obra de Travassos: uma potencial ameaças, a partir da força de atração do seu poder marítimo em expansão, com potencial de reforçar a clivagem geográfica do canto noroeste, afetando o embrionário projeto brasileiro de conferir unidade geopolítica à América do Sul.

Esse entendimento é possível por meio da retomada das reflexões de Nicholas Spykman na década de 1940, sobre a prioridade dada pela Doutrina Monroe à Colômbia e à Venezuela, países banhados pelo Caribe. Como abordado no capítulo dois, ao sul dessa área de influência, estaria a zona tampão amazônica e ao sul de hileia deveria ser mantido o histórico padrão de rivalidade entre Argentina, Brasil e Chile, os Estados do A.B.C.

Spykman (1942) julgava ser necessário impedir qualquer inciativa de integração dessas nações. A disposição dos Estados na geografia sul--americana ajuda a entender o porquê dessa medida. A hipótese de inte-

---

[164] Unidade geopolítica sul-americana não é sinônimo de identidade sul-americana e sim a expressão de uma grande estratégia de integração que, pelas condições geográficas e históricas, passa pela coordenação do Brasil.

gração econômica e viária controlado pelo Brasil, por exemplo, geraria uma potência bioceânica no continente.

Corroboro minha afirmação com os escritos de Travassos (1935, 1942), que alertava sobre as mudanças desencadeadas pela expansão marítima dos EUA no Caribe: "um fenômeno 'com consequências atuais e futuras' inclusive com os desdobramentos que o Canal do Panamá viria a ter sobre o tráfego marítimo do Pacífico" (Travassos, 1935, p. 34).

Assim, Travassos estava ciente de que o mediterrâneo americano ocupava uma posição estratégica clara na política externa norte-americana: controle do acesso e da circulação marítima entre as duas costas hemisféricas.

Travassos (1935, p. 89) classificava essa situação como "servidão contra qual inutilmente se debatem os que contra ela se revoltam". Sou da opinião de que a crença nessa inevitabilidade da influência associa as ideias, aparentemente opostas, de conformismo e resistência. Se o movimento expansionista é acentuado pelas operações financeiras e econômicas que tornavam os países, mundo afora, dependentes da economia norte-americana, é possível resistir a esse movimento. A medida defensiva seria geopolítica, ou seja, integrar o continente sob a projeção coordenadora e suavizadora de conflitos do Brasil.

Em tal contexto, entendo que havia um conformismo maior em Travassos quanto a condição dos países do canto noroeste. Eles estavam satelitizados pela força de atração do mercado americano, potencializada pelo canal do Panamá, como traço de união entre os Oceano Atlântico e Pacífico. O poder de atração da circulação marítima vencia a "força de conexão que deveria existir entre as massas continentais Centro e Sul-Americana" (Travassos, 1935, p. 92).

Dessa forma, a geografia das comunicações marítimas do Caribe desempenhava um papel facilitador da influência dos EUA sobre o canto noroeste do continente. Dizia mesmo que havia "razões puramente geográficas por si só capazes de explicar certas manobras diplomáticas (econômicas) ou certos golpes de força (militares)" (Travassos, 1935, p. 90). Penso que foi por isso que os países sul-americanos caribenhos-amazônicos não foram colocados no raio de ação da Projeção Continental do Brasil.

Sustento que Travassos (1935) acreditava em resistir ao potencial desestabilizador do expansionismo americano a partir de uma posição centrada na articulação da área pivô. A projeção dos interesses brasileiros no continente seria uma forma, suavizando os conflitos que já existiam (fruto do processo de formação dos Estados) e os que foram implantados lá vindos da América do Norte.

Observo que dois esclarecimentos são importantes a partir desta parte do texto. Em primeiro lugar, uma definição do conceito de "instabilidade geográfica" que aparece na obra e, em segundo lugar, a relação entre o referido conceito e os impactos geopolíticos dele decorrentes.

De acordo com Travassos (1935, p. 61) instabilidade geográfica é "a oscilação de certos territórios entre determinadas características que os circundam". Para o autor: "Territórios assim oscilantes são verdadeiros focos de perturbações políticas, causas de dissenções ou, pelo menos, de preocupações sérias para que se evitem possíveis conflitos internacionais" (Travassos, 1935, p. 61).

O caso da Bolívia, "sobejamente conhecido", e o do Uruguai, "comprovado fartamente pela História", por exemplo, eram considerados pelo militar brasileiro como casos tradicionais desse tipo de instabilidade, mas a Colômbia era algo mais recente, vindo de fora do continente e "apenas começa a interessar" (Travassos, 1935, p. 62). É justamente a situação colombiana que se transformava em um ponto de conexão importante com a área pivô boliviana, justamente por causa do temor de extravasamento da política externa norte-americana para os espaços interiores sul-americanos.

A situação de instabilidade na Colômbia em relação ao restante do continente, passou a fazer mais sentido à medida que seu território foi seccionado por um movimento separatista, diretamente influenciado pelos EUA. Obviamente, a obra dos franceses já estava em estado avançado e os 80 quilômetros de extensão do istmo gerava uma linha de menor resistência que seria explorada: "o canal de Panamá representa o papel de centro de todas as atuações desta política" (Travassos, 1935, p. 96).

Considero também que o Brasil, com fronteiras com a Colômbia e a Venezuela na Amazônia, dois países inseridos no mediterrâneo americano de Spykman, teria importante papel na contenção dessas instabilidades. Nesse caso, as oscilações geográficas apontadas por Travassos estão relacionadas ou produziram mudanças geográficas fruto de conflitos militares diretos ou indiretos no continente.

Observando esse movimento de expansão do poder de atração marítimo, fruto dos interesses econômicos e políticos dos EUA, a perspectiva adotada por Travassos permite afirmar a existência de três modalidades de impactos sobre a América do Sul. A primeira modalidade é propagação do modelo de fragmentação política típico da América Central. A segunda modalidade é o da desconexão político-econômica dos países do canto noroeste do restante do continente. Por fim, a terceira se daria com o estabelecimento de linhas de penetração na Amazônia sul-americana a partir das bacias do Orinoco, do Atrato, do Madalena e do Amazonas.

Em relação ao primeiro modelo pode-se afirmar que o aumento da influência do poder marítimo estadunidense no Caribe reforçava um padrão de fracionamento territorial centro-americano pois seus estados passavam a ser organizados economicamente e política a partir dos efeitos da maritimidade, obviamente oriundos dos EUA:

> Acresce que como mediterrâneo, o Mar das Antilhas é limitado pelas terras estreitas da América Central de um lado, de outro pelas grandes Antilhas. Quer dizer que predominam sobre sues flancos de maior extensão terras que nada têm de caráter continental e que, ou tendem francamente ao tipo marítimo (América Central) ou representam um grau máximo de tipo marítimo (Antilhas). (Travassos, 1935, p. 91-92).

Segundo Travassos (1935), a expansão da esfera de influência dos EUA reforçava as condições geográficas insulares dos países do mediterrâneo americano, sendo ditadas por uma relação continentalidade *versus* maritimidade, em favor desta última. A observação do mapa da divisão regional da América Central permite observar que a estreita faixa continental da América Central é ladeada pelas grandes e pequenas Antilhas (Figura 28).

Figura 28 – Mapa da divisão regional da América Central

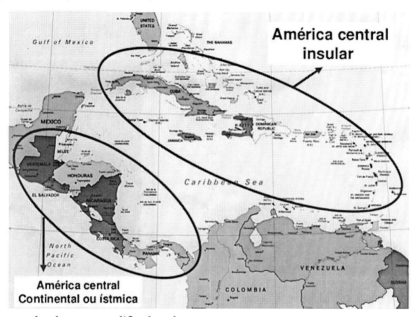

Fonte: Atlas do IBGE, modificado pelo autor

O fracionamento político territorial da América Central foi uma condição decorrente do processo de formação histórico-colonial de tais países ao longo do século XIX e das condições favoráveis de sua geografia recortada e fragmentada, exploradas pelas potências europeias, para os projetos de construção de uma passagem interoceânica.

Travassos não afirma que isso foi fruto do imperialismo Yankee simplesmente, mas enfatiza que as linhas de menor resistência eram geradas a partir de pontos de estrangulamento estratégicos (Figura 29).

Ao longo do istmo e das áreas insulares, o papel econômico funcional para a conexão das costas do Atlântico e do Pacífico seria facilitado em estrangulamentos nas regiões de Tehuantepec, Baía de Fonseca, Lago San Juan e Darién. Esse era um modelo que foi estabelecido de fora para dentro desses países, tanto pelo colonizador espanhol, como pelos franceses e norte-americanos que os sucederam em influência geopolítica.

A análise da Figura 29 ajuda a identificar o quanto Travassos estava ciente das localidades que foram objeto de análise para a construção de um canal interoceânico desde antes da proclamação da Doutrina, mas por ela almejados como um objetivo estratégico fundamental.

Figura 29 – Estrangulamentos ou linhas de menor resistência na América Central

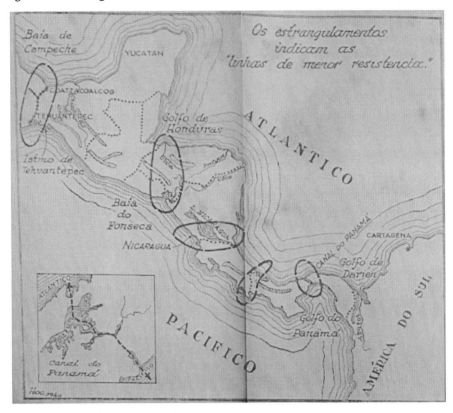

Fonte: Travassos (1942, p. 29-30)

Na perspectiva de Travassos (1935) era como se, naturalmente os EUA, enquanto o país hegemônico na região, tivessem potencializado o padrão de balcanização da América Central pelas forças de dispersão que sua economia, naturalmente, exerce sobre a região:

> Com efeito, são vários os estrangulamentos que o afilamento das terras oferece na América Central, incluídas as regiões limítrofes do México, estrangulamentos que se acentuam à medida que as terras se aproximam da América do Sul, a saber: **Tehuantepec, o de Honduras, o de Nicarágua e o de Panamá**. (Travassos, 1942, p. 31, grifo próprio).

Observo que a situação geográfica da América Central demonstrava à época o quanto a força de atração das costas norte-americanas, ligadas pelo canal, e antes mesmo dele pela ferrovia construída na Colômbia pelos

EUA, reforçavam em Travassos a ideia de "fracionamento político" da América Central Continental ou ístmica, bem como a "pulverização das Pequenas Antilhas, igualmente fracionadas e pulverizadas do ponto de vista político" (Travassos, 1935, p. 94).

Portanto, é possível entender que as articulações entre os países da América Central (insular e ístmica) foram moldadas pela política externa dos EUA a partir de um perfil geopolítico subordinado à maritimidade, isto é, ao poder de atração[165] que os grandes centros urbanos industriais norte-americanos possuíam no Pacífico e no Atlântico.

Além disso, a parte insular e continental formava um perímetro de segurança dos EUA no mediterrâneo americano. Um grande arco de ilhas a leste que fechava o Caribe do restante do Atlântico e, desde o México, passando por todos os países da América central continental e chegando à Colômbia e à Venezuela, formava o arco oeste fechando o circuito, conforme pode ser observado na Figura 20 que mostra o perímetro de segurança no mediterrâneo americano.

A partir dessa conclusão, Travassos (1935) explicou o extravasamento da influência *yankee* recorrendo à descrição da geografia física centro-americana. Em sua concepção, os arquipélagos da região, fruto da forte influência dos EUA sobre a economia e sociedade dos países caribenhos, se transformaram em incubadores da influência norte-americana e o Panamá no novo foco de atração: "é justamente em torno desse foco é que nasceram todas as ações, culminadas com a passagem das obras do canal para as mãos americanas e a sua conclusão conduzindo o seccionamento do Panamá" (Travassos, 1935, p. 93).

Em resumo, a primeira modalidade foi relacionada ao risco de propagação para a América do Sul do padrão de fragmentação política centro americana. A ameaça pode ser visualizada por meio de uma analogia entre a expansão da esfera de influência dos EUA e o efeito de um terremoto sobre a organização de um espaço. Era como se para Travassos a expansão do progresso estadunidense fosse a propagação de uma onda sísmica a partir de um epicentro que fragmentava politicamente o continente desde a linha de contato do México até os Estados da região do Caribe.

---

[165] A circulação marítima nos espaços cisatlântico, toda a costa Atlântica do continente americano, e o transpacífico, o espaço marítimo que conecta a costa oeste até os mares do sul e leste da China, representam como as economias centro americanas foram incorporadas geograficamente à dinâmica econômica dos EUA enquanto espaços abertos à competição irrestrita e área de influência direta.

> A tenacidade mexicana deteve o desmembramento do México, mas principalmente a atração desse singular mediterrâneo que é o mar das Antilhas, **fizeram resvalar para o sul as forças desencadeadas pelo progresso norte-americano,** saltando a península de Yucatan, **amputaram a Colômbia e perfuraram o Canal do Panamá** e mantém o controle de todas as entidades fracionadas da América Central e das Antilhas. (Travassos, 1935, p. 95, grifo próprio).

A segunda modalidade é marcada pela progressiva desconexão geopolítica do canto noroeste do restante da América do Sul. Isso ficava mais claro para Travassos à medida que o canal reforçou o papel funcional de tais países como parte do litoral dos EUA. Isso se deu pela associação dos estados sul-americanos do mediterrâneo americano às rotas comerciais e interesses petrolíferos em proveito dos negócios globalizados norte-americanos.

A circulação comercial reforçada pelo canal, teceu uma rede de costa a costa desses países sul-americanos com os EUA, tal qual acontece em todas as águas mediterrâneas ou de caráter mediterrâneo: Aliás "outra não é a função do mar das Artilhas, como mar mediterrâneo" (Travassos, 1935, p. 94).

Entendo que a percepção de Travassos explicava o predomínio da força de atração da economia e do mercado norte-americano sobre a Colômbia e a Venezuela. Isso potencializava a criação de "feixes de circulação marítimas"[166], aumentando a rapidez de conexão desses territórios, via mar do Caribe, com ambas as costas estadunidenses.

A consequência disso para Travassos foi a diminuição dos laços político-territoriais entre venezuelanos e colombianos e os demais países sul-americanos. Obviamente, isso prejudicaria o papel do Brasil desejado por Travassos (1935) caso esse modelo de "caribização" se espalhasse pela América do Sul com intensidade semelhante. Ele afirmava, com preocupação, que linhas de penetração ou de fissura já se faziam presentes no espaço sul-americano.

A partir das linhas de menor resistência no continente se daria a luta pela posse da foz e das nascentes das bacias do Orinoco e do Amazonas na América do Sul. Isso já era uma questão a ser enfrentada nos anos 1930 e 1940 pelos governos da região, em particular dos países do canto noroeste, isto é, Equador, Colômbia e Venezuela (Travassos, 1935).

---

[166] Para Travassos (1942, p. 79) feixes de circulação marítimas resultavam, como acontecia nas linhas de comunicação terrestre, da "íntima conexão entre expressões geográficas e fatos humanos".

É nesse ponto que a Colômbia receberia um papel central na visão de Travassos. Sendo um país bioceânico, andino, amazônico e caribenho expressaria singularmente as oscilações geográficas desintegradoras da unidade geopolítica continental, pois:

> [...] o agrupamento colombiano, soldado à Cordilheira pelo **Nudo de Pasto** oscila entre as atrações de dois oceanos – do lado pacífico a **Bacia do Panamá**, em que desagua Canal; do lado do Atlântico as três formidáveis antenas que são o **Madalena, Orinoco e o Amazonas**. (Travassos, 1935, p. 68, grifo próprio).

Diante disso, o militar brasileiro afirmava que a expansão da indústria automobilística e do avião, a perfuração de campos de petróleo na Colômbia (e na Venezuela) ou a exploração da borracha nos seringais da Amazônia, por representantes da Ford "já balizavam o primeiro lanço de influências" (Travassos, 1935, p. 99).

Travassos observa que junto com as facilidades geográficas do Caribe também estavam os "imperativos de certas contingências industriais que exigem ir se ao encontro de certos produtos onde quer que eles se encontrem" (Travassos, 1935, p. 97). Ele estava ciente de que as demandas do mercado capitalista em expansão dos EUA os conduziriam a explorar seus interesses mercantis onde houvesse espaço para tanto, assim como o fizeram em seu *front* interno um século antes.

Esse pensamento estava alicerçado na observação de casos internacionais e no acompanhamento do que já havia acontecido na América Central, no final do século XIX, sob influência dos EUA, principalmente depois da guerra de 1898. Tal perspectiva foi apoiada na prévia constatação do modelo fracionado da América Central e complementada com a descrição do impacto na região da construção do canal sobre o espaço sul-americano, e de como o empreendimento alçou os EUA ao patamar de potência econômica com alcance global.

O estabelecimento de linhas de penetração na Amazônia sul-americana a partir das bacias do Orinoco, do Atrato, do Madalena e do Amazonas caracterizava os "rumos" da "influência Yankee":

> Está mais que evidente a possibilidade de o **potencial yankee exceder o recipiente antilhano e canalizar-se por onde for mais fácil e necessário escoar os seus interesses econômicos.** No ponto de vista estritamente americano

> torna-se muito fácil precisar os rumos de atração para as energias a se desencadearem. (Travassos, 1935, p. 96, grifo próprio).

Considero que o desmembramento do Panamá da Colômbia foi o fracionamento territorial mais marcante para subordinar a porção noroeste da América do Sul à órbita de influência dos EUA. E Travassos era um crítico dessa intervenção pois se referiu a ele usando o verbo "amputaram". Além da satelização do Panamá, essa ação expansionista potencializou no continente a "instabilidade geográfica", já existente na região do mar das Antilhas (Travassos, 1935).

Diante do cenário descrito, ele definiu que as bacias hidrográficas da Colômbia e da Venezuela eram os espaços-alvo preferenciais da penetração dos "Tentames imperialistas" oriundos do "mediterrâneo americano". O seu "pessimismo realista"[167], já referenciado, ficava cada vez mais claro quando ele considerava a influência mundial dos EUA como uma espécie de "servidão" (Travassos, 1935, p. 89).

O postulado que ficará mais claro a partir de agora é ligado as bacias hidrográficas do continente. Geograficamente, as bacias dos rios Orinoco e Madalena representavam na visão de Travassos as linhas de penetração por excelência para quaisquer influências econômicas, provindas do mediterrâneo americano.

> Não só **abrem as portas aos longos vales longitudinais dos Andes,** como, por contacto direto, **comunicam o vale do Amazonas,** e, indiretamente, pelos *Nudos* e *Pasos* (abertas andinas), **comunicam ainda com esse vale e com a bacia do Prata.** (Travassos, 1935, p. 97-98, grifo próprio).

Para Travassos (1935), os rios das bacias caribenho-amazônicas poderiam ter uma dupla valência: em tempos de paz, funcionariam como linhas naturais de circulação e em situações de guerra como eixos de penetração militar.

> **As linhas d'água,** que sempre foram **obstáculos ilusórios no ponto de vista militar, economicamente** se mostram até **como vinculadores das vertentes que lhes correspondem.** Os grandes vales são verdadeiros eixos de compartimentos econômicos. Essa a verdade que ninguém hoje pode contestar. (TRAVASSOS, 1935, p. 48-49, grifo próprio).

---

[167] Utilizo o termo para expressar a maneira como entendo a percepção de Travassos sobre a expansão da órbita de influência estadunidense na América do Sul.

Todavia, a expansão da área de influência dos EUA na América do Sul não seguia uniformemente como se penetrasse em um espaço liso e sem resistências. A intensidade de propagação iria depender, também, de como cada Estado legislava sobre seus recursos naturais, em particular o petróleo:

> [...] se levarmos em conta **as medidas de segurança adotadas pelo Equador e pela Bolívia por meio de legislação adequada** (...) a nacionalização de seu petróleo, pode-se facilmente verificar por onde andam **já as influências** *yankees* **em território sul-americano**. (Travassos, 1935, p. 99, grifo próprio).

Com efeito, entendo que Travassos sinalizava o quanto a expansão poderia ser contida pelas condicionantes jurídico-políticos que materializavam as diferentes estratégias de resistência de cada Estado no que tangia à exploração de seus recursos naturais por estrangeiros.

Outro aspecto que considero digno de ênfase é citar a ressalva que Travassos fazia à Guiana Inglesa, ao Suriname e à Guiana Francesa. Nesse caso, as facilidades proporcionadas pela geografia do Caribe, diante dos imperativos industriais do poder americano, não se configuravam por lá já que eram espaços diretamente relacionados a potências europeias, no caso a Inglaterra, a Holanda e a França. Embora pudessem funcionar como um verdadeiro "trampolim" para saltar-se na Amazônia, os norte-americanos os respeitavam como um quisto europeu na América do Sul e possíveis aliados, dependendo do caso.[168].

Prossegue Travassos, delimitando a profundidade já alcançado pela penetração da influência norte-americana no Brasil nas proximidades de Manaus, onde se encontram os rios Negro e Solimões.

> De modo geral pode-se dizer que **os vales do Orinoco e do Madalena já foram remontados e o vale do Amazonas já se encontra em jogo, ou seja, o paralelo do Manaus marca aproximadamente o limite do avanço realizado**. (Travassos, 1935, p. 99, grifo próprio).

Travassos (1935) afirmava que se houvesse o domínio econômico ele poderia a ser acompanhado de um eventual domínio militar da "linha de menor resistência" a partir da foz do Madalena e do Orinoco, o que poderia representar o controle, por parte dos EUA, das cabeceiras e da foz do Amazonas, uma das principais bacias hidrográficas sul-americanas:

---

[168] Travassos considerava que quaisquer intervenções do Brasil com eles significavam entrar em rota de colisão com as metrópoles europeias, "ademais o vale amazônico já estava franqueado ao capital americano" (Travassos, 1935, p. 98).

> [...] **o Rio Negro** é chamado a representar sobre essa mesma instabilidade geográfica, quer prolongado pelo Uaupés, sua zona de influência atingindo indireta e **simultaneamente as cabeceiras do Orinoco e do Madalena, quer encarado em seu curso superior (Guiana)** em que o Cassiquiare o comunica com o Orinoco. Não há dúvida sobre que **o Rio Negro** repercute com rara propriedade a influência do **Putumaio sobre o centro de dispersão (Nudo de Pasto) caraterístico da instabilidade geográfica colombiana.**
> (Travassos, 1935, p. 128, grifo próprio).

A representação cartográfica do eixo de penetração descreve os possíveis rumos do poder econômico e militar dos EUA na bacia Amazônia a partir do Mediterrâneo Americano em um virtual cenário de conflito. Modifiquei o mapa de Travassos marcando direções. Observe a Figura 30.

Figura 30 – Mapa do Eixo de Penetração: Madalena – Andes – Foz do Amazonas

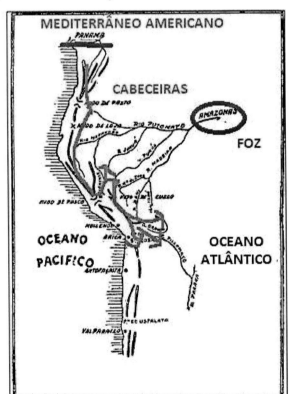

Fonte: elaborada pelo autor, baseado em Travassos (1935, p. 47)

A descrição feita por Travassos sobre os impactos geopolíticos da expansão da esfera de influência norte-americana pelas bacias hidrográficos também foi registrada por outros intelectuais que estudaram a América do Sul. O geógrafo Pierre Deffontaines[169] também descreveu a expansão da órbita de influência dos EUA no continente realçando a exploração econômica no Madalena, lançando luz, justamente sobre como o petróleo dinamizava um feixe de circulação econômica que ligava o Texas à Colômbia.

Para ele, com o término da construção do Canal a posição relativa da Venezuela[170] e da Colômbia[171] no sistema internacional se modifica. Encontrei material do geógrafo francês no qual ele faz uma descrição do mediterrâneo americano. Deffontaines (1965) descreveu o enlace da extremidade noroeste sul-americana por meio dos interesses petrolíferos das grandes empresas norte-americanas do Texas, passando pelo México e chegando à Colômbia e à Venezuela.

> [...] a **abertura do canal do Panamá em 1914** e, em seguida, a descoberta de jazidas de petróleo, em todos os pontos do litoral, primeiro no **Texas** e, a seguir, no **México**, na **Venezuela** e, por fim, na **Colômbia**, trouxeram a estas regiões uma brusca vitalidade, em etapas sucessivas [...]. **Um despertar, ainda mais espetacular, apoderou-se do Madalena, na Colômbia, onde foram descobertas, nas proximidades de Bermejo, jazidas de petróleo, e ricos minérios de ferro,** altos-fornos e laminadoras associadas a grandes represas **hidroelétricas**, obra de engenheiros franceses, instalam-se em Paz del Rio e tomar-se-ão, talvez, o concorrente de Volta Redonda, no Brasil. **A Colômbia entra na era do aço.** (Deffontaines, 1965, p. 21, grifo próprio).

Os EUA expandiam seus interesses econômicos no setor de petróleo e a Colômbia servia, então, como uma das portas de entrada da influência das grandes empresas norte-americanas do setor petrolífero no contexto sul-americano.

---

[169] Geógrafo francês que ajudou a fundar o Instituto de Geografia da Universidade de São Paulo (USP) em 1934.

[170] Segundo o *site* da Organização dos Países Produtores e Exportadores de Petróleo (OPEP), o primeiro poço de petróleo na América do Sul foi aberto na Venezuela, em 1914. O poço foi perfurado pela empresa petrolífera americana Mene Grande Oil Company, na região do Lago de Maracaibo. Ver mais em: https://www.opec.org/opec_web/en/about_us/171.htm.

[171] Segundo Campos (2005), o primeiro poço de petróleo comercial na Colômbia foi aberto em 1921, na região de Barrancabermeja, no departamento de Santander. O poço foi perfurado pela empresa petrolífera americana Tropical Oil Company, que mais tarde se tornaria a Ecopetrol, quando a concessão de Mares foi revertida à nação colombiana.

A dimensão da penetração da influência americana na exploração de petróleo na Colômbia também é corroborada por outros autores. De acordo com Campos (2005 p. 155-156),

> [...] em 1905 promulgou-se o decreto n.º 34/05, ratificado na lei 06/05, por meio da qual o governo colombiano outorgou ao empresário Roberto De Mares a concessão para explorar jazidas de petróleo nas localidades de Carare e Opón.

Segundo o autor citado, o cidadão colombiano Virgílio Barco também recebeu outorga para a exploração de jazidas onde é hoje o Departamento Norte Santander.[172]

Campos (2005, p. 156) afirmou, também, que, entre os anos de 1920 e 1940, "a *Mobil, a Texaco, a Gulf Oil, a Intercol e a Shell* desenvolveram atividades no setor petrolífero na Colômbia mediante contratos de concessão". Tal situação descreve os impactos econômicos do aumento da presença dos interesses das grandes corporações do petróleo na América do Sul, com o aumento da influência econômica sobre a foz do Madalena e do Orinoco, o que estava associada à perfuração de campos de petróleo e a construção de oleodutos.

Já Rovner (2002) afirma que no início da produção de petróleo na Colômbia se deu em 1921, com o funcionamento da refinaria de *Barrancabermeja* na bacia do rio Madalena. Os oleodutos foram construídos conectando o mar do Caribe colombiano até o vale do rio Madalena. A construção se tornou possível a partir da associação às grandes empresas norte-americanas do setor petrolífero.

Rovner (2002) afirmava, ainda, que a concessão "De Mares"[173] foi administrada pela *Tropical Oil Company*, uma subsidiaria da empresa *Standard Oil de New Jersey*, que foi nacionalizada quando da fundação da Companhia Estatal Empresa Colombiana de Petróleo, Ecopetrol, em 1951.

> Em 1916, Crawford, Trees e Benedum fundaram a Tropical Oil Company em Wilmington, Delaware. Três anos depois, o governo colombiano aprovou a transferência da concessão

---

[172]

[173] Um cidadão colombiano que, em 1905, recebeu do governo da Colômbia, a concessão para explorar petróleo no subsolo colombiano. Em 1915, e por acaso, De Mares conheceu o especulador americano John Leonard, que se interessou pelo negócio. Leonard viajou para fechar o que ficaria conhecido como a Concessão De Mares e em seu retorno ao seu país contactou três de seus compatriotas: George Crawford, Joseph Trees e Michael Bendedum. Anos depois, este último narrou o fascínio que a área lhe causou onde a terra cheirava a petróleo. (Rovner, 2002).

> para a Tropical Oil Company e quatro anos depois suas ações foram vendidas para a International Petroleum Company de Toronto, subsidiária da poderosa Standard Oil de Nova Jersey. **Assim, a Standard assumiu os promissores campos de petróleo da Concessão de Mares, que em 1927 representava sua principal fonte de exploração fora dos Estados Unidos**. (Rovner, 2002, p. 120-121, grifo próprio).

Então, nos anos 1930, a porção noroeste do continente já figurava sob a esfera de influência geopolítica dos EUA. Em consequência, a expansão dessa área de influência afastava os países caribenhos das pretensões travassianas, utópicas ou não, de integração. Ao mesmo tempo, o que Travassos encontrava no restante do continente era um espaço compartimentalizado e sob a influência dominante da geopolítica platina da Argentina.

Vlach (2012) fez, no meu entendimento, um questionamento que é chave:

> Podemos nos perguntar se, de maneira ainda mais perspicaz, **Travassos** não estaria **sugerindo ao Estado brasileiro** que promovesse os meios para **tentar diminuir a influência dos Estados Unidos na região**, começando pela definição de estratégias para o desenvolvimento das redes de transporte. (Vlach, 2012, p. 5, grifo próprio).

A partir dessa premissa, descreverei a forma como Travassos mapeará espaços críticos e elencará desafios a serem superados no bojo de uma proposta eminentemente geopolítica de integrar a região que, apesar de ainda não consolidada, permanece instigante até os dias de hoje.

3.3 COMPARTIMENTOS GEOPOLÍTICOS SUL-AMERICANOS: O DESAFIO GEOGRÁFICO

Descreverei os aspectos geográficos sul-americanos, trazendo uma reinterpretação da obra de Travassos (1935) centrada na premissa que o papel coordenador do Brasil era a um só tempo um intento de resistir às ameaças expansionistas provenientes do Caribe e do Prata e paralelamente, "mostrar que a política territorial é uma das armas mais consequentes para transformar em realidade a ambição brasileira de exercer hegemonia na América do Sul" (Vlach, 2012, p. 5).

Verei o conceito de antagonismo geográficos de Travassos sob o viés do conceito de compartimentos geopolíticos. Para uni-los, tem-se um desafio que demandava ações integradoras do Brasil em um continente descrito por Travassos como dividido e disputado com a Argentina.

Figura 31 – Os antagonismos geográficos sul-americanos

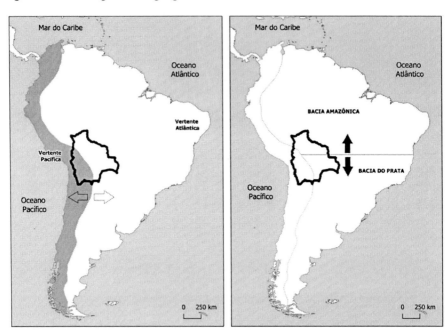

Fonte: elaborada pelo autor

O termo compartimento geopolítico foi o que considerei mais adequado para descrever o modo como os aspectos geográficos da América do Sul foram representados por Travassos, como ponto de partida, na obra *Projeção Continental do Brasil*. A proposta de superação dessa condição será encontrada em uma releitura que também faço da proposta de Travassos, baseada na ação política direcionada dos homens de Estado, tendo em consideração um olhar regional integrado do Brasil e da América do Sul. De acordo com Vlach:

> Travassos espera que o governo resultante da **"Revolução" de 1930 compreenda** o papel fundamental que as **redes de transporte exercem em países de grande dimensão territorial**, com o interior praticamente despovoado. Em escala nacional, o desenvolvimento de uma política de transportes contribuiria para **favorecer a ocupação do interior,** o que, de maneira gradativa, intensificaria as relações entre as regiões brasileiras. Compreende-se, assim, a referência que faz ao papel político dos **"homens de Estado" (leia-se Vargas) junto às "coletividades que dirigem"**. (Vlach, 2012, p. 5, grifo próprio).

Desse modo, não somente os EUA que preocupava o militar brasileiro. O Brasil que surgia pós-Revolução de 30 deveria reagir para superar os desafios impostos pela geopolítica platina argentina na direção dos países mediterrâneos, da cordilheira dos Andes e do divórcio aquático entre as duas principais bacias hidrográficas.

Entendo que a compartimentalização geopolítica que caracteriza a América do Sul era expressa por Travassos pelo conceito de antagonismo geográfico. O que se dava entre os oceanos Pacífico e Atlântico e entre as bacias platina e amazônica (Figura 31). Para chegar nesse conceito considerou-se os fenômenos econômicos e políticos que se processavam no espaço sul-americano e em seu entorno marítimo imediato. Para tanto, admitiu-se a influência de aspectos fisiográficos sobre eles fazendo da Bolívia e de suas conexões com o Brasil e a Argentina o módulo central para o entendimento e superação desse problema.

Na perspectiva adotada por Travassos, as relações comerciais e políticas entre os Estados sul-americanos eram, em grande medida, condicionadas pela disputa por áreas de influências entre o Brasil e a Argentina visando alcançar portos e áreas mais favoráveis ao comércio nas vertentes dos oceanos Pacífico e Atlântico. Subdividindo as esferas de influência na vertente atlântica, o problema recaia sobre as tensões com raízes geo-históricas[174] entre brasileiros e argentinos na Bacia do Rio da Prata.

O Pacífico foi classificado por Travassos como "o mar solitário", um oceano de feixes de circulação regionais, das "extensões sem fim", com baixa densidade demográfica em sua costa oeste sul-americana. Já na porção Leste do continente, o Atlântico era como aquele cujas águas "são as mais frequentadas do globo" (Travassos, 1935, p. 20).

O dinamismo econômico do Atlântico à época deveria ser o motivo para a atração das áreas mais isoladas dos Andes e da hinterlândia sul-americana e, portanto, o trunfo geopolítico do Brasil, país com vasto litoral e portos mais próximos da Europa do que os Argentinos. Essa situação geográfica credenciava o Brasil a ser a ponte entre as economias de países mediterrâneos como o Paraguai e a Bolívia e os mercados Europeus e da costa Leste dos EUA, os mais dinâmicos da época.

---

[174] A Geografia Histórica também é fundamentalmente um estudo geográfico: ela coloca questões geográficas ao passado, e oferece uma perspectiva histórica sobre a organização do espaço. (Baker, 1992 *apud* Lahuerta, 2009, p. 8).

As ações preconizadas por Mario Travassos, em particular sobre a Bolívia, se relacionavam ao fomento da pluralidade de transportes (ferrovias, hidrovias, rodovias, aerovias etc.) no Brasil. A observação do mapa sobre os antagonismos geográficos é complementada pela descrição das vertentes do Atlântico e do Pacífico e das ações sugeridas por Travassos para superar os antagonismos. Observe o Quadro 4.

Quadro 4 – Antagonismo Pacífico *versus* Atlântico

Antagonismo Pacífico *versus* Atlântico	Ação integradora
Vertente do Pacífico – Área formada por Estados "apertados" por estreita faixa litorânea da vertente ocidental e pelos profundos vales andinos, obrigados a transpor o Panamá, ou dar volta pelo Estreito de Magalhães, para se comunicarem com os grandes centros da civilização moderna. – Um litoral muitas vezes inóspito e excêntrico às grandes vias de comunicação marítima dos anos 1930. Interior sistematicamente montanhoso, convidativo, pelo clima e pela <u>produção a estabelecer comunicações longitudinais</u>, paralelas às cristas das grandes massas integrantes da Cordilheira. – Travassos usa o termo **"divórcio aquático"** para descrever a separação promovida pelo <u>imenso divisor de água andino</u> que geraria na vertente pacífica isolamento marítimo relativo, produção e comunicações que em áreas com características montanhosas propiciavam uma "mentalidade mineira"[175] e tendências sociais estáticas. **O Vertente do Atlântico** – Área formada por extenso litoral existente na vertente oriental, do mesmo modo, harmonizada com o oceano Atlântico que lhe banha o litoral	**Coordenar a criação de acesso bioceânico seguro para o Brasil** – Segundo Travassos o antagonismo "Pacífico versus Atlântico" tratava da secular busca de saídas para mares diferentes. A definição de políticas e as ações estratégicas delas decorrentes se dão em torno dos dois principais estados polarizadores da região: o Brasil e a Argentina, ambos com litoral no Atlântico Sul. Ambos procuravam gerar condições seguras para ter acesso bioceânico. Caberia ao Brasil neutralizar pacificamente o movimento argentino e capitanear as ações no sentido de criar acessos bioceânicos seguros.

---

[175] Travassos provavelmente se referia a aspectos cultuais moldados por séculos de trabalho árduo nas minas, gerando resiliência e propensão à solidariedade comunitária.

Antagonismo Pacífico *versus* Atlântico	Ação integradora
– As terras, e com elas as águas, alongam-se, desde os confins mediterrâneos da América do Sul, até alcançarem, tranquilas, o oceano.	
– O Atlântico vinculava destarte o interior aos grandes feixes de circulação marítima mundiais.	
– É uma região de atividade pastoril e agrícola e espírito dinâmico.	
– Na vertente atlântica, existem longas e vastas bacias hidrográficas. Imensos rios navegáveis, mesmo nos confins mediterrâneos.	
– O litoral é fortemente articulado, bordando extenso e rico planalto continental. Costas de condensação[176] próximas a importantes feixes de comunicação marítima	

Fonte: elaborado pelo autor

O tema central do Quadro 4 são os antagonismos oceânicos, mas não ficava somente nisso. Na América do Sul, duas vertentes se contradiziam a partir dos Andes, considerado por Travassos como a espinha dorsal do continente.

A partir do Pacífico, os países andinos deveriam ser atraídos por um sistema de transporte que articulasse a hinterlândia nacional e o "além-fronteira" com o litoral Atlântico. Isso poderia se induzido, por exemplo, com o Plano de Viação de 1934 do governo Vargas.[177] Travassos relacionava isso ao fato do Atlântico, a leste, possuir navegação intensiva com alcance de circulação intercontinental.

> O **trato amazônico,** pelas **naturais possibilidades carreadoras do Amazonas,** vale por si mesmo. O **trato mato-grossense**, por sua posição, **prolongando os territórios litorâneos,** permite, por vias terrestres estabelecidas em concordância, grande **poder carreador** dos **confins mediterrâneos rumo ao oceano.** (Travassos, 1935, p. 149, grifo próprio).

---

[176] Em Travassos, a ideia geográfica de condensação se dá à medida que ocorrem os adensamentos populacionais e urbanos junto ao litoral.

[177] Travassos considerava que o Plano de Viação Nacional, sancionado em 29 de junho de 1934, "deve ser considerado como a mais perfeita concepção circulatória que deveria se projetar para nosso país" (Travassos, 1942, p. 195).

Andes, Amazônia, Mato Grosso e a vertente do Atlântico formavam um eixo de circulação essencial para desconectar a Bolívia e o Paraguai da influência do Porto de Buenos Aires. A Figura 32 ilustra o potencial carreador ou de atração do Brasil Amazônica na direção do Atlântico Sul, agindo na descompartimentação geopolítica da América do Sul em favor do Brasil.[178]

Figura 32 – Força centrípeta do Brasil Amazônico

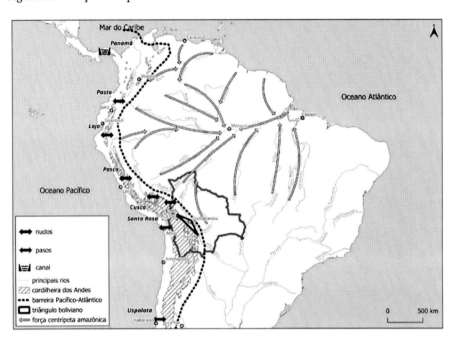

Fonte: elaborada pelo autor

O Brasil Amazônico seria, portanto, potencializado por comunicações longitudinais[179] que ligariam a vertente andina do Pacífico e a Bolívia à Belém na foz do Amazonas. Para o Travassos, essa operação somente seria possível por causa da existência de *Pasos* e *Nudos* nos Andes. Esses seriam os pontos de conexão leste-oeste por onde poderiam circular mer-

---

[178] A ideia central seria o fomento da integração viária sul-americana, superando barreiras físicas e socioeconômicas. Isso é essencial pois Travassos enfatiza a conectividade interna e o controle da massa continental à medida que valoriza o acesso e controle das rotas marítimas e costeiras.

[179] Segundo Travassos (1935), os Andes apresentam longitudinalmente três zonas distintas: a costeira, a montanhosa e a oriental.

cadorias, dinheiro, riquezas entre as vertentes oceânicas, sob o controle brasileiro. Os *pasos* ou passagens naturais são acessos entre as montanhas andinas que permitem o contato entre as duas vertentes oceânicas. Já os nós apresentam-se na forma de planaltos que circundam um pico, se constituindo em feixes de dispersão de águas.

Travassos também relacionava a importância dos *nudos* para as comunicações longitudinais fruto da posição que eles ocupavam em relação ao anfiteatro amazônico. Esta conexão iria ocorrer a partir de três países andinos: Colômbia (Pasto), Equador (Loja) e Peru (Pasco e Cusco).

No tocante ao encaixe das duas principais bacias hidrográficas da América do Sul, o objetivo seria o controle do triângulo estratégico boliviano, a área pivô continental. Para tanto, seria necessário ao Brasil controlar o vértice do triângulo representado pela cidade de Santa Cruz de La Sierra[180], que seria conectada por via ferroviária à Puerto Suarez, Corumbá (hoje no Mato Grosso do Sul) e, depois, ao Porto de Santos (São Paulo). Ao mesmo tempo, mais ao norte, o intento era associar a Bacia do Rio Grande (Beni, Madre de Dios e Mamoré) ao Rio Madeira um dos tributários da Bacia Amazônica, o que pode ser explicado a partir do Quadro 5.

Quadro 5 – O Antagonismo Amazonas versus Prata

Antagonismo "Amazonas" *versus* "Prata"	Ação integradora
Bacia do Amazonas – Situada na porção norte da vertente atlântica, abrange uma área de aproximadamente 7 milhões de quilômetros quadrados. O maior volume de águas da bacia amazônica corre na direção geral do norte, recebendo em seu longo curso afluentes repartidos ao norte e ao sul da linha do Equador. – O Amazonas esbarra com o oceano atlântico na faixa equatorial do território brasileiro e frente ao feixe de circulação marítima mais importante do Atlântico Sul.	**Coordenar acesso seguro às bacias transfronteiriças do continente** – Travassos entendia que o antagonismo "Amazonas versus Prata" expressava uma luta multissecular entre a Argentina (potência dominante na bacia do Prata) e o Brasil (potência dominante da bacia Amazônica).

---

[180] Santa Cruz de La Sierra, na década de 1930, era considerada por Travassos como o principal centro produtor da hinterlândia: "pradarias e rebanhos sem fim, borracha e trigo são característicos suficientes para a qualificação econômica dessa zona" (Travassos, 1935, p. 44).

Antagonismo "Amazonas" *versus* "Prata"	Ação integradora
- O Brasil controla a foz amazônica, mas não tem o domínio das cabeceiras dos principais rios formadores, quais sejam o Maranhão, o Negro e o Beni situados no Peru, na Colômbia e na Bolívia, respectivamente. **Bacia do Prata** – Bacia hidrográfica situado na porção sul da vertente atlântica com uma área de aproximadamente 3,14 milhões de quilômetros quadrados, sendo a segunda maior em extensão da América do Sul. – A Argentina <u>controla sua foz</u>, mas não tem o domínio sobre as cabeceiras dos rios Paraná, Uruguai e Paraguai, que estão situadas respectivamente, entre **Santa Cataria e Rio Grande do Sul, no triângulo mineiro (MG), e na chapada dos Parecis (MT).** – O Prata, em seu desenvolvimento, enfeixa toda uma extensa bacia que desemboca ao sul do trópico de capricórnio, frente a feixes secundários de circulação marítima no Atlântico Sul.	– O domínio da foz ou das cabeceiras influencia na formulação de políticas que otimizem o uso econômico dessas bacias transfronteiriças. Nesse caso, a existência de países mediterrâneos - o caso da Bolívia e do Paraguai – confunde-se com o antagonismo "Pacífico *versus* Atlântico", o que constitui o palco para a eclosão de fenômenos geopolíticos de repercussão continental. – Nesse caso, segundo Travassos, a vantagem no tabuleiro era do Estado Argentino, remontando a bacia do Prata por vales e divisores para além da orbita hidrográfica, fruto de uma bem-sucedida política de transporte ferroviário, multiplicadora de poder econômico e/ou militar da argentina na região.

Fonte: elaborado pelo autor

A questão da integração da Bolívia aos Brasis Amazônico e Platino, contudo, ia para além de superar distâncias ou conectar cursos d'água. Em primeiro lugar, um desafio era lidar com os ressentimentos oriundos da transformação da Bolívia em país mediterrâneo, o que foi fruto de sua competição por espaço e poder com o Chile, o Peru, o Brasil, o Paraguai e a Argentina.

Os bolivianos, além de estarem situados na interface das duas principais bacias do continente, sofreram perdas territoriais vitais, dentre elas o seu acesso ao mar (Figura 33). O "ponto dolorido", citado por Travassos, transformava a Bolívia em caso paradigmático para o entendimento das instabilidades ligadas à configuração geopolítica sul-americana[181].

---

[181] A Bolívia perdeu gigantescas extensões territoriais para os seus vizinhos. Para se ter uma ideia, em 1825, ano da independência boliviana, o país contava com mais de 2.3 milhões de km2, contra menos de 1.1 milhões de km2 atualmente.

Figura 33 – *Punctun Dolens*: perdas territoriais da Bolívia

Fonte: Diniz e Campolina (2006, p. 517)

O problema da instabilidade geográfico-política boliviana está relacionado à sua condição de país mediterrâneo, a busca pelo acesso ao mar representa a sobrevivência de seu comércio e contato político com o mundo exterior.

De fato, considero que o potencial de conflito existente no centro do continente mantém ainda hoje uma condição ameaçadora para a paz sul-americana já que oporia, por diferentes razões, a Argentina, o Brasil e o Chile, os Estados do A.B.C.

A latência do conflito pode ser deduzida da comparação entre o mapa das perdas territoriais bolivianas, com foco na Guerra do Pacífico, e o formato do emblema que o Exército boliviano criou em 1981 para o curso de *Satinadores*, uma tropa de características especiais.[182]

Figura 34 – Símbolo dos Satinadores

Fonte: Exército Boliviano (2023)

No emblema das forças especiais do Exército boliviano, as garras do Condor com o machado Inca, voltam-se para a região de Antofagasta, atualmente no Chile (reveja a Figura 34). Essa evidência corrobora, conforme alertou no passado Travassos (1935), que persiste um ponto dolorido no coração continental, um campo de forças em conflito latente com grande potencial de desestabilização regional.

---

[182] A Escola Condor Boliviano iniciou oficialmente suas atividades em 16 de março de 1981. Ver mais em: https://ejercito.mil.bo/then3wpag/files/satinador.php.

Como apresentei anteriormente neste capítulo, Travassos (1935) se baseou no exame da fisiografia da América do Sul para esboçar seu plano de projeção baseado na integração dos modais de transporte. Afirmo que foi clara a influência do pensamento geopolítico europeu em sua obra, mas reputo aos ensinamentos de Delgado de Carvalho, geógrafo brasileiro, o fato fundamental para que se possa entender a sua visão sobre a unidade geopolítica sul-americana.

Nesse caso, mostrarei a seguir que resposta de Travassos viria sob a forma de um novo olhar para a organização regional brasileira, uma perspectiva que usava ensinamentos do geógrafo Delgado de Carvalho para formular a resposta brasileira para integrar um continente compartimentalizado geograficamente.

3.4 "QUATRO BRASIS": A DESCOMPARTIMENTAÇÃO GEOPOLÍTICA

Travassos (1935) foi o primeiro geopolítico brasileiro a defender uma necessidade imperiosa de se alcançar e conectar via transporte a costa Pacífica ao litoral Atlântico, aliando-se ao conceito de destino manifesto do Brasil de integrar a América do Sul. Para tanto, ele partia da análise da rivalidade Argentina-Brasil na disputa pela supremacia geopolítica sul-americana.

Nesse sentido, Vlach (2012) toca no ponto que considero essencial para o desenvolvimento desse que é a última seção do capítulo, pois Travassos:

> [...] faz uma análise da posição do Brasil na América do Sul a partir de um projeto maior: **o de exercer influência política (isto é, hegemonia) na região.** É esse o verdadeiro sentido de *Projeção Continental do Brasil*, que não escapou aos contemporâneos. (dentre os quais seus editores). (Vlach, 2012, p. 4, grifo próprio).

A constatação inicial de Travassos era que a Argentina, no início da década de 1930, possuía uma nítida vantagem em relação ao Brasil quando o tema era a integração ferroviária de Buenos Aires com as capitais da Bolívia, do Paraguai, do Chile e do Peru. Para Travassos, havia mesmo um "caráter expansionista da política de comunicação platina" (Travassos, 1935, p. 30).

A projeção platina criava um sistema bem integrado de ferroviais que potencializa a força centrípeta do porto de Buenos Aires (Figura 35) dobrando os trilhos com as vias navegáveis entre a Bacia do Prata, os Andes e a vertente do Pacífico da América do Sul.

Figura 35 – Mapa das conexões ferroviárias argentinas

Fonte: Travassos (1935, p. 31)

Além das ferrovias que se direcionavam para os altiplanos e o pacífico, os feixes de circulação se posicionavam em relação a Assunção, dobrando a via fluvial para "assegurar o contato (Concordia - Salto), entre as redes ferroviárias da Argentina e do Uruguai" (Travassos, 1935, p. 32).

No caso boliviano, a ferrovia levava os argentinos até o triângulo geográfico no coração do continente, se posicionando à montante dos rios Beni, Madre de Dios e Mamoré. Tais rios também conectam a Bolívia à Bacia Amazônica brasileira.

Na direção do oceano Pacífico, os argentinos também chegavam por via férrea até Santiago (e Valparaiso), vinculando a riqueza mineral andina com o seu movimentado porto no estuário do Prata. Já com a Bolívia, chegava até a capital La Paz, pela "soldagem em Tupiza, da via argentina, com as linhas bolivianas, após seus trilhos percorrerem até La Quiaca aproximadamente 1.795 km" (Travassos, 1935, p. 32).

Travassos, com as devidas proporções, utilizou um raciocínio semelhante ao utilizado por Halford Mackinder para o caso da Eurásia. Ele temia a consolidação da Argentina, com forte vocação marítima, em uma potência bioceânica, o que a transformaria na principal potência sul-americana.

A questão era impedir que os argentinos consolidassem suas rotas para o litoral Pacífico e controlassem geopoliticamente a porção central da massa continental sul-americana: "Do ponto de vista regional, trata-se, pois, de neutralizar a influência argentina, cujo vetor principal é a influência que Buenos Aires exerce na Bacia do Prata" (Vlach, 2012, p. 4).

Desse modo, a atração geopolítica do Paraguai e da Bolívia para a órbita de influência argentina abria as áreas de mineração, petróleo e agricultura nos espaços interiores junto ao coração geopolítico sul-americano.

Os argentinos, usando os rios das bacias hidrográficas do Paraná (Paraguai, Uruguai e Paraná) e as ferrovias, direcionavam os fluxos de mercadorias e recursos de tais países para o sistema portuário platino formado por Buenos Aires, Rosário e Santa Fé, direcionando geograficamente o comércio exterior da Bolívia e do Paraguai da América do Sul.

A rede ferroviária argentina já percorria 1.795 km de Buenos Aires até La Quiaca, que é a cidade mais ao extremo norte da Argentina, numa altitude de 3442 metros acima do nível do mar. A partir desse ponto se soldavam a Tupiza e seguiam até La Paz que não só favorecia a multiplicação de contatos com a vertente do Pacífico, como estava em posição estratégica para construção de ligações intermodais transversais (Travassos usa o termo pluralidade dos transportes), passando pelo Heartland continental.

Travassos tinha a solução para uma reconfiguração geopolítica em favor do Brasil. A resposta dele em relação à Argentina é melhor entendida levando em consideração que a Projeção Continental foi escrita à luz do nacionalismo da Revolução de Trinta de Getúlio Vargas[183]. De acordo com Vânia Vlach (2012), esse fato contribuiu para o desenvolvimento da geopolítica brasileira comprometida com a construção de uma grande estratégia de Estado

> Não é por acaso que **Travassos propõe, com muita sutileza, que Vargas (cujo nome não cita) defina uma infra-estrutura no setor de transportes**, baseada "nas linhas naturais ou geográficas de circulação do próprio território

---

[183] O Decreto n.º 24.497 de 29 de junho de 1934 foi assinado por Getúlio Vargas e José Américo de Almeida, Presidente e Ministro de Viação e Obra Públicas, bem como dois militares, o Almirante Protogenes Guimarães Pereira, então Ministro da Marinha, e o General Góis Monteiro, então chefe do Estado-Maior do Exército.

> e contendo as adaptações ou variantes que as **possibili-
> dades humanas põem hoje ao serviço dos homens de
> Estado para a consecução das finalidades políticas das
> coletividades que dirigem.** (Vlach, 2012, p. 1, grifo próprio).

Em 1934, foi lançado, por meio do decreto 24.497, o Plano de Viação Nacional. O empreendimento visava atender preocupações de ordem política, econômica e militar, em relação à rede de transportes brasileira no território. Assim, houve a ênfase por parte do Estado brasileiro na integração nacional e na vigilância e defesa das fronteiras à Oeste. A autora se questionava em que medida o governo Vargas, quando elaborou esse plano de viação, não teria levado em conta algumas reflexões de Travassos existentes na obra *Projeção Continental do Brasil*. Embora posteriormente alterado, o plano consistiu na primeira etapa de uma política nacional de comunicações (Vlach, 2012).

Travassos esperava que a política se concretizasse pela pluralidade de meios de transporte, e supunha que a definição das prioridades no setor (posto que os recursos financeiros eram insuficientes) indicasse os rumos a fim de favorecer a projeção dos interesses do Brasil no continente (Vlach, 2012).

Diante desse cenário, Travassos buscou dar sua própria resposta a fim de fazer frente aos movimentos argentinos no continente no estabelecimento de conexões no campo dos transportes. Com efeito, fez uma adaptação da regionalização do Brasil do geógrafo Delgado de Carvalho[184] (Figura 36).

Com base na combinação de elementos oriundos das matrizes teóricas francesa e alemã, Delgado organizou seu programa de ensino da Geografia Política no Brasil e lecionou em escolas militares de formação e aperfeiçoamento de oficiais ao longo da década de 1920. Ele estabeleceu suas noções gerais e o objeto. Entre os temas tradicionais elencados estavam a mobilidade dos povos; a formação, tipos e evolução do Estado; a posição e o espaço (segundo as teorias de Supan e Ratzel); o estudo das fronteiras e das cidades (Carvalho, 1929).

Isto posto, relacionar Travassos à Delgado de Carvalho consistiu, primeiramente, em entender que Vertente Oriental dos Planaltos e o nordeste Subequatorial eram o prolongamento uma da outra e formavam o "Brasil Longitudinal" de Travassos. Esse novo recorte regional travassiano

---

[184] A divisão regional vigente era a de 1913, proposta pelo geógrafo Delgado de Carvalho e dividindo o Brasil em cinco regiões naturais, baseando-se no relevo, na hidrografia e na vegetação sob um olhar de síntese.

teria um papel funcional de estabelecer a ligação viária entre os "Brasis" Amazônico e Platino.

Por conseguinte, ao entender a regionalização do Brasil a partir de Delgado de Carvalho e a conectá-la, como queria seu mestre, à posição geográfica e vizinhança internacional, o autor da Projeção Continental também dava um passo importante no intento de se integrar o país ao continente sul-americano, por meio de um sistema de transporte planejado pelo Estado varguista.

Nesse recorte regional, o país era dividido em quatro partes não estanques com vocações fisiográficas e funções bem determinadas que poderiam ser levadas em consideração quando o assunto era a integração viária do continente como um todo.

A visão integrada dessas regiões seria a chave do problema da compartimentação geopolítica pois responderia também à questão da integração viária continental. É nesse ponto que a contribuição do geógrafo Delgado de Carvalho se faz essencial (Figura 36).

Figura 36 – Os "quatro Brasis" de Travassos

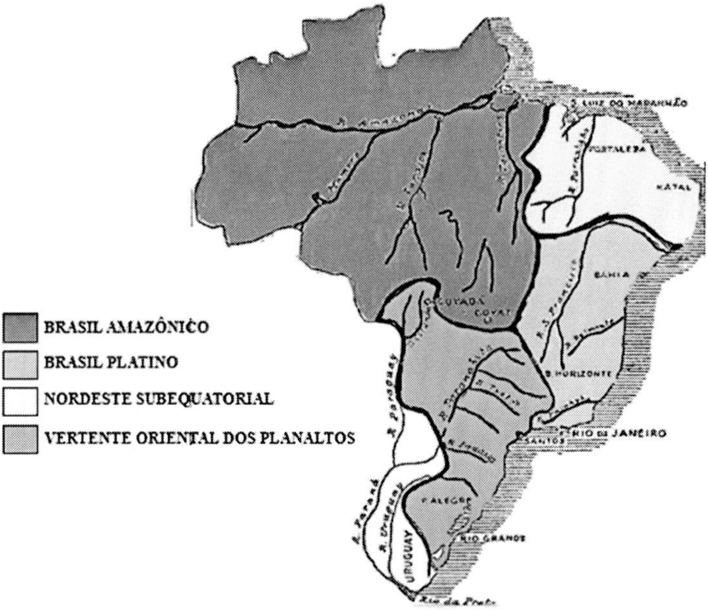

Fonte: elaborada pelo autor

O Brasil foi concebido por Travassos como um país do tipo continental-marítimo, longilíneo e banhado pelo Atlântico. A partir disso a visão integrada dos "Quatro Brasis" também encerrou um olhar sobre a distribuição de bacias hidrográficas que servem de fulcro para a divisão do território brasileiro em regiões naturais: em um sentido horário as Bacias Amazônica, do Paranaíba, do São Francisco e do Prata irrigam o espaço nacional subordinando-o ao Atlântico. É justamente nesse ponto que a sobreposição de trilhos e rodovias criaria uma malha de transportes mais densa no território. Entendo, a partir de Travassos, que a criação de uma lógica de circulação multimodal capaz de articular os eixos norte-sul e leste-oeste do continente romperia os "antagonismos geográficos" entre a Amazônia e a Bacia do Prata e entre o Atlântico e o Pacífico.

De acordo com Travassos, era somente sob o domínio da "pluralidade dos transportes" que o Brasil exprimirá toda a força de sua imensa projeção coordenadora no cenário da política e economia continental:

> Consideradas também a extensão e natureza das fronteiras terrestres com os hispano-americanos (vivas quanto ao **Brasil Platino** e ainda mais ou menos mortas quanto ao **Brasil Amazônico**) e o **predomínio econômico da vertente atlântica sobre a do Pacífico**, resta evidente a importância decisiva desses dois brasis nos vastos domínios, não só da **política interna**, como nos da **política continental**. (Travassos, 1935. p. 72, grifo próprio).

A integração dos "quatro Brasis" passaria pelos vastos domínios, praticamente anecúmenos (despovoados) dos espaços interiores do continente, e alcançaria o triângulo econômico Cochabamba-Santa Cruz de La Sierra- Sucre, desencadeando uma espécie de descompartimentação geopolítica[185] da América do Sul.

Essa estratégia somente teria lugar com um plano viário adequado às condições fisiográficas do continente, devido ao fato do "notável Carrefour econômico" que está localizado no centro geográfico sul-americano, voltar-se para o Brasil, em especial para a região adjacente ao estado de Mato Grosso em pleno coração continental. Portanto,

> Mato Grosso é assim a **grande esquina de nosso território em pleno coração da massa continental**, lá onde se cruzam os mais graves problemas decorrentes da competição entre

---

[185] Termo que uso para descrever o modo como a integração das vias de comunicação pode superar as condicionantes geográficas impostas pelos antagonismos.

o Prata e o Amazonas e onde o Atlântico encontra um dos mais profundos e acertados pontos de aplicação para seu antagonismo em relação ao Pacífico. (Travassos, 1935, p. 203, grifo próprio).

A ferrovia noroeste do Brasil era a chave da estratégia viária de se criar no centro-oeste uma grande malha irradiadora e receptora das principais artérias econômicas e políticas representadas pelo sistema viário do continente, destacando a conexão entre o porto de Santos e Corumbá (Figura 37).

Figura 37 – Mapa da conexão litoral atlântico-Heartland

Fonte: adaptado de Vlach (2012, p. 6)

A partir da vertente atlântica, o acesso ao triângulo econômico sul-americano seria viável devido ao papel que Corumbá poderia vir a ter criando uma área de soldadura entre a Bolívia e o centro-oeste brasileiro (Figura 37). O caminho seria feito de volta ao litoral atlântico por trilhos até o porto de Santos (SP).

A partir da área onde foi situado por Travassos o coração estratégico do continente, se anulariam as manifestas "forças dissociadoras" que demandavam a Bolívia em diferentes direções: do Pacífico, do Caribe, do Chaco, da Bacia Platina e da Amazônia.

> E na fiel expressão dessa miniatura, cumpre ressaltar Santa Cruz de la Sierra, justo **a região em que tendem a manifestar-se todas as forças dissociadoras da Bolívia mediterrânea, região em que essas forças encontram seu verdadeiro ponto de aplicação.** (Travassos, 1935, p. 80, grifo próprio).

A perspectiva gerada pela construção do Canal do Panamá está presente, direta ou indiretamente, em todas essas reflexões. Foi com base na posição estratégica da vizinha Bolívia para os interesses brasileiros na América do Sul que foi realçada a influência norte-americana, como um problema para o futuro da região. O cenário vislumbrado por Travassos era que a transformação do "mediterrâneo americano" em incubadora da influência Yankee já se configurava em um foco da instabilidade.

Travassos, por fim, deduziu os possíveis "rumos à influência Yankee" na América do Sul diante do campo de forças gerado por pressões econômicas e políticas cujo epicentro era o Canal do Panamá.

A resposta de Travassos se deu na forma de sugestão aos homens de Estado: estabelecer uma correta política de comunicações, centrada na pluralidade dos transportes, permitindo a convergência de áreas desde a vertente do Pacífico, passando pelo âmago da América do Sul, até o "Brasil Longitudinal".

Esse é o legado do pensamento de Travassos: possibilitar a conexão leste-oeste e norte-sul no continente, moldando a configuração geopolítica sul-americana em favor dos interesses brasileiros e em oposição a modelos centrados em potências extrarregionais.[186]

---

[186] A definição do que é o interesse brasileiro (interesse nacional) é muito complexa e pode facilmente cair em uma perspectiva excludente e corporativista. Ela precisa ser democraticamente abordada pois sem a definição clara de uma estratégia nacional de desenvolvimento, integração e segurança, estaremos fadados a "inventar a roda" cada vez que houver uma nova eleição para o Executivo.

CONCLUSÃO

Este livro teve como objetivo caracterizar os impactos geopolíticos do Canal do Panamá na política externa dos Estados Unidos em relação à América do Sul. A pesquisa abrangeu o período compreendido entre a proclamação da Doutrina Monroe, em 1823, e a eclosão da Segunda Guerra Mundial. Assim, os impactos do Canal do Panamá foram descritos sob a perspectiva da evolução geopolítica da Doutrina Monroe, colocando frente a frente dois autores: o norte-americano Nicholas John Spykman e o brasileiro Mário Travassos.

Os principais achados indicam que o Canal é um objetivo de Estado, uma estratégia de longa duração embutida na Doutrina Monroe e no Destino Manifesto. Sob o controle estadunidense, representou o papel de pivô geográfico da Talassocracia, articulando os espaços "Cisatlântico" e "Transpacífico".

Consequentemente, a transformação do Caribe em Mediterrâneo Americano expressou a seletividade territorial da Doutrina Monroe em relação à América do Sul, defendida por Nicholas Spykman, que caracterizou os países banhados pelo Caribe como um "mundo intermediário entre o Norte e o Sul" do Hemisfério (Spykman, 1942). Essa condição apresenta-se como um contraponto essencial para entender o pensamento de Mário Travassos sobre o papel geopolítico do Brasil como integrador da América do Sul.

Assim, o pensamento geopolítico Travassos refletiu uma visão da América do Sul que parte da premissa de que o Brasil era vocacionado para liderar as ações de integração viária no continente.

No primeiro capítulo da obra, procurei caracterizar a variável teórica "Canal do Panamá" à luz da evolução geopolítica da Doutrina Monroe. Apreendi essa evolução como um processo que associou a projeção de poder militar e comercial ao alargamento geográfico da esfera de influência dos Estados Unidos no Hemisfério Ocidental, que encontrou na América do Sul uma diversificação de propósitos.

Os contornos geográficos dos primeiros projetos de conexão através do istmo entre o Atlântico e o Pacífico já haviam sido delineados pelos espanhóis e iniciado pelos franceses. Compreendi que o empreendimento dos Estados Unidos representou uma espécie de continuidade do que o Ocidente iniciou no Caribe com as viagens de Cristóvão Colombo (1502–1504) e Vasco Núñez de Balboa (1513), culminando na descoberta do Mar do Sul.

Naquela época, o interesse da Espanha concentrava-se na criação de uma rota que facilitasse o escoamento das riquezas do Pacífico andino para o Atlântico, com a abertura do rio Chagres à navegação. Essa estratégia de conexão através do istmo serviu como referência para o início da construção do Canal do Panamá, iniciada pelo francês Ferdinand de Lesseps em 1880.

Com a perda de potência militar e econômica da Espanha, a Inglaterra tornou-se a próxima potência europeia a tentar transformar o Caribe em uma extensão de sua esfera de influência, visando controlar os espaços de conexão Atlântico-Pacífico no hemisfério ocidental. A presença inglesa, juntamente de outras potências, como a França, serviu como parâmetro e motivação para o desenvolvimento da política externa norte-americana ao longo do século XIX no Caribe.

Dessa forma, percebi que o despertar do interesse norte-americano por um canal através do istmo ocorreu após a proclamação da Doutrina Monroe em 1823. Essa doutrina consolidou-se como um princípio duradouro de política externa, sendo constantemente ativada por sucessivos presidentes e intelectuais diante da percepção de ameaças à liderança dos Estados Unidos no Hemisfério Ocidental, uma noção geográfica criada pela própria Doutrina Monroe.

Quadro 6 – Origem da Doutrina Monroe

Presidente	Fonte	Registros
James Monroe (1817–25) 5º presidente	7ª Mensagem Anual 02/12/1823.	- Paz e a segurança territorial dos EUA associadas a não interferência europeia no Novo Mundo. - Não interferência dos EUA nos assuntos internos do Velho Mundo (Europa e Ásia).
John Quincy Adams (1825–29) 6º presidente	1ª Mensagem Anual 06/12/1825	- Criação do termo "Hemisfério Americano", realçando a importância "das repúblicas do Sul" para o comércio e a segurança dos EUA. - Congresso do Panamá (1826) não tem participação efetiva dos EUA, nem do Brasil.

Fonte: elaborado pelo autor

Para tanto, constatei que a afirmação unilateral dos Estados Unidos como líder geopolítico no Hemisfério Ocidental teve uma natureza continental-marítima, podendo ser dividida em três períodos: o expansionismo continental pré-guerra civil (1823-1861), a consolidação da política externa pós-guerra civil (1865–1898) e o imperialismo emergente que se apresenta ao mundo influenciado pelas obras de autores como Alfred Thayer Mahan, Frederick Turner e a ação de Theodore Roosevelt à frente da Casa Branca.

No primeiro período que delimitei, as mensagens presidenciais analisadas permitiram sintetizar a centralidade do pensamento geopolítico contido na evolução da Doutrina Monroe conferindo aos Estados Unidos a missão de vincular geograficamente todos os países do Hemisfério Ocidental aos interesses marítimo-comerciais e militares, inspirados pelos Pais Fundadores dos EUA e implementado pelas elites políticas de Washington ao longo dos séculos XIX e XX.

A partir desse contexto, a necessidade de construir e controlar um canal interoceânico no Caribe foi um tema retomado, com diferentes ênfases, por presidentes, militares e intelectuais dos Estados Unidos.

Entre os governos de Andrew Jackson e John Tyler, o tema do canal através do istmo foi praticamente esquecido nas mensagens presidenciais. No entanto, com a chegada de Polk à Casa Branca, o assunto ganhou relevância.

A mudança se manifestou na abertura de uma espécie de "rivalidade pacífica" entre os Estados Unidos e a Inglaterra, visando a abertura e o controle da passagem estratégica pelo istmo centro-americano, idealizada pelos reis da Espanha séculos antes.

Ao longo do período subsequente à declaração da Doutrina Monroe, as características geográficas do istmo centro-americano foram estudadas minuciosamente por norte-americanos e ingleses, levando à escolha de três localidades preferidas para a abertura da passagem: Tehuantepec, Nicarágua e Panamá. Em função disso, tratados foram celebrados para assegurar a construção de um canal sob o controle estadunidense.

Em 1846, com o Tratado Mallarino-Bidlack, sob o governo de Polk, os Estados Unidos saíram na frente dos britânicos ao se aproximarem de Nova Granada, que então se formava pela junção do Panamá com a Colômbia. O tratado previa a concessão do livre direito de passagem ou trânsito através do istmo do Panamá aos cidadãos americanos. De acordo com o artigo 35 do referido documento, a soberania da República de Nova Granada seria compartilhada com os Estados Unidos na área onde fosse construído um canal ou ferrovia.

Posteriormente, o Tratado Clayton-Bulwer (1850) foi celebrado durante o breve governo de Zachary Taylor. Dessa vez, os Estados Unidos e a Inglaterra acordaram que nenhuma das duas potências poderia monopolizar o controle comercial ou fortificar a área de um eventual canal interoceânico na região do Caribe. Assim, no período pré-guerra civil, o canal era um objetivo importante, mas não realizável como um projeto exclusivo dos norte-americanos.

Após o fim da Guerra de Secessão em 1865, a vitória da União restabeleceu um governo central nos Estados Unidos, tornando o país mais coeso do ponto de vista político-territorial e, por conseguinte, capaz de projetar um olhar voltado para o exterior. Observe o Quadro 7 a seguir.

Quadro 7 – Mensagens presidenciais antes da Guerra Civil

Presidente	Fonte	Registro
Andrew Jackson (1829-1837) 7º presidente	3ª Mensagem Anual	Canal deve ser na República Federal Centro Americana, onde hoje é a Nicarágua.
John Tyler (1841-45) 10º presidente	Mensagem Especial	Doutrina Monroe ruma para o oeste em direção às Ilhas *Sanduiche* e a China no Pacífico, fruto do crescente comércio dos EUA com o Oriente.
James Polk (1845-49) 11º presidente	1ª Mensagem Anual	– Doutrina Monroe é princípio permanente. – Panamá foi comparado em importância ao canal de Suez.
	1ª Mensagem Anual	– Construir um canal ou ferrovia através do istmo do Panamá foi associado à expansão para o Oeste.
	Mensagem Especial	Os EUA têm os mesmos direitos de Nova Granada (Colômbia) sobre um eventual canal ou ferrovia unindo o Atlântico ao Pacífico.
Zachary Taylor Hare (1849–50) 12º president	4ª Mensagem Anual	Tehuantepec, Nicarágua e Panamá: são as melhores rotas para construção de ferrovia ou canal para encurtar o trânsito entre as costas leste e oeste.

Fonte: elaborado pelo autor

Na segunda metade do século XIX, o assunto do Canal do Panamá voltava a ganhar destaque nas mensagens presidenciais ao Congresso sob a administração de Grant. O general-presidente determinou a construção da ferrovia que cortou o Panamá de leste a oeste, ligando Colón à Cidade do Panamá, que na época ainda pertencia à Colômbia, dinamizando a economia da Califórnia e de Nova Iorque.

Naquele momento, percebi que a perspectiva real de construção de uma passagem interoceânica gerava uma mudança geopolítica vital. A expansão da economia estadunidense transformava o canal em um imperativo estratégico: era necessário unir as vertentes do Atlântico e do Pacífico e, sobretudo, facilitar o comércio e a defesa de ambas as costas, cada vez mais integradas pela ferrovia construída no Panamá por uma empresa norte-americana.

Todavia, até praticamente o último quartil do século XIX, os Estados Unidos mantiveram-se no que denominei de "fase territorial defensiva" da Doutrina Monroe, uma vez que ainda faltavam os meios militares e estratégicos necessários para se impor, por exemplo, à Inglaterra no Hemisfério Ocidental.

O início da mudança da postura defensiva para uma postura ofensiva pode ser inferido a partir do conteúdo das mensagens do republicano Rutherford Hayes (1877–1881), 19º presidente. Hayes despertou geopoliticamente diante da iniciativa francesa de construir o Canal no Panamá, definindo a política externa dos Estados Unidos de maneira assertiva: não havia alternativa a não ser obter controle de qualquer canal que fosse construído no Caribe.

O front continental se tornaria marítimo e a relação entre a expansão territorial e o processo de consolidação da nação seria compatibilizada pela nova doutrina expansionista de A. T. Mahan, em termos militares, com foco na fronteira marítima. Com efeito, Mahan defendia que o canal no Panamá faria do Caribe o "Mediterrâneo Americano", assim como o controle sobre Gibraltar, entre a Europa e a África, e Suez, ligando a Europa à bacia do Índico e do Pacífico na Ásia, transformaram o Mediterrâneo europeu em um domínio britânico. Era o Destino Manifesto dos Estados Unidos dominar os mares, levando consigo a Civilização Ocidental em direção à Eurásia.

A observação do que ocorreu a partir da década de 1880 ajudou-me a entender que se estava realizando uma transição importante na política externa dos Estados Unidos, representando uma evolução geopolítica da Doutrina Monroe para uma fase ofensiva.

A modernização da Marinha de Guerra também se tornou um fato da época com a transformação de uma Marinha à vela e de madeira em uma à vapor e de aço. A política externa estadunidense acompanhava essa tendência se tornando mais assertiva (Quadro 8).

Quadro 8 – Rutheford Hayes

Presidente	Fonte	Registro
Rutherford Hayes (1877–1881) 19º presidente	Mensagem Especial ao Congresso de 08 de março 1880	"A política desse país é um canal sob controle americano." - Uso da força militar a fim de impor a vontade dos EUA no Hemisfério passa a ser cogitado com mais frequência. - EUA têm o direito e o dever de construir e proteger um canal através do Panamá.

Fonte: elaborado pelo autor

O terceiro período, aqui denominado de imperialismo emergente, seria centrado na combinação de forças navais, comércio globalizado e controle de pontos estratégicos entre os mares do Caribe e do Pacífico. A implementação do objetivo geopolítico de construir um canal no Panamá inteiramente controlado pelos Estados Unidos ocorreu em seguida. Durante a administração de McKinley, os Estados Unidos venceram a guerra hispano-americana em 1898, controlando pontos de estrangulamento desde Cuba, Porto Rico, República Dominicana e Jamaica no Caribe até o arquipélago de Samoa, Guam e as Filipinas no Pacífico.

De fato, a guerra de 1898, exemplificada pelo episódio do cruzador USS Oregon, que levou 66 dias para viajar de San Francisco, Califórnia, até Key West, Flórida, percorrendo aproximadamente 14.000 milhas náuticas (cerca de 25.930 quilômetros), deixou claro o quanto era vital abrir o canal.

A evolução dos acontecimentos geopolíticos mostrou-me que os norte-americanos só seriam capazes de proteger seus interesses na zona do Canal do Panamá se possuíssem controle militar sobre pontos estratégicos no mar do Caribe e no Oceano Pacífico.

A instauração do que chamo de fase ofensiva tornou-se mais evidente com a declaração do Corolário Roosevelt da Doutrina Monroe, em 1904, corroborando a formação de uma Talassocracia, que demandou o controle e a manutenção de espaços de circulação em escala global.

A exclusividade norte-americana sobre o Canal, obtida pelo Tratado de Hay-Bunau-Varilla de 1903, representava um privilégio territorial sem precedentes no cenário internacional. Comparado a Suez, o Panamá nunca foi a principal via de deslocamento de navios no contexto global, e o istmo centro-americano registrava, na época de Spykman, de 4% a 5% do tráfego mundial ao semelhante atualmente.

Todavia, os Estados Unidos tinham um canal interoceânico para chamar de seu. Até a década de 1940, a Marinha Mercante dos Estados Unidos era a principal usuária do canal, representando 42% do seu tráfego de navios civis. Ao todo, 62% do comércio através do canal tinha origem ou término nos portos dos Estados Unidos (Travis; Watkins, 1959).

O Panamá passou a existir por e para o canal, o que também reforçou a condição da Venezuela e da Colômbia, dois países sul-americanos, como partes funcionais do litoral sul dos Estados Unidos.

O Capítulo 2 do livro foi escrito com o objetivo de descrever a reconfiguração geopolítica provocada pelo Canal do Panamá com a transformação do Caribe em um Mediterrâneo Americano, tema que abordei a partir da caracterização do pensamento geopolítico do jornalista norte-americano Nicholas John Spykman.

Para tanto parti da premissa de que o projeto expansionista estadunidense teve a sua gênese na conexão conceitual de quatro autores centrais da política dos Estados Unidos: James Monroe (1758-1831), pai da Doutrina Monroe; Frederick Jackson Turner (1861-1932), considerado o pai da Teoria das Fronteiras; Alfred Thayer Mahan (1840-1914), pensador geopolítico e o teórico do Poder Marítimo; e, por último, mas não menos importante, Theodore Roosevelt (1858-1919), 26º presidente dos Estados Unidos de 1901 a 1909.

Partindo desse legado, o cerne do pensamento geopolítico de Nicholas Spykman estava na superação do dilema: era necessário proteger os interesses norte-americanos pela defesa do Hemisfério Ocidental ou pela participação mais ativa nos assuntos políticos do Velho Mundo? Ambas as linhas de ação foram colocadas em prática.

Descrevi geopoliticamente o mundo que Spykman projetou em seu pensamento, utilizando a metáfora geográfica do "sistema arquipélago". Isso ocorreu devido à formação de um sistema fechado (geopoliticamente integrado e conflitivo) onde as áreas de interesse nas bacias do Atlântico e do Pacífico, apesar de estarem geograficamente dispersas, se conectavam logisticamente em função da abertura dos canais de Suez e do Panamá.

Na América do Sul, a expansão da Doutrina Monroe priorizaria os países banhados pelo Caribe (Venezuela e Colômbia) e as áreas insulares e costeiras estratégicas. Isso resultou na formação de dois arcos de segurança (leste e oeste), capazes de proteger a zona do canal no Pacífico e no Atlântico, bem como o "ventre mole" estadunidense acessível a partir do Golfo do México, representado pela foz do Rio Mississipi, Baía do Mobile (Alabama) e Key West (Flórida).

Sendo assim, Spykman reinterpretou e ampliou geograficamente o escopo original da Doutrina Monroe. Com base na consideração sobre a duradoura influência da geografia sobre a política externa dos Estados Unidos, ele reformulou o modelo de análise tradicional que era restrito ao Hemisfério Ocidental (Quadro 6).

A nova fronteira marítima dos Estados Unidos passou a estar entre o Caribe e os dois oceanos, tudo ligado pelo Canal do Panamá. O princípio permanecia ativo, mas transitava de uma fase emergente para uma fase intervencionista e global. O fio condutor que levou à construção da Talassocracia americana passou pela contribuição de políticos, militares e intelectuais.

Figura 38 – Bases da expansão do front continental-marítimo: visões convergentes

1823 – James Monroe

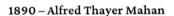

Os EUA foram elevados à condição de liderança do Hemisfério Ocidental: o centro geopolítico do continente americano.

1890 – Alfred Thayer Mahan

O Poder Marítimo e a modernização da Marinha: consolidação militar da Doutrina Monroe no cenário internacional.

1893 – Frederick Jackson Turner

A fronteira como movimento incessante de expansão da vanguarda civilizacional sobre a natureza selvagem.

1901–1909 – Theodore Roosevelt Jr.

Canal do Panamá e transformação dos EUA em polícia do Hemisfério, com direto de intervir em toda a América Latina, bem como em uma potência marítima capaz de atuar no Atlântico e no Pacífico.

Fonte: elaborada pelo autor

Spykman deve ser inserido na sequência dessa linha do tempo à medida que reinterpretou o transbordamento geográfico do processo de expansão do front interno (continental) para o front marítimo. Também foi ele quem conferiu um caráter seletivo à Doutrina Monroe em relação à América do Sul. Essa visão se consubstanciou a partir da priorização estratégica dos países banhados pelo Mediterrâneo Americano, que ele descreveu como um "mundo intermediário entre o Norte e o Sul do continente" (Spykman, 1942).

Assim, a América do Sul foi transformada geograficamente no pensamento de Spykman a partir de um contraponto geopolítico. De um lado, parte transformava-se em continuação do litoral sul dos Estados Unidos. Ali estavam a Colômbia e a Venezuela, funcionalmente importantes como fornecedoras de petróleo e como uma primeira linha de defesa da Talassocracia contra eventuais ameaças que se organizassem a partir da América do Sul, induzidas ou não pelas potências do Velho Mundo (Eurásia).

Do outro lado, ao sul dessa linha de defesa, estavam os Estados do A.B.C., separados pela hileia Amazônica, uma grande área tampão entre o Mediterrâneo Americano e os países sul-americanos que poderiam representar uma ameaça militar aos Estados Unidos. Os países em questão seriam a Argentina, o Brasil e o Chile.

Na prática, Spykman sabia que Brasil e Argentina, em particular, não possuíam à época interesse ou capacidade de articulação, pois estavam mais preocupados com questões internas e se consideravam rivais geopolíticos. Travassos também não vislumbrou uma aliança entre eles contra a expansão dos interesses dos EUA. Isso nunca aconteceu.

O projeto de poder vislumbrado por Spykman associava a segurança da zona do Canal do Panamá ao domínio do "Mediterrâneo Americano" e à neutralização dos Estados do A.B.C. Para tanto, o professor de Yale defendeu a manutenção de um estado de guerra permanente em um sistema marítimo integrado globalmente, onde não havia mais espaço para o "esplêndido isolamento" geográfico tão característico da posição dos EUA em relação à Eurásia.

Na perspectiva de Spykman, os Estados do A.B.C. representavam um contraponto geopolítico ao movimento expansionista norte-americano. O Destino Manifesto dos Estados Unidos de expandir a civilização Ocidental dependia do controle sobre o Canal do Panamá como parte da manutenção do sistema geopolítico integrado, que denominei de cisatlântico e transpacífico. É por isso que a integração dos Estados mais poderosos do Cone Sul representava uma ameaça.

Nesse contexto, a noção de fragmentação dispersora que utilizei aplicava-se à lógica com a qual Spykman descrevia Argentina, Brasil e Chile. Eles foram identificados por ele como os três países mais importantes para a organização geopolítica da América do Sul. Com efeito, deveriam ser alvos de manobras do tipo "dividir para melhor governar", caso fosse necessário. Spykman partia da premissa de que, em uma situação em que a sobrevivência do Estado estivesse em jogo, Argentina, Brasil e Chile tenderiam a contrabalançar o poder dos Estados Unidos no hemisfério por meio de políticas de aliança com as potências da Eurásia, isto é, de fora do Hemisfério Ocidental.

Figura 39 – Infográfico "Pensamento geopolítico da Spykman"

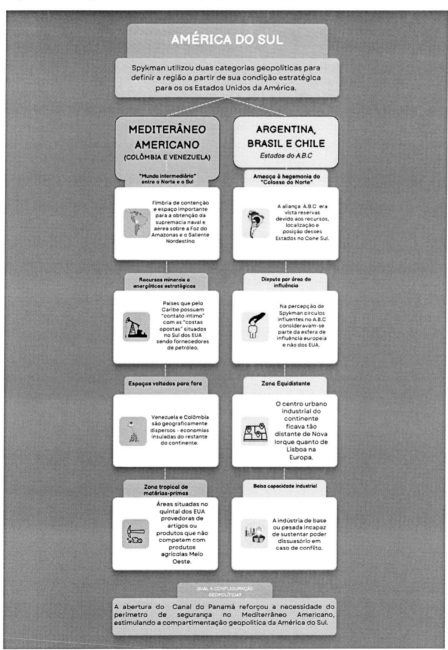

Fonte: elaborada pelo autor

A pesquisa nas fontes indicou que tanto Spykman como Travassos acreditavam que os fatores marítimos de atração para o mercado estadunidense se acentuaram, em relação aos laços continentais entre os países sul-americanos, com a construção do Canal do Panamá. Ao mesmo tempo, essa condição afastava os países do Mediterrâneo Americano da influência do Brasil.

O controle sobre as entradas e saída do Caribe (arcos leste e oeste) consolidava um perímetro de segurança cuja resultante geográfica se encontrava na América do Sul caribenha. Spykman afirmava que tal perímetro se formava desde o Golfo do México, passando por todos os países da América Central continental e chegando à Colômbia e à Venezuela, onde estão a foz do Magdalena e do Orinoco, formando o arco oeste.

O arco leste seria completado com o fechamento do Caribe a partir do controle da América Central insular, margeando antes as franjas do Atlântico Norte. Dessa forma, a desconexão dessa área em relação ao restante da América do Sul se tornaria maior à medida que estivesse associada aos circuitos econômicos e ao perímetro de segurança da Talassocracia.

No Capítulo 3, busquei caracterizar o pensamento geopolítico de Mario Travassos estabelecendo um debate com as reflexões de Nicholas John Spykman, para tanto me apoiei nas obras Projeção Continental do Brasil e Geografia das comunicações brasileiras. Com efeito, cotejei as interpretações de Nicholas Spykman e Mário Travassos revelando as nuances das ideias que tiveram, com a formação do Canal do Panamá, uma grande repercussão geopolítica na América do Sul.

Decorrente disso, reconheci os fundamentos do pensamento travassiano, percebendo que o cerne do problema, para ele, estava na identificação de uma relação de desequilíbrio entre as forças da continentalidade e da maritimidade, que compartimentalizava o Brasil e a América do Sul. A solução encontrada por Travassos foi identificar um coração estratégico, ou área pivô, nos altiplanos bolivianos e sua zona de soldadura no território brasileiro, criando uma categoria geopolítica chamada "Brasil longitudinal", concebida como o espaço de convergência das comunicações terrestres e marítimas que serve de legado para uma visão integrada do continente.

Figura 40 – Raízes do pensamento Geopolítico de Travassos

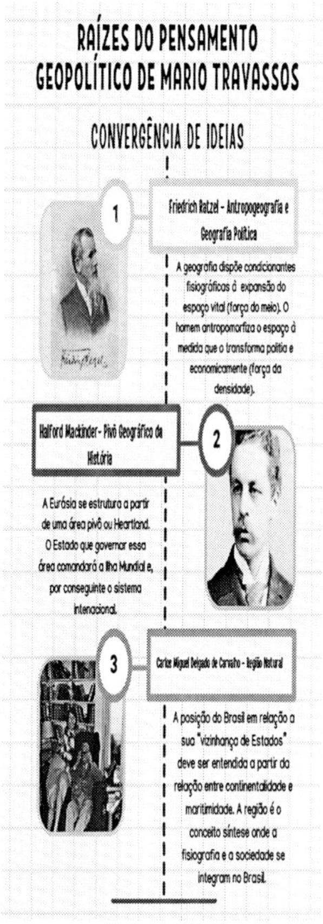

Fonte: elaborada pelo autor

Com efeito, as vias de circulação sul-americanas — estradas, ferrovias, hidrovias e aerovias — foram vistas por Travassos como elos entre o litoral e as bacias hidrográficas que se divorciavam nos altiplanos bolivianos, integrando por meio dessa área pivô continental a vertente do Pacífico ao "Brasil longitudinal".

Isso se tornaria viável a partir da junção do litoral do Pacífico, do triângulo econômico e do Mato Grosso (à época formado pelo Mato Grosso e Mato Grosso do Sul). Assim, a força centrífuga do Madeira-Mamoré, na bacia do Amazonas, e da Ferrovia noroeste do Brasil direcionariam os fluxos econômicos, que antes irrigavam o porto de Buenos Aires, para os portos de Rio Grande (RS), Santos (SP) e Belém (PA).

No início da Era Vargas, Travassos assumia o papel de "conselheiro do Príncipe", elaborando uma espécie de manual geopolítico para os "homens de Estado" brasileiros seguirem.

O objetivo era projetar a ocupação do espaço nacional, informando sobre os pontos geográficos essenciais para duas ações integradoras de alcance continental: 1) a criação e coordenação de acessos territoriais seguros às costas opostas sul-americanas e 2) a ligação das bacias hidrográficas do Amazonas e do Prata, consideradas por Travassos como as mais importantes da América do Sul (Figura 41).

Figura 41 – Contrapontos geopolíticos

TRAVASSOS	SPYKMAN
 Destino Manifesto do Brasil	 Destino Manifesto dos Estados Unidos
Projeção Continental vs. Expansionismo: Projeção Continental também é um sinônimo de resistência territorial de um projeto nacional frente às pressões de Estados considerados mais poderosos que o Brasil. Sua distensão geográfica denotava uma reação diante do avanço da influência norte-americana pelo norte (Caribe) e Argentina pelo sul (Bacia do Prata).	**Projeção Continental vs. Expansionismo:** Expansionismo americano é uma questão de sobrevivência para os Estados Unidos, transformado em uma Talassocracia. Sua distensão geográfica refletia um estado de guerra permanente e competição sem limites por mercados em novas fronteiras marítimas e continentais.
Projeto de longo prazo com foco na relação de coordenação e na resolução de conflitos por parte do Brasil na América do Sul. (realismo ético).	**Projeto de longo prazo** focado na sobrevivência do Estado e na promoção dos interesses nacionais estadunidenses. (realismo ofensivo).

TRAVASSOS	SPYKMAN
Canal do Panamá evidenciou a instabilidade geográfica do canto noroeste da América do Sul, demonstrando a propagação de influências "estranhas" do Caribe para o continente sul-americano.	**Canal do Panamá** gerou uma reconfiguração geopolítica, possibilitando aos EUA a projeção de sua estratégia de comércio e guerra na direção da Eurásia.

Fonte: elaborada pelo autor

Antes mesmo da formulação de um método de planejamento de longo prazo próprio pela ESG, a partir da década de 1950, Travassos já acreditava que era o Destino Manifesto do Brasil ser o coordenador da América do Sul, atrelando essa visão à neutralização do projeto de poder argentino na disputa por áreas de influência na hinterlândia do continente.

Para tanto, ele delineou um *modus operandi* que buscava superar a compartimentação geopolítica entre os eixos Amazonas versus Prata e Pacífico versus Atlântico. O planejamento era cruzar, nos pontos geográficos propícios para isso, com linhas de comunicações longitudinais, a espinha dorsal orográfica do continente que é a Cordilheira dos Andes, que separa a costa do Pacífico do restante do continente, e de integrar as nascentes e a foz das bacias hidrográficas do Amazonas e do Prata, as mais importantes para a integração regional do continente.

Em síntese, a pesquisa sobre os impactos geopolíticos do Canal do Panamá na política externa dos EUA em relação à América do Sul permitiu concluir que existe em Travassos e Spykman um contraponto entre o Destino Manifesto dos EUA e o do Brasil.

Como contraponto, o pensamento geopolítico de Mario Travassos reforça a ideia de que o Brasil deveria evitar que os efeitos desestabilizadores do expansionismo dos EUA impactassem seu projeto de projeção continental. Ele partiu de uma leitura territorial da América do Sul como um espaço compartimentalizado, o que ele chamava de antagonismos geográficos, exigindo, portanto, um plano de integração continental de longo prazo. Diante disso, o Destino Manifesto do Brasil de integrar a América do Sul estava ameaçado pelo arco de instabilidade em que a força da maritimidade superava a coesão continental, impondo um alinhamento mais direto dos países sul-americanos do canto noroeste sul-americano aos EUA, tornando-os, assim, subordinados ou dependentes da economia norte-americana de maneira duradoura.

Assim, um cenário hipotético onde houvesse a projeção de poder militar, por parte de uma potência extrarregional, a partir da foz das bacias hidrográficas caribenho-amazônicas, deveria ser monitorado pelo Brasil, que sempre atuaria como a presença estabilizadora do continente. Na década de 1940, a identificação dessas áreas de instabilidade geográfica, especialmente na Colômbia e na Venezuela, servia como um alerta para que o Brasil não permitisse que esses problemas se propagassem como um terremoto para o restante do continente, seguindo três padrões (Quadro 9).

Quadro 9 – Impactos geopolíticos – três padrões identificados

IMPACTOS GEOPOLÍTICOS	
1. Instabilidade Geográfica	– Áreas vulneráveis na Colômbia e na Venezuela. – Risco de propagação de tensões para o restante do continente (fracionamento geopolítico).
2. Dependência Econômica	– Subordinação dos países sul-americanos à economia norte-americana. – Alinhamento de interesses que favorece a força de atração da externa sobre a continentalidade (desconexão geográfica).
3. Projeção de Poder Militar	– Presença estabilizadora do Brasil nas regiões críticas. – Vigilância sobre possíveis ações militares advindas do Caribe que exploram as linhas de menor resistência (bacias hidrográficas).

Fonte: elaborado pelo autor

Assim, o pensamento geopolítico de Mario Travassos manifestou--se como uma proposta de planejamento territorial, ciente do crescente aumento da influência dos EUA e da Argentina sobre o espaço sul-americano. Ele buscou uma solução brasileira para os problemas geopolíticos enfrentados na América do Sul.

Para Travassos, o canto noroeste poderia funcionar como um espaço irradiador da fragmentação político-territorial que já caracterizava o Caribe sob influência dos EUA. O acesso ao vale amazônico representava um prolongamento natural da força de expansão da economia norte-americana. É relevante salientar que Spykman ainda considerava a Amazônia uma zona-tampão, um obstáculo que dificultava a mobilidade no sentido Norte-Sul para uma eventual expansão do poder militar dos EUA na região.

Em contraste com a ênfase na resistência territorial que atribuí ao pensamento geopolítico de Travassos, Spykman percebia que, se necessário, os EUA projetariam poder militar sobre objetivos estratégicos na América do Sul. Nesse contexto, é razoável entender que o Panamá, a Colômbia e a Venezuela poderiam geopoliticamente de maneira bivalente: funcionariam como um arco de contenção, defensivamente, caso fosse necessário conter ações provenientes do Cone Sul do continente. Simultaneamente, serviriam como bases aeronavais que facilitariam a projeção do poder militar estadunidense — ou de uma aliança militar liderada por qualquer outra superpotência — em direção à foz do Amazonas e, também, ao saliente nordestino, ponto que foi fundamental para o controle da embocadura do Atlântico Sul durante a Segunda Guerra Mundial e continua sendo atualmente.

Esses aspectos não apenas são vitais ainda hoje para a defesa da zona do Canal do Panamá, mas também ressaltam a interconexão entre geopolítica e estratégia militar. A análise dos pensamentos de Travassos e Spykman contribui para uma compreensão mais ampla das atuais dinâmicas de poder na América do Sul, podendo informar futuras discussões nos Estudos Estratégicos sobre como os fatores geográficos e a perspectiva de longa duração moldam as ações contemporâneas dos Estados nacionais.

A perspectiva de resistência territorial que associei a Travassos, portanto, pode ser vista como uma antecipação de geoestratégias que buscam não apenas mitigar influências externas, mas também reforçar a autonomia do Brasil e o seu intento de zelar pela coesão dos Estados sul-americanos frente a desafios geopolíticos presentes e futuros.

Essa visão torna-se ainda mais pertinente quando consideramos a sobreposição entre o Caribe (Mediterrâneo Americano) e a Bolívia (Triângulo Econômico ou Charcas), que são identificados neste livro como duas áreas pivô essências para a estabilidade na América do Sul. A Figura 43 ilustra como esses dois espaços interagem e se complementam, destacando a importância de um planejamento geopolítico que una as forças territoriais em jogo, reforçando a ideia de que a resistência territorial não é apenas uma resposta, mas um projeto ativo de integração e fortalecimento regional sob a coordenação do Brasil.

Figura 42 – Corações estratégicos-geográficos: pós-construção do Canal do Panamá

TRIÂNGULO ECONÔMICO BOLIVIANO
(e área de soldadura no Brasil)

MEDITERRÂNEO AMERICANO
(Arco de conteção/perímetro de segurança)

Fonte: elaborada pelo autor

Ao escrever sobre os Estados Unidos Travassos também possibilitou lançar luz sobre a atuação de qualquer outra potência extrarregional que na atualidade ou no futuro deseje exercer controle sobre as bacias hidrográficas do Madalena, do Orinoco e do Amazonas, assim como sobre os nós e passagens andinas. Quem o fizer estará em posição de acessar recursos naturais vitais e dominar as linhas de comunicação entre os oceanos e o interior continental. Isso se estenderia da bacia do Caribe ao triângulo econômico sul-americano, que inclui a Bolívia, abrangendo redes aéreas, rodoviárias, ferroviárias e hidroviárias. Ao atingir o âmago da América do Sul, tal potência dominaria um espaço essencial para os interesses brasileiros.

Enquanto a interpretação da obra de Spykman permitiu entender o Canal do Panamá como o pivô geográfico da Talassocracia, a análise do pensamento de Travassos revela que o canal se configurava, em sua época, como o epicentro manifesto da instabilidade no canto noroeste sul-americano, com potencial para afetar todo o continente. Para Travassos, a influência marítima do canal intensificava o arco de instabilidade em expansão a partir do Caribe, capaz de impactar futuramente o "coração estratégico geográfico sul-americano", situado na intersecção entre Brasil e Bolívia (Figura 43).

Essa análise, ao contrapor Nicholas Spykman e Mario Travassos, revela uma nova perspectiva sobre como as pressões externas, sejam elas decorrentes da política externa dos EUA ou de outra superpotência de fora do hemisfério ocidental, influenciam a viabilidade de projetos de integração na América do Sul capitaneados pelo Brasil.

Feita com base em Spykman e Travassos, discussão em torno do Canal do Panamá mostra, em um cenário internacional que atualmente evoca a visão hobbesiana de competição constante e insegurança, a necessidade de uma grande estratégia de segurança integrada na América do Sul. O Brasil, ao se posicionar como um coordenador e pacificador, não apenas deve ser capaz de dissuadir as ameaças externas, mas também de gestar a criação de uma zona de estabilidade regional permanente.

Assim, a construção de uma grande estratégia de segurança que considere essas pressões externas será essencial para garantir a coesão e a soberania dos Estados sul-americanos em um mundo onde a rivalidade geopolítica entre potências continuará a moldar as relações internacionais.

REFERÊNCIA

ADAMS, J. Q. *Primeira Mensagem Anual de 6 de dezembro de 1825*. The American Presidency Project. Disponível em: https://www.presidency.ucsb.edu/documents/ first- annual-message. Acesso em: 6 jan. 2023.

ALBUQUERQUE, E. A importância do *choke point* de Natal no controle aéreo e naval do Atlântico Sul. R. Esc. Guerra Nav., Rio de Janeiro, v. 23 n. 2, p. 511-534. maio/ago. 2017.

ALLISON, G. *A Caminho da Guerra*. Os Estados Unidos e a China conseguirão escapar da armadilha de Tucidides? São Paulo: Editora Intrínseca, 2020.

AMERICAN HISTORICAL ASSOCIATION. *A brief history of AHA*. Disponível em: https://www.historians.org/about/aha-history/brief-history-of-the-aha/#:~:text=In%201889%2C%20the%20association%20 was,act%20provided%20that%20the%20Association, Acesso em: 16 nov. 2023.

ANDERSON, Perry. *A Política Externa norte-americana e seus teóricos*. São Paulo: Boitempo, 2015.

ARRIGHI, G. *O Longo Século XX*. Dinheiro, poder e as origens de nosso tempo. Rio de Janeiro: Contraponto; São Paulo: Editora da Unesp, 2006.

BACKHEUSER, E. Rio Branco, Geógrafo e Geopolítico. *Revista da Sociedade de Geografia do Rio de Janeiro*, Distrito Federal, 1945.

BANDEIRA, L. A. M. *Geopolítica e Política Exterior*: Estados Unidos, Brasil e América do Sul. Brasília: Fundação Alexandre Gusmão, 2010.

BANDEIRA, L. M. *Formação do Império americano*: da Guerra contra Espanha à Guerra no Iraque. Rio de Janeiro: Civilização, 2006.

BARDIN, L. *Análise de Conteúdo*. São Paulo: Edições 70, 2016.

BONILLA, F. The Río Grande River and the Interoceanic Corridor in Panama's Transit Region, 1500-1914. *Agua y Territorio*, Universidade de Jaen (Espanha), n. 19, 2021. Disponível em: https://revistaselectronicas.ujaen.es/index.php/atma/ article/view/5461. Acesso em: 15 abr. 2023.

BRASIL. *Glossário de termos e expressões para uso no Exército*. Brasília-DF, 2018. Disponível em https://bdex.eb.mil.br/jspui/handle/1/1148. Acesso em: 15 abr. 2023.

BOLÍVAR, S. Carta de Jamaica. Buenos Aires, *Revista do IMEA-UNILA (RevIU)*, v. 2, n. 1, p. 28-35, 2014. Disponível em: https://ojs.unila.edu.br/ojs/index.php/IMEA-UNILA. Acesso em 15 abr. 2023.

BUCHANAN, J. *Discurso Inaugural de 4 de março de 1857*. The American Presidency Project. Disponível em: https://www.presidency.ucsb.edu/documents/inaugural-address-33. Acesso em: 15 abr. 2023.

BURNS, B. E. *A Aliança Não Escrita*: o Barão do Rio Branco e as Relações Brasil-Estados Unidos. Rio de Janeiro: EMC, 2003.

CAMPOS, A. F. A reestrutura da indústria de petróleo sul-americana nos anos 90. 2005. Tese (Doutorado em Engenharia) – Universidade Federal do Rio de Janeiro, Rio de Janeiro, 2005.

CARROLL, L. *Alice no País das Maravilhas*. Tradução de Maria Luiza X. de A. Borges. 2. ed. São Paulo: Companhia das Letras, 2021.

CARVALHO, C. D. de. *Introdução à geografia política*. Rio de Janeiro: Francisco Alves, 1929.

CARLOMAGNO, M. C.; ROCHA, L. C. da. Como criar e classificar categorias para fazer análise de conteúdo: uma questão metodológica. *Revista Eletrônica de*: *Ciência Política*, Curitiba, v. 7, n. 1, 2016.

CONN, S; FAIRCHILD, B. *A Estrutura de Defesa do Hemisfério Ocidental*. Tradução de Luís Cesar Silveira da Fonseca. Rio de Janeiro: Biblioteca do Exército Ed, 2000.

DEFFONTAINES, P. O Mediterrâneo Americano e o Mediterrâneo Europeu. *Boletim Paulista de Geografia*, São Paulo, 21, p. 28-41, out. 1955.

DINIZ, A; CAMPOLINA, M. Raízes histórico-geográficas da formação e dilapidação do território boliviano. *Revista GEOGRAFIA*, Rio Claro (SP), v. 31, n. 3, p. 505-526, set./dez. 2006.

ESTADÃO. Trump critica tarifas no Canal do Panamá e ameaça retomar hidrovia. Disponível em: https://www.estadao.com.br/internacional/trump-tarifas-canal-do-panama-ameaca-devolucao-hidrovia. Acesso em: 23 dez. 2024.

EXÉRCITO BOLIVIANO. *Cursos*. 2023. Disponível em: https://ejercito.mil.bo/then3wpag/cursos.php?data=MjQ5MTAxMjAuNzE3MDU3. Acesso em: 16 abr. 2023.

FERRAZ, C. B. O. A institucionalização do ensino de geografia no Brasil na primeira metade do Século XX. *Caderno Prudentino de Geografia*, Presidente Prudente, Associação dos Geógrafos Brasileiros, n. 17, p. 75-93, 1995.

FIGUEIREDO, E. L. Estudos Estratégicos como Area de Conhecimento Científico. *Rev. Bra. Est. Def.*, v. 2, n. 2, p. 107-128, jul./dez., 2015.

FIORI, J. L. *Brasil e o desafio do pacífico*. Rio de Janeiro: UFRJ, 2014. Disponível em https://www.observatoriodasmetropoles.net.br/brasil-e-o-desafio-do-pacifico-jose-luiz-fiori/. Acesso em: 28 jun. 2023.

GRANT, U. S. *Mensagem ao Senado de 31 de março de 1870*. Disponível em https://www.presidency.ucsb.edu/documents/message-the-senate-transmitting-treaty-between-the-united-states-and-the-united-states . Acesso em: 28 jun. 2023.

GRANT, U. S. *Mensagem Especial de 13 de junho de 1870*. Disponível em https://www.presidency.ucsb.edu/documents/special-message-2113 Acesso em: 27 jun. 2023.

GRANT, U. S. *Segunda Mensagem Anual de 5 de dezembro de 1870*. Disponível em: https://www.presidency.ucsb.edu/documents/second-annual-message-11. Acesso em: 27 jun. 2023.

GREENE, J. *The Canal Builders Making America's Empire at the Panama Canal*. USA: The Penguin Press, 2009.

GUERRA, A. J. T. *Dicionário geológico-geomorfológico*. Rio de Janeiro, IBGE, 1993.

GUIMARÃES, S. P. *Quinhentos Anos de Periferia*. Uma contribuição ao estudo da política internacional. Porto Alegre: Editora Contraponto, 2015.

HAYES, R. B. *Mensagem Especial de 8 de março 1880*. Disponível em https://www.presidency.ucsb.edu/documents/special-message-1361 Acesso em: 29 jun. 2023.

HUNT, E. L. Roy. The Panama Canal Treaties: Past, Present and Future. *Florida Law Review*, Florida, v. 18, 1965. Disponível em: https://scholarship.law.ufl.edu/flr/vol18/iss3/2. Acesso em: 29 jun. 2023.

INSTITITO BRASILEIRO DE GEOGRAFIA E ESTATÍSTICA. *Atlas geográfico escolar*. Rio de Janeiro: IBGE, 2018.

JACKSON, A. *Terceira Mensagem Anual 6 de dezembro de 1831*. Disponível em https://www.presidency.ucsb.edu/documents/third-annual-message-3 Acesso em: 30 dez. 2023.

KAPLAN, R. *A vingança da Geografia*. Rio de Janeiro: Elsevier, 2013.

KELLY, P. *Chekerboards & Chatterbelts The Geopolitics of South America*. 1st University of Texas Press, 1997.

KENNEDY, P. *The Rise and Fall of the Great Powers*: Economic Change and Military Conflict from 1500 - 2000. Lexington: Unwin Hyman ltd, 1988.

KISSINGER, H. *La Diplomacía*. Mexico, Fondo de Cultura Economica, 2001.

LAHUERTA, F. M. *Geografias em movimento*: território e centralidade no Rio de Janeiro Joanino (1808-1821). 2009. Dissertação (Mestrado em Geografia) – USP, São Paulo, 2009.

LYON, E. Search for Columbus. National Geographic Review, Nova Iorque, v. 181, n. 1, p. 2-39, jan. 1992.

LUCAS, A. B. L. *O Império Hesitante*: a ascensão americana no cenário internacional. Curitiba: Editora Appris, 2023.

MACKINDER, H. J. The Geographical Pivot of History. *The Geographical Journal*, XXIII. London: Read at The Geographical Society, 1904.

MACKINDER, H. J. [1919]. *Democratic ideals and reality*: a study in the politics of reconstruction. Nova Iorque: NDU Press edition, 1942.

MAHAN, A. T. *The Interest of America in Sea Power*. Present and Future. Boston: Little Brown and Company, 1917.

MAHAN, A. T. The influence of sea power upon history, 1660-1783. Boston: Little, Brown and Company, 1890.

MARTIN, A. R. *Brasil, Geopolítica e Poder Mundial*: o anti-Golbery. São Paulo: HUCITEC, 2018.

MARTINS, M. A. F. *Mário Travassos e Carlos Badia Malagrida*. Dois modelos geopolíticos sobre a América do Sul. 2011. Tese (Doutorado em Geografia) – Universidade de São Paulo, São Paulo, 2011.

MCCULLOUGH, D. *The Path Between the Seas*. The Creation of Panama Canal (1870-1914). Nova Iorque: Simon & Schuster, 1977.

MCKEAN, J. S. *Strategic Value of Panama Canal*. Naval War College, Washington, Government Print Office, 1914.

MCKINLEY, W. *Mensagem ao Congresso de Requisição de Guerra à Espanha de 11 abril 1898*. Disponível em: https://www.presidency.ucsb.edu/documents/message-congress-requesting-declaration-war-with-spain. Acesso em: 29 jun. 2023.

MCKINLEY, W. *Segunda Mensagem Anual de 5 de dezembro de 1898*. Disponível em: https://www.presidency.ucsb.edu/documents/second-annual-message-15. Acesso em: 29 jun. 2023.

MEDEIROS FILHO, O. Breve Panorama de Segurança na América do Sul. *In:* NASSER, R. M.; MORAES, R. F. *O Brasil e a segurança no seu entorno estratégico*: América do Sul e Atlântico Sul. Brasília: Ipea, 2014.

MELLO, L. I. A. *Quem tem Medo da Geopolitica?* São Paulo: Hucitec, 1999.

MEARSHEIMER, J. A Tragédia das Grandes Potências. Lisboa: Editora Gradiva, 2007.

MONROE, J. *Sétima Mensagem Anual de 2 de dezembro de 1823*. The American Presidency Project. Disponível em: https://www.presidency.ucsb.edu/documents/seventh-annual-message-1. Acesso em: 6 jan. 2023.

MORAES, A. C. R. *Ratzel*. São Paulo: Editora Ática, 1990. (Coleção Grandes Cientistas Sociais, Geografia).

MORGENTHAU, H. *A Política entre as Nações a luta pelo poder e pela paz*. São Paulo: Imprensa Oficial de São Paulo e Editora da Universidade de Brasília, 2003.

MYIAMOTO, S. *Geopolítica e Poder no Brasil*. Rio de Janeiro: Papirus, 1995.

NASSER, R. M. A Doutrina Monroe, 200 anos depois. *Nova Sociedade,* Buenos Aires, 308, nov./dez. 2023.

NELSON, N. K. Theodore Roosevelt, the Navy, and the War with Spain. *In:*

MAROLDA, E. J. *Theodore Roosevelt, the U.S Navy, and the American Spanish War*. Palmgrave: Library of Congress, 2001.

NEVES, A. L. V. A Geopolítica da Amazônia no século XXI: o pensamento de Mário Travassos revisitado. *Rev. Bras. Est. Def*. v. 5, n. 1, jan./jun. 2018, p. 87-114.

NOTTEBOOM, T; RODRIGUES, J-P. Rotas do canal interoceânico da América Central consideradas. Economia, Gestão e Política Portuária. Interoceanic Passages. Port Economics, Management and Policy. Disponível em: porteconomicsmanagement.org. Acesso em: 29 set. 2023.

NUNES, S. P. Delgado de Carvalho e o ensino de Geografia Política. *In:* GEOGRAFIA e Geopolítica: a contribuição de Delgado de Carvalho e Therezinha de Castro. Rio de Janeiro: IBGE, 2009.

OLIVEIRA, J. T. *Intervenção na América Latina.* Rio de Janeiro: Achiamé, 2002.

O'SULLIVAN, J. Annexation. The United States Magazine and Democratic Review, New York, v. 17, 5-6, 9-10, 1845,

PADELFORD, N. J. *The Panama Canal in Peace and War.* Nova York: Mcmilliam Company, 1942.

PADULA, R; FIORI, J. L. Brasil: geopolítica e abertura para o Pacífico. *Revista de Economia Política,* Rio de Janeiro, v. 36, n. 3, p. 536-556, jul./set. 2016.

PARKER, M. *Panama Fever:* The epic story of the building of the Panama Canal. Nova York, Anchor Books, 2007.

PECEQUILO, C. S. *A Política Externa dos Estados Unidos.* Porto Alegre: Editora UFRGS, 2003.

PENHA, E. A. *Relações Brasil-África e Geopolítica do Atlântico Sul.* Salvador: EDUFBA, 2011.

PIERCE, F. *Mensagem Especial de 15 de maio de 1856.* Disponível em: https://www.presidency.ucsb.edu/documents/special-message-3139 Acesso em: 15 abr. 2023.

POLK, J. K. *Primeira Mensagem Anual de 2 de dezembro de 1845.* Disponível em: https://www.presidency.ucsb.edu/documents/first-annual-message-6. Acesso em: 6 jan. 2023.

POLK, J. K. *Mensagem Especial de 6 de fevereiro de 1847.* The American Presidency Project. Disponível em: https://www.presidency.ucsb.edu/documents/special-message-3254. Acesso em: 6 jan. 2023.

RATZEL, F. A relação entre o solo e o Estado. O Estado como organismo ligado ao solo. *GEOUSP - Espaço e Tempo,* São Paulo, n. 29, p. 51-58, 2011.

REICHERT, E. Um inglês no monte Fuji: a expedição político-científica de Rutherford Alcock em 1860. Revista Semina, Passo Fundo, v. 13, n. 1, p. 211-226, 2014.

ROFE, J. S. Under the Influence of Mahan: Theodore and Franklin Roosevelt and their Understanding of American National Interest. *Diplomacy & Statecraft,* v. 19, n. 4, p. 732-745, 2008.

ROGERS, W. A. *O Big Stick no mar do Caribe. Caricatura em Theodore Roosevelt, 1904.* Fine Art Images/Heritage Images. Disponível em: https://www.meisterdrucke. pt/impressoes-artisticas-sofisticadas/William-Allen-Rogers/738593/O-Big-Stick-no-mar-do-Caribe.-Caricatura-em-Theodore-Roosevelt,-1904.html. Acesso em: 15 abr. 2023.

ROOSEVELT, T. *Mensagem Especial de 19 de março de 1903.* Disponível em: https:// www.presidency.ucsb.edu/documents/special-message-535.Acesso em: 29 jun. 2023.

ROOSEVELT, T. *Remarks in Chicago*, Illinois. *2 abril de 1903.* Disponível em: https:// www.presidency.ucsb.edu/documents/remarks-chicago-illinois-4. Acesso em: 29 jun. 2023.

ROOSEVELT, T. *Segunda Mensagem Anual de 2 dezembro 1902.* Disponível em: https://www.presidency.ucsb.edu/documents/second-annual-message-16. Acesso em: 29 jun. 2023.

ROOSEVELT, T. *Terceira Mensagem Anual de 7 de dezembro 1903*. The American Presidency Project. Disponível em: https://www.presidency.ucsb.edu/documents/ third-annual-message-16. Acesso em: 29 set. 2023.

ROOSEVELT, T. *Quarta Mensagem Anual de 6 dezembro 1904.* Disponível em: https://www.presidency.ucsb.edu/documents/fourth-annual-message-15.Acesso em: 29 jun. 2023.

ROUX, A. Guerras do ópio e a impotência do Império. Le Monde Diplomatique, 2004. Disponível em: https://diplomatique.org.br/guerras-do-opio-e-a-impotencia-do-imperio/. Acesso em: 29 fev. 2023.

ROVNER, E. S. La concesión de mares, el interés industrial y la fundación de la empresa colombiana de petróleos, ecopetrol. *História econômica & história de empresas*, São Paulo (ABPHE), v. 1, p. 117-146, 2002.

RUA, J. A Geopolítica Americana: da independência à Guerra Fria. *Geo UERJ*, Revista do Departamento de Geografia, Rio de Janeiro, n. 9, 2001.

SANTOS, M. A natureza do espaço: técnica e tempo, razão e emoção. São Paulo: Hucitec, 1997.

SCHILLING, P. *O expansionismo brasileiro, a geopolítica do General Golbery e a Diplomacia do Itamaraty*. São Paulo: Global Editora Ltda, 1981.

SCHOULTZ, L. *Estados Unidos*: Poder e submissão. Uma história da política norte-americana em relação à América Latina. Bauru: Editora da Universidade do Sagrado Coração, 2000.

SHY, J. Jomini. *Construtores da estratégia moderna*. De Maquiavel à Era Nuclear. Rio de Janeiro: Bibliex, 2001.

SILVA, A. H; FOSSÁ, M. I. T. Análise de conteúdo: exemplo de aplicação da técnica para análise de dados qualitativos. *Qualitas Revista Eletrônica*, v. 16, n. 1, 2015.

SPROUT, H; SPROUT, M. *The Rise of American Naval Power 1776-1918*. New Jersey: Princeton University Press, 1946.

SPYKMAN, N. Geography and Foreign policy, I. *American Political Science Review*, Nova Iorque, v. 32, n. 1, p. 28-50, 1938.

SPYKMAN, N. *America's Strategy in World Politics:* the Unites States and the balance of power. New York: Harcout, Brace and Company, 1942.

SPYKMAN, N. A Geografia da Paz. Tradução de Fillipe Giuseppe Dal Bo Ribeiro. São Paulo: Editora da Universidade de São Paulo, 2020.

TAMBS, L. Fatores Geopolíticas na América Latina. *In:* BAILEY, Norman A. (ed.). *América Latina:* política, economia e segurança hemisférica. Nova Iorque, Praeguer, 1965.

TAMBS, L. Estratégia, Poder Naval e Sobrevivência: argumentos para manter o Canal do Panamá. *A Defesa Nacional*, Rio de Janeiro, 1978.

TAYLOR, Z. *Mensagem Anual de 4 de dezembro de 1849*. The American Presidency Project. Disponível em: https://www.presidency.ucsb.edu/documents/annual--message. Acesso em: 6 jan. 2023.

TAYLOR, Z. *Mensagem Especial de 22 de abril de 1850*. Disponível em: https://www.presidency.ucsb.edu/documents/special-message-4400. Acesso em: 27 jun. 2023.

TYLER, J. *Mensagem Especial de 30 de dezembro de 1842*. Disponível em: https://www.presidency.ucsb.edu/documents/special-message-4235. Acesso em: 29 jun. 2023.

TRAVASSOS, M. *Aspectos Geográficos Sul-Americanos (Ensaio)*. Rio de Janeiro, Imprensa do Estado-Maior do Exército, 1933.

TRAVASSOS, M. *Projeção Continental do Brasil*. São Paulo: Nacional, 1938.

TRAVASSOS, M. *Introdução à Geografia das Comunicações Brasileiras*. Rio de Janeiro: Jose Olympio, 1942.

TRAVIS, M. B; WATKINS, J. T. Controle do Canal do Panamá: uma lei obsoleta? *Revista Foreign Affairs*, Nova Iorque, v. 37, n. 3, p. 407-418, abr. 1959.

TURNER, F. J. O Significado da Fronteira na História Americana. *In:* TURNER, F.; KNAUSS, P.; MENDONÇA, I. *Oeste Americano quatro ensaios dos Estados Unidos da América*. Niterói-RJ. Editora da Universidade Federal Fluminense, 2004.

VALLÉS, E. F. El cruce del istmo centroamericano: un proyecto renacentista. *In:* PIQUERAS CESPED, R.; DALLA-CORTE CABALLERO, G.; TOUS MATA, M. (Coord.). *América: poder, conflicto e política*. Universidade de Múrcia, Múrcia (Espanha), 2013.

VÁZQUEZ, D. D. A Rota da Seda, o Colar de Pérolas e a competição pelo Índico. *Revista de Geopolítica*, v. 4, n. 2, p. 127-154, jul./dez. 2013.

VOLPATO, G. L. O método lógico para redação científica. *Revista Eletrônica de Comunicação, Informação e Inovação em Saúde*, Rio de Janeiro, v. 9, n. 1, 2015.

VOLPATO, G. L; FREITAS, E. G.; JORDÃO, L. C. A redação científica como instrumento de melhoria qualitativa da pesquisa. *In:* REUNIÃO ANUAL DA SOCIEDADE BRASILEIRA DE ZOOTECNIA, 43., João Pessoa, PB, 2006. *Anais* [...]. João Pessoa, 2006.

VLACH, V. R. F. Estudo preliminar acerca dos geopolíticos militares brasileiros. *Terra Brasilis*, São Paulo, v. 4-5, 2012. p. 1-13.

VLACH, V. R. F. Carlos Miguel Delgado de Carvalho e a orientação moderna em geografia. *In:* VESENTINI, José William (org.). *Geografia e ensino*: textos críticos. Campinas: Papirus, [1989]. p. 149-160.

WONG, J. Y. Deadly Dreams. Opium, Imperialism, and the Arrow War (1856-1860) in China. Cambridge: Cambridge University Press, 2002.